Colin Dexter, 1930 in Stamford, Lincolnshire, geboren, lebt seit 1966 in Oxford. Seinen ersten Kriminalroman *(Der letzte Bus nach Woodstock)* schrieb er 1973 während eines verregneten Sommerurlaubs in Wales. Innerhalb kürzester Zeit gelang es ihm, für zwei seiner Romane den Silver Dagger der britischen Crime Writers' Association zu gewinnen. *Mord am Oxford-Kanal* und *Finstere Gründe* erhielten den Gold Dagger Award, die renommierteste britische Auszeichnung für Kriminalromane. 1997 wurde Colin Dexter für sein Lebenswerk der Diamond Dagger verliehen.

In Großbritannien und den Vereinigten Staaten erlangte Chief Inspector Morse breite Popularität als Hauptfigur einer erfolgreichen Fernsehserie. *Hüte dich vor Maskeraden* ist Colin Dexters siebter Inspector-Morse-Roman.

COLIN DEXTER

Hüte dich
vor Maskeraden

Ein Fall für
Chief Inspector Morse

Roman

Deutsch von
Marie S. Hammer

Rowohlt Taschenbuch Verlag

Neuausgabe April 2002

Veröffentlicht im Rowohlt Taschenbuch Verlag GmbH,
Reinbek bei Hamburg, April 1988
Copyright © 1988 by Rowohlt Taschenbuch Verlag GmbH,
Reinbek bei Hamburg
Die Originalausgabe erschien bei Macmillan London Ltd.
unter dem Titel «The Secret of Annexe 3»
Copyright © 1987 by Colin Dexter
Redaktion Peter M. Hetzel
Umschlaggestaltung any.way, Cathrin Günther
Illustration Jürgen Mick
Gesamtherstellung Clausen & Bosse, Leck
Printed in Germany
ISBN 3 499 23221 9

Hüte dich vor Maskeraden

Für Elizabeth, Anna und Eve

Kapitel Eins

NOVEMBER

Der Prunk bei Beerdigungen hat mehr mit der Eitelkeit der
Lebenden zu tun als mit der Ehrung der Toten.
La Rochefoucauld, *Maximen*

Die Ankunft des alten Mannes löste im Himmel vermutlich keine
besondere Freude aus, und so hatte sein Hinscheiden auf Erden,
genauer gesagt im Charlbury Drive, einer Sackgasse mit unauffälli-
gen Doppelhäusern, wo der Alte seinen Lebensabend verbracht
hatte, keine allzu große Trauer hervorgerufen. Obwohl er eher un-
gesellig gewesen war, hatten sich doch im Laufe der Jahre in der
Nachbarschaft oberflächliche Bekanntschaften ergeben, vor allem
mit den Frauen, die tagtäglich mit schweren Einkaufstaschen bela-
den oder den Kinderwagen schiebend an seinem ordentlichen kleinen Vorgarten vorbeikamen. Seine Beerdigung nun war auf einen
Samstag angesetzt, und zwei der Frauen hatten beschlossen hinzu-
gehen. Eine der beiden war Margaret Bowman.

«Wie sehe ich aus?» fragte sie.

«Gut», sagte er, ohne von der Rennsportseite aufzublicken.
Wozu auch, es würde schon stimmen: Sie sah einfach immer gut
aus. Hochgewachsen und mit sicherem Instinkt für das, was ihr
stand, wirkte sie stets elegant, egal, ob sie zu einem Abendessen
ging, zu einer Party – oder eben an einer Beerdigung.

«Du hast ja gar nicht hergesehen!»

Ergeben blickte er hoch und nickte vage, während er flüchtig ihr
schwarzes Komplet musterte. Sie sah tatsächlich gut aus. «Gut»,
wiederholte er, «du siehst gut aus.» Was sollte er sonst sagen.

Mit plötzlicher, etwas hektischer Fröhlichkeit vollführte sie auf den Spitzen ihrer schwarzen Pumps eine kokette kleine Drehung, um ihm ihre Attraktivität überdeutlich vor Augen zu führen. Sie wußte, daß sie noch immer anziehend wirkte. Zwar hatte sie seit jenem enttäuschenden Tag, als sie sich, ein fast mager zu nennendes Mädchen von Anfang Zwanzig, vergeblich um eine Stelle als Stewardess beworben hatte, um die Hüften herum kräftig zugenommen und würde sich heute, sechzehn Jahre danach, wohl nur noch mit Schwierigkeiten durch den Mittelgang einer Boeing 737 hindurchzwängen. Ihre Beine und ihre Fesseln waren jedoch noch immer fast genauso schlank wie damals, als sie, ein Jahr nach ihrer Ablehnung durch die Fluggesellschaft, Tom Bowman geheiratet hatte und zusammen nach Torquay in die Flitterwochen gefahren waren. Und lediglich ihre Füße, das heißt die kleinen weißen Knötchen entlang der mittleren Gelenke ihrer ohnehin etwas knubbeligen, nicht besonders hübschen Zehen, verrieten, wie sie sich manchmal einzureden versuchte, daß sie allmählich auf die Vierzig zuging. Doch wenn sie ehrlich war, gab es auch noch andere Anzeichen. Da war zum Beispiel der wöchentliche Besuch der teuren Klinik, zu dem sie sich jedesmal bei ihrer Arbeitsstelle, dem Prüfungsamt der Universität Oxford, einen halben Tag freinehmen mußte... Der Gedanke daran war ihr unangenehm, und sie schob ihn immer schnell wieder beiseite.

«Mehr fällt dir nicht ein?» fragte sie.

Er sah sie wieder an, etwas aufmerksamer diesmal. «Du wirst dir doch wohl hoffentlich noch andere Schuhe anziehen, oder?» bemerkte er nüchtern.

«Wieso?» In ihre braunen Augen mit der grünlich gesprenkelten Iris trat ein Ausdruck verwirrter Unsicherheit. Mechanisch richtete sie mit der Linken ihr eben erst frisiertes, blondgefärbtes Haar, während sie mit der Rechten immer wieder fahrig über ihren Rock strich, als gelte es, hartnäckige Flusen zu entfernen.

«Es gießt in Strömen – hast du das gar nicht bemerkt?» Kleine Rinnsale liefen außen am Wohnzimmerfenster hinab, und noch während er sprach, klatschten ein paar dicke Tropfen gegen die Scheibe und verliehen seinen Worten Nachdruck.

Sie blickt hinunter auf ihre neuen schwarzen Schuhe, die sie sich extra aus Anlaß der Beerdigung angeschafft hatte und die nicht nur schick waren, sondern auch herrlich bequem. Aber bevor sie etwas sagen, vielleicht Einwände erheben konnte, fuhr er schon fort:

«Es ist doch eine Erdbestattung, oder?»

Einen Augenblick lang wußte sie nicht, wovon er sprach. Das Wort «Erdbestattung» klang so unbekannt, als sei es einer jener fremdartigen Ausdrücke, die man erst im Lexikon nachschlagen muß, um sie zu verstehen. Doch dann wußte sie, was er meinte: Erdbestattung bedeutete, daß die Leiche nicht eingeäschert wurde, sondern daß man statt dessen in der rötlichen, lehmigen Erde eine längliche Grube aushob, in die man den Toten hinablassen würde. Sie hatte dergleichen schon oft im Fernsehen und im Kino gesehen – es hatte übrigens immer geregnet.

Sie blickte aus dem Fenster. Auf ihrem Gesicht malte sich Enttäuschung.

«In *den* Schuhen wirst du dir nasse Füße holen, aber du mußt selbst wissen, was du tust.» Er schlug die Mittelseiten der Zeitung auf und vertiefte sich in einen Bericht über die sexuellen Abenteuer eines prominenten Billardspielers.

Einen Augenblick hing alles in der Schwebe, war es unentschieden, ob das Leben der Bowmans im gleichen Trott weitergehen würde wie bisher. Einen Moment später war die Entscheidung gefallen.

Ihre Schuhe, ihre neuen Schuhe zu ruinieren, darauf wollte Margaret es nun doch nicht ankommen lassen. Zwar hatte sie sie eigens für die Beerdigung angeschafft, aber sie bei diesem Wetter anziehen, hieße fünfzig Pfund zum Fenster hinauswerfen, und das wäre nun doch zu unvernünftig. Zwar war es nicht unbedingt nötig, über den ganzen Friedhof zu stapfen, aber so wie es draußen aussah, würde es den Schuhen schon den Rest geben, wenn sie bloß vor die Tür trat. Sie blickte auf die Uhr. Viel Zeit war nicht mehr. Aber trotzdem – sie würde die Schuhe wechseln. Zu Schwarz paßte zum Glück fast alles, und die grauen Schuhe mit den dicken Sohlen wären genau das Richtige, und vielleicht sollte sie auch eine andere Handtasche mitnehmen. Sie hatte da noch diese graue Ledertasche, die eigentlich farblich genau zu den Schuhen passen müßte.

Sie tanzte die Treppe hinauf, sehr eilig und schicksalhaft.

Zwei, drei Minuten später klingelte es an der Haustür. Thomas Bowman legte seine Zeitung beiseite und erhob sich, um sie zu öffnen. Draußen im strömenden Regen stand eine der Nachbarinnen, die gekommen war, um Margaret zur Beerdigung abzuholen. Sie trug dunkle Trauerkleidung, hatte sich aber vorsichtshalber gelbe Gummistiefel angezogen, die in ihm Erinnerungen weckten an die ersten Farbfernsehaufnahmen von der Landung eines bemannten Raumschiffes auf dem Mond. Über ihrem Kopf spannte sich ein grellbunter Regenschirm – ganz offenbar legten nicht alle Frauen in der Siedlung so viel Wert auf Eleganz wie Margaret.

«Sie muß jeden Moment unten sein», sagte er und lächelte der jungen Frau freundlich zu. «Schlüpft nur noch rasch in ihre Ballettschuhe, dann kann die Führung über Gottes Acker losgehen. Aber wollen Sie nicht solange hereinkommen?»

«Nein, das lohnt sich nicht. Wir sind schon reichlich spät dran. Oh, hallo Margaret!»

War sie eben in den zierlichen schwarzen Pumps die Treppe nur so hinaufgeflogen, so wirkte Margarets Schritt in den grauen, dicksohligen Halbschuhen nun beinahe schwerfällig. Sie steckte sich, die Hand schon im grauen Handschuh, noch schnell ein weißes Taschentuch in die graue Handtasche, dann war sie für die Beerdigung bereit.

Kapitel Zwei

NOVEMBER

«Postboten werden irgendwie nie beachtet», sagte er nachdenklich, «und doch haben sie Leidenschaften wie alle anderen Menschen auch.»
G. K. Chesterton, *Der unsichtbare Mann*

Nachdem sich die Haustür hinter den beiden Frauen geschlossen hatte, wartete er noch eine Weile, dann trat er ans Wohnzimmerfenster und blickte über den jetzt völlig durchweichten Rasen zur Straße. Er hatte Margaret den Wagen angeboten, da er ohnehin zu Hause bleiben wollte. Aber offenbar waren sie doch im Auto der Nachbarin gefahren, denn sein brauner Metro stand noch in der Auffahrt. Weit und breit war niemand zu sehen, so als sei Charlbury Drive von seinen Bewohnern verlassen worden. Es regnete noch immer.

Er stieg die Treppe hinauf in den ersten Stock, betrat das zweite Schlafzimmer, das nur benutzt wurde, wenn Besuch kam, und öffnete die rechte Seite des klobigen Mahagoni-Kleiderschrankes, in dem seine und Margarets abgelegte Kleidung aufbewahrt wurde. In der hinteren Ecke standen, einer über dem anderen, acht weiße Schuhkartons. Mit sicherem Griff zog er den dritten von unten aus dem Stapel heraus, nahm den Deckel ab und holte mit einem tiefen Seufzer die Whiskyflasche heraus. Sie war bereits zu zwei Dritteln leer, man konnte aber natürlich auch sagen, noch ein Drittel voll – letzteres vermutlich eine Version, die Thomas Bowman bevorzugt hätte. Der Karton war sehr alt und diente ihm nun schon seit sechzehn Jahren, seit Beginn ihrer Ehe, wann immer er etwas vor Margaret verbergen wollte, als Versteck. Vor Jahren, damals war er noch aktives Mitglied eines Fußballclubs gewesen, hatte er eine Woche lang eine Reihe obszöner Fotos darin aufbewahrt, die in der Mannschaft, angefangen vom schon recht betagten Torhüter bis hinunter zum erst vierzehnjährigen Linksaußen, die Runde gemacht hatten. Inzwischen war er seit längerem schon der Aufbewahrungsort für seinen Whisky, der, wie er sich selbst eingestand, auf gefährliche Weise für ihn immer unverzichtbarer wurde. Sowohl was die Fotos anging als auch in bezug auf den Whisky hatte er zwar seiner Frau gegenüber ein schlechtes Gewissen, andererseits sah er aber auch keinen Anlaß, sich nun vor Scham zu verzehren. Ohnehin hatte er unausgesprochen die Theorie aufgestellt, daß seine hübsche, wenn auch mittlerweile etwas rundlich gewordene Frau ihm die Fotos schon verzeihen würde, wenn sie jemals davon erfahren sollte – jedenfalls eher als den Whisky. Oder würde sie ihm vielleicht auch den Whisky verzeihen? Früher hatte er immer angenommen, daß ihr im Zweifelsfall ein nichttrinkender, gelegentlich untreuer Ehemann lieber sei als einer, der zwar treu, aber ständig alkoholisiert war. In letzter Zeit allerdings war er sich dieser Einschätzung nicht mehr so sicher gewesen. Hatte sie sich vielleicht, was ihre Einstellung zum Alkohol anging, verändert, und wenn ja, seit wann? Sie mußte mehr als einmal an seinem Atem gemerkt haben, daß er getrunken hatte, auch wenn sie sich in den letzten Monaten zugegebenermaßen nur sehr selten und dann auch immer nur flüchtig körperlich nahegekommen waren. Aber derlei Gedanken, mochten sie auch des öfteren auftauchen, nahmen seine Aufmerksamkeit immer nur kurze Zeit in Anspruch, dann pflegte er sie energisch beiseite zu schieben. So auch jetzt. Er packte den Schuhkarton zurück und wollte gerade zwei seiner ausgedienten Anzüge wieder an ihren alten Platz auf der Kleiderstange zurückschieben, als er plötzlich auf dem Boden des Schrankes, direkt hinter der linken Tür – einer Tür, die seiner Erinnerung nach kaum geöffnet wurde –, die schwarze Handtasche entdeckte, die Margaret, nachdem sie sich entschieden hatte, die graue zu nehmen, zurückgelassen hatte.

Im ersten Moment war er nicht besonders überrascht, erst recht spürte er keine Neugier, doch dann auf einmal kam es ihm merkwürdig vor, und je länger er die Tasche ansah, um so merkwürdiger: Er konnte sich nicht entsinnen, jemals vorher eine ihrer Taschen dort stehen gesehen zu haben. In der Regel befand sich die Tasche, die sie gerade in Gebrauch hatte, neben ihrem Bett. Er ging hinüber in das gemeinsame Schlafzimmer. Vor dem Bett am Fenster, ihrem Bett, lagen unordentlich ihre schwarzen Pumps, so wie sie sie in aller Eile vor ihrem Aufbruch abgestreift hatte.

Er ging wieder zurück und zog die Handtasche hervor. An und für sich war er kein neugieriger oder gar mißtrauischer Ehemann und wäre normalerweise nie auf die Idee gekommen, ihre Handtasche zu durchwühlen. *Normalerweise.* Aber er hatte eben auch nie vorher den Eindruck gehabt, daß seine Frau ihre Handtasche vor ihm versteckte. Und wenn sie das jetzt tat, dann konnte es nur einen Grund geben: Es gab irgend etwas in dieser Tasche, das er nicht sehen sollte, das sie aber bei ihrem eiligen Aufbruch auch nicht mehr hatte verstecken wollen. Der Verschluß der Tasche sprang sofort auf, und er sah den Brief gleich auf den ersten Blick. Er war vier Seiten lang.

Du bist ein egoistisches Biest, aber wenn Du denkst, Du kannst Dich jetzt so ohne weiteres zurückziehen, wie es Dir paßt, dann mach Dich auf Ärger gefaßt, vielleicht habe ich da auch noch ein Wörtchen mitzureden. Wenn Du vorhast, mich wie ein Stück Dreck zu behandeln, dann mach Dir am besten gleich klar, daß ich es Dir heimzahlen werde. Und ich warne Dich: Ich kann ganz schön gemein sein, wenn ich will, so gemein wie Du jedenfalls allemal. Und wie gern hast Du doch alles genommen, was ich Dir geben konnte, und die Tatsache, daß ich es Dir auch geben wollte, *heißt noch lange nicht, daß wir jetzt quitt wären, und Du so mir nichts dir nichts alles hinschmeißen und so tun kannst, als sei nichts gewesen. Nun, der Zweck dieses Briefes ist, Dich eines Besseren zu belehren. Und gib Dich keinen falschen Hoffnungen hin – ich meine es ernst ...*

Sein Mund fühlte sich völlig ausgedörrt an. Hastig überflog er die übrigen Seiten. Doch der Verfasser hatte auf eine Unterschrift verzichtet – genauso wie auf die Anrede. Die Botschaft des Briefes war dennoch klar genug, er hätte ein kompletter Idiot sein müssen, sie nicht zu begreifen: Seine Frau betrog ihn mit einem anderen – und das offenbar nicht erst seit gestern.

Hinter seiner Stirn begann es schmerzhaft zu pochen, das Blut dröhnte ihm in den Ohren, und er hatte das Gefühl, keinen klaren Gedanken fassen zu können. Merkwürdigerweise schien sein Körper ihm jedoch zu gehorchen, denn seine Hand war völlig ruhig, als er sich den Whisky in das billige kleine Glas goß, das er für seine heimliche Trinkerei zu benutzen pflegte. Es gab Tage, da verdünnte er den Alkohol mit Leitungswasser. Heute jedoch trank er ihn pur. Erst einen kleinen Schluck, dann einen größeren, und den Rest kippte er in einem einzigen Zug hinunter. Er goß sich sofort nach und hatte auch das zweite Glas bald geleert. Der Rest aus der Flasche reichte gerade für ein drittes Glas, und bei diesem letzten Glas ließ er sich Zeit und versuchte, das vertraute Gefühl von Wärme und Wohlbehagen zu genießen, das sich allmählich in ihm ausbreitete. Und auf einmal, unerwartet und geradezu paradox, spürte er, wie die wütende Eifersucht, die ihn eben noch zu überfluten gedroht hatte, wich und er auf einmal ein Gefühl von Zärtlichkeit, ja, Liebe für seine Frau empfand, wie er es lange nicht mehr gekannt hatte. Plötzlich stand ihm wieder jener Tag vor Augen, als sie in völliger Überschätzung ihres Könnens und sehr unzureichend vorbereitet in die Fahrprüfung gegangen und prompt durchgefallen war. Als sie ihm hinterher enttäuscht, aber gefaßt und ganz ruhig erklärt hatte, warum sie ihrer Meinung nach gescheitert war, damals hatte ihn eine Welle von Mitgefühl durchströmt. Und wäre er in jenem Moment den Prüfer, der sich gezwungen gesehen hatte, seiner Frau Unfähigkeit zu attestieren, begegnet, er wäre ihm vermutlich an die Gurgel gegangen. Ihr beinahe demütiges Sich-in-die-Sache-Schikken, ihre völlige Schutzlosigkeit hatten ihn jedenfalls so angerührt, daß er beschloß, alles in seiner Kraft Stehende zu tun, um ihr weitere Niederlagen zu ersparen.

Thomas Bowman nahm den letzten Schluck aus seinem Glas und stieg dann mit langsamen, aber durchaus nicht unsicheren Schritten die Treppe hinunter – die leere Flasche in der Linken, in der Rechten den Brief. Er holte sich die Autoschlüssel vom Küchentisch und zog sich den Regenmantel an. Bevor er den Metro aufschloß, ging er hinüber zu den Abfalltonnen und ließ die Whiskyflasche verschwinden, setzte sich dann hinter das Steuer seines Wagens und fuhr los. Es gab da etwas zu erledigen, eine Kleinigkeit nur, aber er wollte es gleich tun.

Das Ziel seiner Fahrt war seine Arbeitsstelle. Sie lag nur etwa einen Kilometer entfernt in Chipping Norton. Er war nun fast euphorisch, so begeistert war er von der unabweisbaren Logik dessen, was er plante. Erst bei seiner Rückkehr, etwa eine Viertelstunde später, als er den Brief wieder in die Handtasche zurücklegte, wurde er sich plötzlich bewußt, wie sehr er den Mann, der ihm die Zuneigung seiner Frau geraubt und sie zur Untreue verleitet hatte, haßte und verachtete – er war ja nicht einmal Manns genug gewesen, den Brief mit seinem Namen zu unterzeichnen.

Der Regen hatte endlich aufgehört. Margaret Bowman stand inmitten der kleinen Schar von Trauergästen am offenen Grab. Sie war froh, die grauen Schuhe angezogen zu haben, die Friedhofswege waren völlig aufgeweicht, und man sank bei jedem Schritt, den man machte, unweigerlich ein. Der überraschend jungenhaft aussehende Geistliche leitete die Trauerfeier mit würdigem Ernst und ohne ungebührliche Hast. Sie hatte hier und da Gesprächsfetzen aufgefangen und so erfahren, daß der Alte bei der Landung in der Normandie dabeigewesen war und bis zum Schluß mitgekämpft hatte. Als zum Abschluß einer der Veteranen aus dem Britischen Frontkämpferverband eine Mohnblume auf seinen Sarg geworfen hatte, Symbol des Gedenkens an die Toten beider Weltkriege, waren ihr die Tränen in die Augen gestiegen.

«Das wär's dann wohl gewesen», sagte ihre Begleiterin, die Frau mit den gelben Gummistiefeln. «Mit Port und belegten Broten ist heute wohl nicht zu rechnen.»

«Ist das denn sonst üblich?»

«Na klar, schon um auf andere Gedanken zu kommen. Heute hätten wir es gut gebrauchen können – bei dem Mistwetter.»

Margaret erwiderte nichts darauf, und die beiden Frauen schwiegen, bis sie wieder im Wagen saßen.

«Kommst du noch mit in den Pub?»

Margaret schüttelte den Kopf. «Nein, lieber nicht. Ich möchte schnell nach Hause.»

«Du wirst dich doch wohl jetzt nicht hinstellen und ihm das Mittagessen kochen?»

«Ich habe gesagt, ich würde uns eine Kleinigkeit zurechtmachen, wenn ich wieder zurück bin», sagte sie beinahe entschuldigend.

Die Frau in den Gummistiefeln zuckte nur mit den Achseln. Margaret machte einen nervösen Eindruck, es war wohl das beste, sie so schnell wie möglich zu Hause abzusetzen und dann allein zum Pub weiterzufahren, wo die anderen schon auf sie warten würden.

Margaret trat sich die Füße ab und schloß auf.

«Ich bin wieder da-ha!» rief sie. Doch sie erhielt keine Antwort. Sie warf nacheinander einen schnellen Blick in die Küche, ins Wohnzimmer und ins Schlafzimmer – schließlich ins Gästezimmer. Er war nicht da, und sie war froh darüber. Sie hatte, gleich als sie kam, gesehen, daß der Metro aus der Auffahrt verschwunden war, aber es hätte ja auch sein können, daß er ihn wegen des Regens in die Garage gefahren hatte. Wahrscheinlich war er also in den Pub gefahren – es war ihr so nur recht. Sie betrat das Gästezimmer, zog die Tür des Kleiderschrankes auf, holte ihre Handtasche hervor und öffnete sie – der Brief war noch da. Sie hatte sich also umsonst Sorgen gemacht und bereute jetzt beinahe, nicht zu den anderen in den Pub gegangen zu sein; einen Gin hätte sie ganz gut vertragen können. Aber sei's drum. Der Stapel Schuhkartons in der hinteren Ecke sah etwas wackelig aus, und sie schob die Schachteln wieder ordentlich aufeinander. Mit einem Seufzer der Erleichterung verließ sie das Zimmer und ging hinunter in die Küche. In Zukunft würde sie vorsichtiger sein.

Sie wärmte sich die Reste des Hühnchen-Risotto auf, das es gestern zum Abendessen gegeben hatte, aber die wenigen Bissen schmeckten wie Stroh, und sie schob den Teller schnell wieder beiseite. In was für eine Situation hatte sie sich bloß gebracht! Was für eine gräßliche, aussichtslose Situation! Sie setzte sich ins Wohnzimmer, stellte das Radio an und hörte die Ein-Uhr-Nachrichten. Das englische Pfund hatte sich über Nacht leicht erholt; sie wünschte, von ihrem Herzen ließe sich dasselbe sagen. Sie schaltete den Fernseher ein und sah sich die Übertragung der ersten beiden Rennen aus Newbury an, ohne daß sie allerdings hinterher hätte sagen können, welches der Pferde nun eigentlich den Sieg davongetragen hatte. Auch vom dritten Rennen bekam sie so gut wie nichts mit, und erst das Quietschen der Bremsen auf der Auffahrt riß sie aus ihrer Versunkenheit. Er küßte sie zur Begrüßung leicht auf die Wange und erkundigte sich, wie die Beerdigung gewesen sei. Seine Stimme klang, als sei er nüchtern, doch sie wußte, daß er mehr als ein Glas getrunken hatte und war infolgedessen nicht im mindesten überrascht, als er erklärte, sich erst einmal etwas hinlegen zu wollen.

Doch Thomas Bowman fand an diesem Samstagnachmittag nur wenig Ruhe, denn in seinem Kopf begann sich ein Plan zu formen. Niemand außer ihm war im Raum gewesen, als er in seiner Dienststelle den an Margaret gerichteten Brief fotokopiert hatte. Das Original und die Kopie in Händen war er an eines der zum Hof hinausgehenden Fenster getreten und hatte, zunächst noch ganz abwesend, auf die Reihen der ordentlich geparkten Zustellautos hinuntergestarrt. Nach einer kleinen Weile war ihm ins Bewußtsein gedrungen, was er sah, und plötzlich hatte ihn der Gedanke beschäftigt, wie unauffällig sich doch der Fahrer eines dieser Wagen in der Stadt bewegen konnte. Zum einen, weil die Autos ringsum geschlossen waren und man den Fahrer überhaupt nur von vorne richtig sehen konnte, zum anderen, weil die kleinen, roten Wagen so sehr zum Stadtbild gehörten, daß ihnen niemand mehr Beachtung schenkte. Nicht einmal die ansonsten scharfäugig nach Opfern Ausschau haltenden Politessen schenkten ihnen Beachtung, wenn sie sich langsam von einem Haltepunkt zum nächsten bewegten. In dem Brief hatte der Mann, der Margaret offenbar rücksichtslos unter Druck zu setzen versuchte, geschrieben, daß er sie unbedingt zu treffen wünsche, und zwar am Montag um zehn vor eins vor der Summertown-Bücherei in der South Parade. Und auf einmal und für ihn selbst überraschend war er entschlossen gewesen, an diesem Treffen teilzunehmen – sozusagen als unsichtbarer Dritter. Ein rotes Zustellauto zu bekommen war kein Problem, das würde er schon hinkriegen. Günstig war auch, daß er die Gegend gut kannte. Er hatte Margaret, bevor sie ihren Führerschein machte, oft zur Bücherei gebracht und auch wieder abgeholt und wußte, daß sich an der Ecke von South Parade und Middle Way ein kleines Postamt befand mit einem Briefkasten davor. Ein Postfahrzeug würde dort überhaupt nicht auffallen…

Doch dann schien plötzlich für einen Moment sein ganzer schöner Plan wieder in sich zusammenzufallen: Er wußte ja überhaupt nicht, wie lange Margaret den Brief schon mit sich herumgetragen hatte. Er war undatiert, es gab also keinerlei Anhaltspunkt, welcher

Montag gemeint war. Theoretisch war es möglich, daß sie sich schon letzten Montag getroffen hatten. Doch irgendwie glaubte er das nicht. Ganz irrational war er davon überzeugt, daß der kommende Montag gemeint war, genauso, wie er keinen Moment daran zweifelte, daß Margaret diese Verabredung einhalten würde. Er sollte in beiden Punkten recht behalten.

Am folgenden Montag um zehn vor eins sah er im Seitenspiegel, daß Margaret sich seinem Auto näherte. Er rutschte auf seinem Sitz ein Stück tiefer, doch seine Vorsicht war unnötig. Sie ging vorüber, ohne das Auto auch nur mit einem Blick zu beachten. Wenige Sekunden später, Margaret war vielleicht sechs, sieben Meter entfernt, hielt plötzlich neben ihr ein Maestro. Der Fahrer beugte sich hinüber, um die Beifahrertür zu öffnen. Margaret stieg ein, und im selbem Moment brauste der Wagen mit hoher Geschwindigkeit davon.

Doch nicht schnell genug. Als er vor der Einbiegung in die Woodstock Road halten mußte, stand drei Wagen hinter ihm das rote Postauto. Die Beschattung des Maestro war das erste Glied in einer Kette von Ereignissen, die schließlich in Mord gipfeln würden – clever geplant und mit entschlossener Brutalität ausgeführt.

Kapitel Drei

DEZEMBER

‹Ich habe ein weiteres Jahr beendet›, sprach Gott,
‹In Grau, Grün, Weiß und Braun;
Ich habe das Blatt auf den Rasen gestreut,
Den Wurm in der Erde versiegelt,
Und die letzte Sonne herabgelassen.›
Thomas Hardy, *New Year's Eve*

Die von Bäumen gesäumte St. Giles' Street, eine der Hauptverkehrsstraßen Oxfords, weist sich an vier oder fünf Stellen mit schweren, gußeisernen Schildern aus (weiße Lettern auf schwarzem Grund), die in Lucy's Gießerei im angrenzenden Stadtteil Jericho angefertigt worden sind. Der Apostroph am Ende des Namenszugs bedeutet vermutlich, daß Oxford glaubt, seinem Ruf als Gelehrtenstadt gerecht werden zu müssen, und es ist nur ein Glück, daß nicht auch noch die Autoritäten der Fakultät für Englisch ein Mitspracherecht haben, denn *sie* würden ganz sicher darauf bestehen, hyperkorrekt dem Apostroph noch ein weiteres «s» sowie einen zweiten Apostroph folgen zu lassen: St. Giles's' Street. Doch das nur nebenbei. Der Kreis derer, die mit dem Rat *Fowler*s bezüglich des Umgangs mit dem Genitiv vertraut sind, dürfte nicht allzu groß sein, und die Personen der nun folgenden Kapitel gehören ganz gewiß nicht dazu. Sie zählen, hält man sich an die gängige Oxforder Unterscheidung zwischen «Geist» und «Geld», ganz eindeutig zur letzteren Kategorie.

Die St. Giles' Street teilt sich an ihrem nördlichen Ende, dort, wo sich auf einem Rasendreieck ein Mahnmal zum Gedenken an die Toten der beiden Weltkriege erhebt, nach links in die Woodstock, nach rechts in die Banbury Road. Folgt er dieser, so wird dem Besucher nach einigen hundert Metern eine Reihe von Häusern auffallen, die alle im selben Stil gehalten sind, einem Stil, den man mit einigem Recht als venezianische Gotik beschreiben darf. Über Fenstern und Türen wölben sich Spitzbögen, und die Fenster selbst sind durch zwei, manchmal auch drei schmale Säulen unterteilt.

Die Häuser sind in den siebziger Jahren des letzten Jahrhunderts entworfen worden, und Ruskins Einfluß ist so deutlich zu spüren, daß man meint, er hätte den Architekten während ihrer Arbeit über die Schulter geschaut. Dem Betrachter mögen sie mit ihren gelb-beigen Mauern und den purpur-blauen Schieferdächern zunächst ein wenig streng erscheinen, doch wird er sein Urteil bei genauerem Hinsehen revidieren müssen: Die eingefügten Reihen orange-farbener Steine mildern den asketischen Eindruck, und die Wiederkehr der Spitzbögen als flächiges Ornament in Orange und Purpur tut sein übriges, das Ganze aufzulockern.

Geht man weiter, so erblickt man, Park Town rechter Hand hinter sich lassend, eine Anzahl Villen aus rotem Backstein, die – besonders nach den anfangs eher abweisend wirkenden Fassaden der venezianischen Gotik – sofort anheimelnd wirken. Die Dächer sind mit roten Ziegeln gedeckt, und bei fast allen sind die Fenster freundlich weiß umrahmt. Die Architekten, mittlerweile fünfzehn Jahre älter und überdies endlich aus dem Schatten Ruskins getreten, hatten es nun wieder gewagt, Fenster zu entwerfen, deren Sturz in einer schlichten Horizontalen bestand. Und so lassen sich nun, auf nicht einmal einen Kilometer, in dichter Nachbarschaft zueinander, die steingewordenen Zeugnisse zweier sehr unterschiedlicher Architekturrichtungen entdecken, entstanden zu einer Zeit, als die ersten Professoren aus der damals noch klösterlichen Universität auszogen, um zu heiraten und eine Familie zu gründen. In ihren geräumigen Villen waren bald Scharen weiblicher Bediensteter beschäftigt, angefangen beim Stubenmädchen bis hinunter zur Küchenmagd. Die Bebauung rechts und links der Woodstock und der Banbury Road schritt in nördlicher Richtung stadtauswärts unaufhörlich voran, und der Ausdehnungsprozeß war anhand der jährlich neu entstehenden Villen beinahe ebenso exakt zu erkennen wie das Wachstum eines gefällten und zersägten Baumes an seinen Jahresringen.

Ziemlich genau zwischen den beiden oben beschriebenen Gruppen von Häusern steht ein Gebäude, das weder ganz zu der einen noch zu der anderen Kategorie gehört, sondern nicht nur was den Ort, sondern auch was sein Aussehen angeht, irgendwo in der Mitte steht: das Hotel *Haworth*. Es ist nicht notwendig, den Bau, oder vielmehr die Bauten, im Detail zu beschreiben, doch ein paar Einzelheiten über seine Geschichte sollten besser bereits jetzt erwähnt werden. Als das Hotel vor zehn Jahren zum Verkauf stand, wurde es von einem gewissen John Binyon erworben, einem ehemaligen Fabrikarbeiter aus Leeds, der kurz vorher im Toto gewonnen hatte. Sein Einsatz war zwar ausgesprochen gewagt gewesen, er hatte gerade einmal ein Pfund in die Wette investiert, dafür hatte er jedoch einen um so kühneren Tip abgegeben. Er hatte nämlich (zum nicht geringen Erstaunen aller am Fußball interessierten Briten) von vornherein angenommen, daß der Spitzenreiter der Ersten Liga in einer frühen Ausscheidungsrunde um den Englischen Pokal gegen einen Amateurligisten aus Nord-Staffordshire unterliegen würde. Nun, wie sich herausstellte, hatte er recht und konnte als Belohnung für soviel schon beinahe unverschämte Unvoreingenommenheit 450000 Pfund einstreichen. Sein Entschluß, das Geld in dem Kauf des Hotels *Haworth* anzulegen, erwies sich als klug. Nach ein paar umsatzschwachen Monaten zog das Geschäft an, und von da an ging es beständig aufwärts. Nachdem Binyon das Haus zwei Jahre mit gutem Erfolg als Hotel garni geführt hatte, ließ er es modernisieren, und von nun an gehörte es in die Hotelkategorie. Sämtliche Zimmer besaßen entweder Dusche oder Bad sowie Farbfernsehen, es gab ein Fitness-Studio sowie ein Restaurant, für das er eine Ausschanklizenz erhalten hatte. Vier Jahre später tauchte neben dem Eingang das von allen Hotelbesitzern heißbegehrte Schild auf – die Automobile Association, kurz AA, hatte das Hotel einer Empfehlung in Form eines Sterns für würdig befunden. Dies sorgte für eine weitere Belebung des Geschäfts, so daß Binyon zu expandieren beschloß. Und dies gleich in zwei Richtungen. Zum einen erwarb er weitere, sich unmittelbar an das Hotel anschließende Gebäude, die er nach gründlichen Umbau- und Renovierungsarbeiten als Dependance nutzen wollte, wo er, vor allem im Frühjahr und Sommer, der Hauptreisezeit, weitere Gäste unterbringen konnte. Zum anderen hatte er seit längerem Überlegungen angestellt, wie der vergleichsweise flauen Auslastung der Zimmer zwischen Oktober und März begegnet werden könne, und war auf die Idee gekommen, zu Weihnachten und an den Wochenenden billige Pauschalangebote inklusive eines attraktiven Unterhaltungsprogramms zu offerieren. Und so ließ er, wie schon in den beiden Jahren zuvor, auch dieses Mal wieder im Herbst halbseitige Anzeigen in die einschlägigen Broschüren «Preiswerte Winterferien-Angebote sowie günstige Weihnachts- und Silvester-Arrangements» der Reiseveranstalter einrücken. Auf Anfrage verschickte Binyon an Interessenten das detaillierte Programm («Bei diesen Preisen werden Sie kaum widerstehen können»). Das Drei-Tage-Pauschalangebot über Silvester, das die Männer und Frauen, denen wir auf den folgenden Seiten begegnen werden, gebucht hatten, sah folgendermaßen aus:

DIENSTAG

Silvester

12.30 Uhr   Empfang! John und Catherine Binyon begrüßen alle diejenigen Gäste mit einem Sherry, die es schon so früh haben einrichten können zu kommen.

13.00 Uhr   Lunch-Buffet: eine gute Gelegenheit, alte Bekannte wiederzutreffen oder neue Bekanntschaften zu schließen.
Am Nachmittag besteht für alle die Möglichkeit, sich Oxford anzusehen; das Stadtzentrum ist zu Fuß in weniger als 10 Minuten zu erreichen. Für diejenigen unter Ihnen, die Spaß an Spiel und Wettkämpfen haben, werden Turniere veranstaltet. Sie haben die Wahl zwischen Darts, Billard, Tischtennis, Scrabble und Videospielen! Die jeweiligen Gewinner erhalten Preise!!!

17.00 Uhr   Tee mit Keksen und sonst gar nichts – wir wollen, daß Sie sich Ihren Appetit für heute abend aufheben...

19.30 Uhr   Unser grosses Kostüm-Gala-Diner
Wir denken, es wird ein Riesenspaß sein, wenn jeder, ja, bitte jeder! kostümiert zum Diner erscheint. Aber keine Angst! Auch wer nicht verkleidet ist, braucht auf seinen Cocktail nicht zu verzichten. Der Abend steht

unter dem Motto «Geheimnisvolle Welt des Ostens», und alle, die Lust haben, bei ihrer Verkleidung ein bißchen zu improvisieren, sind herzlich eingeladen, sich aus unserer «Lumpenkiste» im Aufenthaltsraum zu bedienen.

22.00 Uhr   Prämiierung der besten Kostüme und anschließend weiter Live-Kabarett und Tanz, damit Sie, wenn es soweit ist, richtig in Stimmung sind!

Mitternacht   Endlich! Der langersehnte Augenblick!
bis 1.00 Uhr   Sekt, Sekt, Sekt, und Auld Lang Syne!
Und danach – in die Betten!

MITTWOCH

Neujahr

08.30 –   Ein reichhaltiges kontinentales Frühstück erwartet
10.30 Uhr   Sie (und bitte seien Sie möglichst leise – vielleicht hat ja der eine oder andere doch einen Kater).

10.45 Uhr   SCHATZSUCHE PER AUTO. Die Spuren werden über ganz Oxford verteilt sein, aber die Hinweise sind so klar und eindeutig, daß Sie ganz bestimmt nicht in die Irre laufen, oder besser, fahren. Also, nur Mut! Und steigen Sie ab und zu aus, und genießen Sie die frische Luft in einem hoffentlich zu dieser Stunde noch autofreien Oxford. (Die Schatzsuche wird etwa 1 ½ Stunden dauern.) Preise warten auf die Sieger!!!

13.00 Uhr   Traditioneller englischer Lunch mit Roastbeef.

14.00 Uhr   Für alle, die noch genug Energie haben, veranstalten wir TURNIERE, die anderen haben die Gelegenheit zu einem Mittagsschlaf.

16.30 Uhr   Tee mit Rosinenküchlein und dicker Devonshire-Sahne.

18.30 Uhr   Sie werden abgeholt zu einer Aufführung von *Aladin* im Apollo-Theater. Bei Ihrer Rückkehr erwartet Sie ein kaltes Buffet, anschließend Tanz, begleitet von der Band *Paper Lemon*, so lange bis Ihre Lust und Laune – unser Getränkevorrat bestimmt nie! – erschöpft sind.

DONNERSTAG

09.00 Uhr   Englisches Frühstück mit allem, was dazu gehört.
– 10.30 Uhr   Letzte Gelegenheit, sich von Ihren alten und neuen Freunden zu verabschieden (und sich vielleicht gleich für nächstes Jahr mit ihnen zu verabreden?).

Natürlich spricht ein solches Angebot nicht jeden an. Es gibt Menschen, denen allein schon der Gedanke, an einem Silvesterabend halb freiwillig, halb gezwungen an einem Darts-Turnier teilzunehmen, sich als Samurai zu verkleiden oder sich auch einfach nur in Gesellschaft anderer ein Stück weit gehen zu lassen, gelinde gesagt, Panik verursacht. Aber es gibt eben auch Leute, die gar nicht wissen, wie sehr ihnen so etwas Vergnügen macht. Unter Binyons Gästen in den letzten zwei Jahren waren immer auch Paare, die, nachdem man sie anfänglich hatte überreden müssen, plötzlich zu ihrer eigenen Überraschung entdeckten, daß sie an den gemeinschaftlichen Aktivitäten, die die Binyons, wenn auch manchmal etwas sehr aufdringlich, anpriesen, tatsächlich Spaß hatten. Einige Paare kamen denn auch in diesem Jahr schon zum zweiten-, eines gar zum drittenmal. Obwohl, um der Wahrheit die Ehre zu geben, gesagt werden muß, daß es sich bei letzterem um ein eher unangenehmes Gespann handelte, und keiner der beiden auch nur im Traum daran dachte, sich in irgendeiner Form an den gemeinsamen Unternehmungen zu beteiligen. Ihr Spaß bestand gerade darin, den anderen stirnrunzelnd bei ihren, wie sie meinten, pubertären Vergnügungen zuzusehen. Alles in allem waren die Gäste jedoch in der Regel gutwillig, und es kostete in der Regel wenig Mühe, sie zu überreden, sich doch für das große Kostüm-Galadiner eine Verkleidung zu überlegen. Hinterher hatte sich oft herausgestellt, daß die, die zu

Anfang am meisten gezögert hatten, am Ende das witzigste Kostüm hatten und oft wirklich bis zur Unkenntlichkeit verkleidet waren. Auch in diesem Jahr ließ, wie wir sehen werden, der Einfallsreichtum der Gäste nichts zu wünschen übrig. Einige waren so geschickt angezogen und geschminkt, daß selbst alte Bekannte Mühe gehabt hätten, sie zu erkennen.

Den Mann, der den ersten Preis gewann, hätte man glatt für einen echten Rastafari halten können.

Kapitel Vier

30. / 31. DEZEMBER

Schläfrig zu sein und nicht ins Bett zu können ist das mieseste Gefühl der Welt.
E. W. Howe, *Sprichwörter aus einem Landstädtchen*

Sobald sie müde wurde – dies geschah gewöhnlich in den frühen Abendstunden –, rutschte Miss Sarah Jonstones reichlich groß geratene Brille ein Stück weit die kleine, gerade Nase hinunter. Wenn sie zu dieser Zeit an einem der beiden supermodernen Telefone einen Anruf entgegennahm, konnte man ihrer Stimme anhören, daß die Freundlichkeit nur noch Routine war, und einem noch spät eintreffenden Reisenden mochte auffallen, daß ihr Lächeln etwas gekünstelt wirkte. Ihrem Chef, und das war schließlich die Hauptsache, erschien die schon etwas verblühte Frau von Mitte Vierzig als die ideale Angestellte schlechthin. Sie war jetzt seit fünf Jahren bei ihm beschäftigt. Angefangen hatte sie als bessere Empfangsdame, doch Binyon hatte schnell erkannt, wie tüchtig sie war, und so war sie bald zur Geschäftsführerin aufgestiegen. Allerdings nur inoffiziell, da Binyons Frau Catherine, eine linkische, reizlose Person, darauf bestand, daß diese Funktion, jedenfalls formal, im Briefkopf und in den Prospekten, mit ihrem Namen verknüpft blieb.

Der Weihnachtstrubel war nun glücklich vorbei, und Sarah Jonstone begann sich auf ihren Urlaub zu freuen – eine Woche alles hinter sich lassen, nichts hören und sehen! Außerdem würde sie um die Silvesterfestivitäten herumkommen, ein weiterer Grund zur Freude; denn sie hatte dem Rummel zum Jahresende aus irgendeinem Grund nie viel abgewinnen können.

Bereits im November hatte sich gezeigt, daß das von Binyon offerierte Weihnachtsarrangement großen Zuspruch fand. Hauptsächlich – wenn auch nicht ausschließlich aus diesem Grund – hatte er denn auch alles darangesetzt, daß die Umbauarbeiten im frisch hinzuerworbenen Gebäude auf dem Nachbargrundstück zügig vorangingen. Und tatsächlich waren bis zum vierundzwanzigsten die Bauarbeiten so weit abgeschlossen gewesen, daß man die Räume, wenn auch mit etwas Improvisation, hatte belegen können. Eigentlich war es einmal seine Absicht gewesen, das Hotel mit dem Gebäude auf dem Nachbargrundstück durch einen eingeschossigen Gang zu verbinden. Doch obwohl die Entfernung zwischen den beiden Häusern kaum mehr als zwanzig Meter betrug, hatte sich bezüglich einer möglichen Bodenabsenkung, der Notausgänge und Lieferanteneingänge, der Abflüsse und Gasleitungen derartig komplexe Probleme ergeben, daß Binyon schließlich von seinem ursprünglichen Plan Abstand nahm und sich entschied, die Neuerwerbung als räumlich getrennte Dependance zu führen. Selbst diese Lösung war, wie er fand, noch exorbitant teuer. Der riesige gelbe, dem griechischen Großbuchstaben Gamma ähnliche Kran, der nun schon seit Monaten nebenan im Nachbargarten stand, dort, wo früher Chrysanthemen und Fingerhut geblüht hatten, war für ihn zu einem ärgerlichen Symbol geworden. Seit dem Spätsommer hatten Angestellte wie Gäste des Hotels unter der Baustelle zu leiden gehabt und hatten oft nicht recht gewußt, was nun schlimmer war: die ständig staubige Luft oder der unablässige Lärm. Doch als der Winter kam und mit ihm ein November, der einen neuen Rekord an Niederschlag brachte, erschienen sowohl Staub als auch Lärm im nachhinein als völlig unerhebliche Störungen. Denn der Novemberregen hatte die Baustelle langsam, aber sicher in einen Sumpf verwandelt, und der Anblick des zäh-klebrigen, dunkel-orangefarbenen Morastes ließ an Bilder des im Ersten Weltkrieg schwer umkämpften westflandrischen Dorfes Passchendaele denken. Der Schlamm war allgegenwärtig: er klebte an den Rädern der Schubkarren, die die Bauarbeiter benutzten, saß als dicke Kruste auf den Planken, die man ausgelegt hatte, um halbwegs trockenen Fußes von einem Punkt zum anderen zu gelangen, und, was vielleicht am schlimmsten zu ertragen war, verwandelte das Hotelfoyer und auch den Eingang der Dependance, zumindest was die Fußböden anging, in eine Art Stall. Es war ganz klar, daß man unter diesen Bedingungen den Gästen mit den Preisen entgegenkommen mußte, und so ließ Binyon seinen Anzeigen in den Prospekten der Reiseveranstalter den Zusatz anfügen, daß zu Weihnachten und Silvester die Preise für die Zimmer im Hauptgebäude um 15 Prozent, für die drei Doppelzimmer und das Einzelzimmer im Erdgeschoß der erst halbfertigen Dependance sogar um 25 Prozent ermäßigt seien. Und das war nun in der Tat ein günstiges Angebot. Schließlich ruhten während der Feiertage die Bauarbeiten, und es würde weder Lärm noch Staub geben – Schlamm allerdings jede Menge.

Zwar hatten Putzfrauen und Zimmermädchen alles in ihren Kräften Stehende getan, des Drecks Herr zu werden, doch ungeachtet der Tatsache, daß täglich geschrubbt und gesaugt worden war, hatten Läufer, Teppiche und auch das Linoleum nach den Weihnachtsfeiertagen eine Generalreinigung dringend nötig. Als Termin dafür war der 30. Dezember vorgesehen, damit, wenn am 31. vormittags die ersten Neujahrsgäste eintrafen, alles sauber und bereit wäre. Doch die tatsächliche Durchführung der Reinigungsaktion warf Probleme auf. Personal ist in Hotels sowieso immer knapp, und als ausgerechnet jetzt, wo man eigentlich noch zusätzliche Hilfe gebraucht hätte, zwei Putzfrauen an Grippe erkrankten und ausfielen, gab es keine Alternative: Binyon, seine Frau, Sarah Jonstone und ihre Assistentin Caroline mußten einspringen. Mit Lappen und Bürsten bewaffnet hatten sie sich an die Arbeit gemacht und konnten gegen Abend zufrieden registrieren, daß in allen Zimmern und auf allen Fluren jeder noch so kleine angetrocknete Lehmkrümel getilgt war. Jetzt erst, als sie fertig waren, spürte Sarah ihre Erschöpfung. Aber alles in allem hatte sie die körperliche Arbeit durchaus als angenehm empfunden. Zwar verspürte sie hier und dort Muskelkater, vor allem unterhalb der Rippen und in den

Kniekehlen, aber gleichzeitig machte die physische Müdigkeit die Aussicht auf die Ferien nur um so verlockender. Zu Hause angekommen, hatte sie sich erst einmal ein ausgedehntes Schaumbad gegönnt. Anschließend hatte sie bei Jenny, ihrer einzigen richtigen Freundin, angerufen, um ihr zu sagen, daß sie sich gerade entschieden hätte, doch an ihrer Party teilzunehmen. Jennys Bekannte pflegten einen lockeren, etwas frivolen Umgangston, der sie bisweilen etwas unsicher machte, aber dafür war kaum einer von ihnen langweilig, und mancher sogar ausgesprochen interessant. Auch diesmal unterhielt sie sich wieder glänzend, und um Mitternacht war sie, befördert noch durch einige alkoholische Getränke, geradezu aufgekratzt. Als ein dickbäuchiger Deutscher, der alle etwas genervt hatte, weil sein einziges Gesprächsthema Thomas Mann zu sein schien, sie aus heiterem Himmel fragte, ob sie mit ihm schlafen wolle, sträubte sie sich nicht lange. In Jennys Gästezimmer kam er gleich zur Sache, und ehe Sarah so recht zu Bewußtsein kam, auf was sie sich da eingelassen hatte, war schon alles vorbei. Irgendwann, sie hatte allerdings keine Erinnerung mehr daran, mußte sie ihr Lager neben dem behaarten Rechtsanwalt aus Bergisch Gladbach verlassen haben und in ihre Wohnung im Middle Way zurückgekehrt sein. Middle Way – wie der aufmerksame Leser sich erinnern wird – geht ab von South Parade, und an seinem Ende befindet sich ein kleines Postamt.

Sie konnte höchstens drei, vier Stunden geschlafen haben, als es um 9 Uhr an ihrer Tür Sturm klingelte. Seufzend warf sie sich ihren Morgenrock über und ging, um zu öffnen. Vor ihr stand John Binyon: Carolines Mutter habe gerade angerufen um mitzuteilen, daß ihre Tochter die Grippe habe und das Bett nicht verlassen dürfe, geschweige denn zur Arbeit gehen könne. Sie seien in dem Hotel schrecklich in der Klemme, ob sie, Sarah, wohl aushelfen könne? Selbstverständlich würde er ihr für die Überstunden einen Extra-Stundenlohn zahlen, sie könne sich da auf seine Großzügigkeit verlassen. Ob sie also ein paar Tage aushelfen und vielleicht auch im Hotel übernachten könne, so wie es ursprünglich mit Caroline verabredet gewesen sei? Er denke an den kleinen, ungenutzten Raum an der Schmalseite des Hotels, von dem aus man einen Blick hinüber zur Dependance habe.

Sarah nickte. Ja, natürlich, sie werde kommen. Das einzige Problem sei, daß sie nicht versprechen könne, wach zu bleiben. Sie hatte, während sie mit ihm sprach, größte Mühe, die Augen offenzuhalten, und bekam nur undeutlich mit, wie er sich überschwenglich bedankte und ihr dann, beide Hände auf ihrem Po, einen sanften Kuß auf die Wange drückte. Sie war nicht besonders erstaunt darüber. Seit langem wußte sie, daß er ein unverbesserlicher Schwerenöter war, aber merkwürdigerweise mochte sie ihn trotzdem. In regelmäßigen Abständen unternahm er Annäherungsversuche, die sie jedes Mal höflich, aber bestimmt, zurückwies, und jedesmal akzeptierte er ihre Zurückweisung ohne Groll. Nachdem sie die Tür hinter ihm geschlossen hatte und wieder in ihrem Schlafzimmer war, begannen sich plötzlich wegen der nächtlichen Eskapade Schuldgefühle in ihr zu regen. Es mußte an ihrer Leidenschaft für diese verdammten Longdrinks liegen, daß sie sich so mir nichts dir nichts hatte herumkriegen lassen. Es war auch weniger die Sache an sich, deretwegen sie sich grämte, sondern mehr die Art, wie sie abgelaufen war – vollkommen unpersönlich, beinahe mechanisch. Jenny, die sie so noch nie erlebt hatte, hatte ihr, als sie ging, zu dieser, wie sie meinte, neuen Spontaneität gratuliert, aber sie selbst hatte sich eher deprimiert gefühlt und in ihrer Selbstachtung gekränkt. Als sie wieder zu Hause gewesen war, hatte sie sich sofort ins Bett geflüchtet. Doch der Schlaf war wenig erholsam gewesen. Sie hatte sich unruhig hin- und hergewälzt und war immer wieder wach geworden, weil ihr die Bettdecke heruntergerutscht war. Und alle Versuche, sich zu sagen, daß das Ganze schließlich kein Beinbruch gewesen sei, hatten nichts bewirkt.

In der Hoffnung, wenigstens ihre Kopfschmerzen, wenn schon nicht den seelischen Kater, zum Verschwinden zu bringen, beschloß sie, als erstes zwei Aspirin zu nehmen. Dann zog sie sich an, trank zwei Tassen schwarzen Kaffee, der so heiß war, daß sie sich fast den Mund verbrannt hätte, packte ein paar Toilettenartikel und ein Nachthemd ein und verließ ihre Wohnung. Zum Hotel waren es zu Fuß kaum mehr als zwölf Minuten, und sie beschloß zu laufen. Die frische Luft konnte ihr nur guttun. Das Wetter hatte sich über Nacht verschlechtert, es war kälter als am Vortag. Im Wetterbericht war von Wolkenfeldern die Rede gewesen, die das Land von Norden her überquerten und am frühen Nachmittag die Midlands erreichen sollten. Es sei mit Schneefällen zu rechnen. Noch in der vergangenen Woche hatten die Buchmacher, nachdem es zehn Jahre hintereinander zu Weihnachten nicht mehr geschneit hatte, Wetten auf eine weiße Weihnacht angenommen. Weitere Wetten dieser Art würden sie inzwischen, da Schnee nun nicht mehr unmöglich erschien, sondern beinahe Gewißheit war, vermutlich nur ablehnen.

Sarah Jonstone allerdings gehörte nicht zu denen, die gewettet hatten, obwohl Ladbrokes in Summertown eine Filiale unterhielt, die, wenn sie zur Arbeit ging, auf ihrem Weg lag. Auch heute kam sie wieder an dem kleinen Geschäft vorbei. Und genau in diesem Moment trat ein Mann Anfang Fünfzig, grauhaarig, mit beginnender Glatze, durch die Schwingtür nach draußen. Früher war er vermutlich einmal schlank gewesen, doch inzwischen mußte er kräftig zugenommen haben, denn sein schäbiger brauner Regenmantel spannte über Brust und Bauch. Er hielt den Blick gesenkt und war im Begriff, den länglichen rosa Wettschein in der Tasche zu verstauen. Sie starrte ihn entgeistert an. Was für Zufälle es doch gab! Erst gestern abend war ihr dieser Mann, den sie vorher noch nie gesehen hatte, über den Weg gelaufen, als sie zu ihrer Freundin gegangen war, und nun sah sie ihn heute morgen gleich wieder. So etwas passierte einem manchmal mit einem unbekannten Wort. Man hatte es nie vorher gehört, aber dann, wenn man einmal darauf gestoßen war, begegnete man ihm in kürzester Zeit gleich zum zweitenmal. Sein Gesicht und seine Gestalt hatten sich ihr eingeprägt, weil sie ihn sich aus einem ihr unerfindlichen Grund genauer angesehen hatte, als er ihr entgegengekommen war. Und er mußte ihren Blick gespürt haben und hatte sie ebenfalls einen flüchtigen Moment lang intensiv gemustert, so daß sie einen leichten Schauder der Erregung verspürt hatte.

Es wäre vermutlich eine Enttäuschung für sie gewesen, wenn sie gewußt hätte, daß sein interessierter Blick vor allem dem orangefarbenen Licht der Straßenlaternen zuzuschreiben war, das die Konturen ihrer Wangen betont und den Rest ihres Gesichts in geheimnisvollem Dunkel gelassen hatte. Und ohnehin hatte er sie, kaum waren sie aneinander vorbei, vergessen, sein Bier im *Friar* war ihm allemal wichtiger.

Kapitel Fünf

DIENSTAG, 31. DEZEMBER

*Ernsthafter Sport hat nichts mit Fair Play zu tun. Er ist ver-
knüpft mit Haß, Neid, Angebertum und der Mißachtung aller
Regeln.*
George Orwell

In Anbetracht der Tatsache, daß Sarah die Nacht vom 30. zum
31. Dezember eher unruhig verbracht hatte, ist es nicht verwunder-
lich, daß ihr Gedächtnis, als am Neujahrstag die polizeilichen Ermittlungen begannen, eher einer ungeordneten Kartei glich und sie
Zeiten, Menschen und die Abfolge von Ereignissen einfach nicht
mehr ordnen konnte. Man hatte ihr kaum Ruhe gegönnt. Die Ver-
nehmungsbeamten hatten einander abgelöst, und am Ende war ihre
Erinnerung an das, was am 31. vorgefallen war, so verwischt, daß
man ihr so wenig trauen konnte wie einem untreuen Geliebten.

Bis etwa halb zwölf Uhr hielt sie sich meistens in dem für Sport
und Spiele vorgesehenen Raum auf. Sie bürstete noch einmal den
grünen Flanell auf dem Billardtisch ab, montierte das Pingpong-
Netz, überprüfte die Monopoly-, Scrabble- und Cluedo-Spiele auf
Vollständigkeit und legte Billardstöcke, Tischtennisschläger und
-bälle, Pfeile und Würfel, Kreide sowie Papier und Kugelschreiber
zum Aufschreiben der Ergebnisse an ihren jeweiligen Platz. Zwi-
schendurch half sie immer wieder im Restaurant aus. Sie war gerade dabei, beim Aufstellen der Tischböcke zu helfen und die ersten
Tischdecken aufzulegen, als auch schon die ersten beiden Gäste eintrafen. Sie wurden von einer schrecklich nervösen und überreizten
Mrs. Binyon in Empfang genommen, weil Sarah noch schnell nach
oben in das ihr provisorisch zugeteilte Zimmer gelaufen war, um
sich in ihre Dienstkleidung zu werfen: die langärmelige, hochge-
schlossene, cremefarbene Bluse und den wadenlangen, engen
schwarzen Rock, der zwar unbequem war, aber wie Sarah zugeben
mußte, den großen Vorteil hatte, Taille, Hüften und Oberschenkel
vorteilhaft schlank erscheinen zu lassen.

Ab Mittag trafen unaufhörlich neue Gäste ein, und alles mußte ruck, zuck gehen. Doch das Personal ließ sich nur wenig von seiner Überlastung anmerken, und falls man ab und zu einmal kurz angebunden war, dann nur untereinander. Sarah empfand das hektische Hin und Her sogar als angenehm; es lenkte sie ab. Mrs. Binyon verstand es, sich aus dem größten Trubel herauszuhalten, und tauchte nur ab und zu in der Küche oder im Restaurant auf, um halbherzig ihre Hilfe anzubieten. Sie merkte jedoch schnell, daß sie nicht besonders erwünscht war, und zog sich früh ins Bett zurück. Mr. Binyon war um so aktiver. Er schleppte Koffer, reparierte einen leckenden Heizkörper, korrigierte ein flackerndes Fernsehbild und brachte einen tropfenden Wasserhahn in Ordnung. Als er am frühen Nachmittag entdeckte, daß die Technik in der Disco nicht einwandfrei funktionierte, war er jedoch mit seinem Latein am Ende und verbrachte den Rest des Nachmittags damit, jeden, der zu erkennen gab, auch nur das mindeste von Schaltsystemen und Elektronik zu verstehen, anzuflehen, sich der Sache anzunehmen, um das Hotel vor einer Katastrophe zu bewahren. Die Krise bedeutete, wie Krisen fast immer, daß Sarah einspringen mußte. Und so pendelte sie fast den ganzen Nachmittag unablässig hin und her zwischen dem Empfang – wo sie vor allem Anrufe von Gästen entgegennahm, die sich entschuldigten, daß sie sich des schlechten Wetters wegen verspäten würden – und dem Raum, wo die Spiele stattfanden.

Dabei hätte allein das, was im Spielraum vor sich ging, schon gereicht, sie in Atem zu halten.

Es fing mit den Darts-Turnier an. Sarah erkannte sehr schnell, daß es kein großer Erfolg werden würde, es hatten sich nämlich gerade drei Teilnehmer gemeldet. Und wer wollte es dem ehemaligen Gastwirt aus East Croydon, dessen Pfeile mit geradezu aufreizender Regelmäßigkeit ins Schwarze trafen, verübeln, wenn er die ältliche, kleine Putzfrau aus den Chilterns, die schon vor Begeisterung kreischte, wenn es ihr gelang, auch nur die Scheibe zu treffen, als Gegnerin nicht ernst nehmen konnte. Immerhin – die Cluedo-Spieler schienen anfangs ganz gut zurechtzukommen – bis eines der vier Kinder, die über Silvester im Hotel einquartiert waren, zu ihr gelaufen kam, und ihr einen *Colonel Mustard* mit Eselsohr und einen *Conservatory* mit Knicken zeigte, wodurch die Karten bereits von der Rückseite zu identifizieren waren. Zum Glück gab es wenigstens beim Scrabble, das nach dem K. O.-System gespielt wurde, erst in der Schlußrunde Schwierigkeiten, als man sich nicht einigen konnte, ob ein Angehöriger der indianischen Völkergruppe im nördlichen Südamerika nun Karaibe oder Karibe heiße – und ob das Wort überhaupt zulässig sei. (Was für ein merkwürdiges Omen, daß sie ausgerechnet über dieses Wort gestolpert waren, dachte Sarah im nachhinein, als das Unheil längst geschehen war.) Aber das alles war noch harmlos im Vergleich zu den Schwierigkeiten an der Monopoly-Front. Dort erregte eine manuell geschickte Supermarkt-Kassiererin aus Wedford Empörung, weil sie nach dem Stürzen des Bechers die Würfel derartig schnell unter ihrer Hand verschwinden ließ, daß ihre Mitspieler keine Chance hatten, die von ihr genannte Zahl zu kontrollieren, und in ohnmächtiger Wut mitansehen mußten, wie diese Person mit den scharfen Gesichtszügen ihre Spielmarke ungehindert vorschob und genau auf das Feld setzte, das ihren unternehmerischen Absichten den größten Profit versprach. Wie durch ein Wunder kam es nicht zu offenem Aufruhr, doch die Geschwindigkeit, mit der sie ihre Rivalen auf dem Immobilienmarkt in den Bankrott trieb, erzeugte böses Blut und hinterließ allgemein Mißstimmung; es gab allerdings auch ein paar großzügige Gemüter, die ihre Raffgier eher amüsiert betrachteten. Sarah war ein paarmal nahe daran gewesen einzugreifen, hatte es aber unterlassen: Die Frau sah nicht danach aus, als würde sie jemals ein Hotel in der Park Lane oder in Mayfair auch nur betreten, und schließlich war der Preis, den sie stolz davontrug, jämmerlich genug: eine billige Flasche ziemlich süßen Sherry. Allein die Billard- und Tischtennis-Wettkämpfe liefen völlig problemlos, und am Ende zeigte sich sogar, daß Sarah, was das Darts-Turnier anging, zu schwarz gesehen hatte. Laute Beifallsrufe kündeten davon, daß es der ältlichen, kleinen Putzfrau aus den Chilterns (die sich übrigens mit dem ehemaligen Gastwirt glänzend verstand) soeben gelungen war, dreimal hintereinander die Scheibe zu treffen.

Schiedsrichterin, Beraterin, Sachverständige – Sarah hatte sich Mühe gegeben, so gerecht wie möglich zu sein, und fand, sie habe ihre Sache für den Anfang ganz gut gemacht. Vor allem, wenn man bedachte, daß sie ja auch noch ihren Pflichten am Empfang hatte nachkommen müssen.

Das Hotel *Haworth* verfügte im Haupthaus über sechzehn Zimmer – zwei größere Räume für Familien, zehn Doppelzimmer und vier Einzelzimmer; hinzu kamen noch drei weitere Doppelzimmer sowie ein Einzelzimmer in der soeben erst teilweise eröffneten Dependance. Die Gästeliste für das Silvester-Arrangement umfaßte einschließlich der vier Kinder neununddreißig Namen. Und bis zum späten Nachmittag waren bis auf zwei Ehepaare und eine einzelne Dame alle eingetroffen. Irgendwann im Laufe des Vormittags hatte ihr Binyon, wie sie später gegenüber der Polizei zu Protokoll gab, einen trockenen Sherry gereicht, und so gegen halb zwei hatte sie hastig eine Wurst in Blätterteig hinuntergeschlungen und dazu ein Glas Rotwein getrunken. Aber danach hatte sie offenbar jedes Zeitgefühl verloren, so schien es jedenfalls den sie vernehmenden Beamten. Kurz vor Mittag waren die ersten großen Flocken gefallen, und gegen Abend war alles dick verschneit gewesen. Im Wetterbericht hatte es geheißen, daß für Mittel- und Südengland weitere Schneefälle zu erwarten seien. Das Wetter war vermutlich auch der Grund, warum, wie Sarah dem Beamten erklärte, ihres Wissens keiner der Gäste den Wunsch verspürt hatte, das Hotel noch einmal zu verlassen und sich Oxford anzuschauen. Andererseits könne sie das natürlich nicht mit absoluter Gewißheit behaupten. Sie sei den ganzen Nachmittag über derartig beschäftigt gewesen, Meldeformulare ausfüllen zu lassen, Zimmer zu zeigen, alle möglichen Fragen zu beantworten sowie im Spielraum nach dem Rechten zu sehen, daß sie es nicht unbedingt hätte bemerken müssen, falls ein Gast noch einmal weggegangen sei. Genausowenig, wie sie dafür garantieren könne, daß nicht irgendein Fremder sich während dieser Zeit unbemerkt eingeschlichen habe. Am frühen Abend hatte sich in zwei Zimmern der Dependance gezeigt, daß die Klempner gepfuscht hatten, und so hatte Binyon erneut auf seine Erfahrung als Hobby-Handwerker zurückgreifen müssen. Doch als er nach dem erfolgreichen Abschluß der Reparaturen zu Sarah an den Empfang trat – gerade eben war das vorletzte Ehepaar eingetroffen –, sah er eher zufrieden als gestresst aus.

«Bis jetzt ist alles ganz gut gelaufen, was, Sarah?»

«Ja, das finde ich auch, Mr. Binyon», sagte sie ruhig. Sie schätzte es nicht besonders, daß er sie vertraulich beim Vornamen nannte, und der Name «John» wäre ihr nie über die Lippen gekommen – diese vielleicht ein klein wenig zu vollen Lippen, die Binyon dennoch zu gern einmal geküßt hätte.

Während sie sich noch unterhielten, klingelte plötzlich das Telefon, und sie war ein bißchen erstaunt, mit welchem Eifer er sich auf den Apparat stürzte – fast als hätte er auf den Anruf gewartet.

«Mr. Binyon?» eine Frauenstimme. Doch Sarah konnte nicht verstehen, was sie sagte, da Binyon sich von ihr abgewandt hatte und die Muschel dicht ans Ohr hielt.

«Wenn Sie wüßten, wie leid es mir erst tut...» hatte sie ihn sagen hören.

«Nein, nein, das wird nicht gehen...»

«Kann ich Sie vielleicht zurückrufen? Wir sind im Moment sehr beschäftigt, aber ich könnte später, äh, nachsehen, und Ihnen dann, äh, genau sagen...»

Sarah schenkte dem Anruf weiter keine Bedeutung.

Es waren vor allem die *Namen* der Leute und die Zuordnung der Namen zu bestimmten Gesichtern, die ihr Schwierigkeiten machten. Nur ganz wenige waren ihr spontan noch präsent: Mrs. Fisher zum Beispiel, die aus Bedford stammende Monopoly-Siegerin, oder Mr. Dods («nur mit einem ‹d› in der Mitte, mein Schätzchen!»). Auch Fred Andrews, den melancholisch-blickenden Billard-Crack aus Swindon, konnte sie sich vergegenwärtigen sowie das Paar aus Gloucester, einen Mr. und eine Mrs. Smith – ein Nachname übrigens, der in Hotelregistern mit überraschender Häufigkeit auftritt. Aber was die anderen anging, da ließ sie ihr Gedächtnis ziemlich im Stich. Wer waren zum Beispiel die Ballards aus Chipping Norton? Laut Anmeldeverzeichnis mußten sie als letzte eingetroffen sein, und Sarah meinte sich ganz vage erinnern zu können, daß Mrs. Ballard die Dame war, die, bis beinahe zur Unkenntlichkeit vermummt, fröstelnd am Empfang gestanden und sich den Schnee von den Füßen getreten hatte. Namen und Gesichter... Gesichter und Namen... Namen, die ihr wieder und wieder genannt wurden, so daß sie schließlich wie eine Art Echo in ihrem Kopf wiederhallten – zuerst von Sergeant Phillips, dann von Sergeant Lewis und schließlich von einem ausgesprochen ruppigen Chief Inspector namens Morse, der offenbar der Meinung gewesen war, daß ihrem vor Schock noch wie betäubten und sowieso vor Übermüdung fast außer Kraft gesetzten Gedächtnis durch Grobheit auf die Sprünge zu helfen sei. Arkwright, Ballard, Palmer, Smith... Smith, Palmer, Ballard, Arkwright.

Merkwürdig, wie oft doch Namen einen Rückschluß auf den Charakter des Trägers zuließen, dachte Sarah. Der Name Arkwright zum Beispiel. Mrs. Arkwright hatte noch spät am Abend ihre Reservierung, das Zimmer Nummer vier in der Dependance, rückgängig gemacht, weil in ihren Augen eine Autofahrt bei dem herrschenden Schneetreiben an Selbstmord grenze. Die Absage hatte Sarah überhaupt nicht überrascht. Doris Arkwright – wie das schon klang! Mit diesem Namen war es ganz klar, daß sie nichts anderes sein konnte als eine übervorsichtige, schrecklich vernünftige, unausstehliche alte Ziege.

Die Zahl der Gäste betrug jetzt nur noch achtunddreißig.

Seltsamerweise mußte Sarah den ganzen Nachmittag über immer wieder an das Wort ‹Karibe› denken, das durch ihre Entscheidung beim Scrabble zugelassen worden war. Und der Zufall wollte es, daß sie am Abend, als sie es doch endlich fast vergessen hatte, erneut daran erinnert wurde. Und wieder war ihre Entscheidung gefordert. Einer der Gäste hatte sich nämlich als Karibe verkleidet, genauer gesagt als Rastafari, und die Jury, die die Kostüme bewerten sollte, war sich nicht einig, ob er überhaupt zur Konkurrenz zugelassen werden dürfe, da, so die Argumentation eines der Juroren, das Motto des Abends «Geheimnisvolle Welt des Ostens» laute und ein Rastafari als Westinder doch wohl den durch das Motto vorgegebenen Rahmen sprenge. Ein anderer der Juroren wandte dagegen ein, daß der Rastafari-Kult seinen Ursprung schließlich in Äthiopien habe, und Äthiopien liege ganz eindeutig östlich – im mittleren Osten eben. Hier mischte sich ein weiterer Gast ein mit der Frage, ob nicht überhaupt der Begriff ‹Osten› relativ sei, abhängig davon, an welchem Punkt der Weltkugel man sich gerade befände. Das Ergebnis der Diskussion war, daß gewissermaßen ein

‹Karibe› also zum zweitenmal an diesem Tag für zulässig erachtet wurde.

Der Neujahrstag würde schon halb herum sein, bevor man entdecken würde, daß die Zahl der Gäste sich schon weiter verringert hatte – es waren nur noch siebenunddreißig.

Kapitel Sechs

31. DEZEMBER / 1. JANUAR

Hüte dich vor allen Unternehmungen, bei denen du dich verkleiden mußt.
Thoreau

Zur Zeit, da unsere Handlung spielt, erlebten die schon längst totgesagten Kostümfeste eine unerwartete Renaissance. In Pubs, Clubs, Discos, auf Bällen und bei Parties – überall verkleidete man sich. Gleich einer Manie schienen die Leute gleich reihenweise dem Wunsch zu erliegen, sich in regelmäßigen Abständen mit Federn und allem möglichen anderen Klimbim auszustaffieren und für einen Abend lang eine andere Persönlichkeit anzunehmen. Vor zwei Jahren hatte das Hotel *Haworth* zum erstenmal zu einem Kostümfest geladen. Das Motto «Was wir trugen, als das Schiff sank» war mit Absicht so allgemein formuliert, um den Gästen die Möglichkeit zu geben, ihrer Phantasie freien Lauf zu lassen und ihnen die Rennerei nach Accessoires zu ersparen, die man benötigt, sobald bestimmte Kostüme vorgeschrieben sind. Im Jahr darauf hatte das Motto gelautet: «Die Welt des Sports» – auch hier sollte Raum bleiben für Ideen und Improvisation. Doch die Gäste, die sich dank der schon im Herbst erschienenen Broschüren frühzeitig informiert hatten, schienen es als Herausforderung ihrer Fähigkeit zur Perfektion aufgefaßt zu haben und erschienen durch die Bank in kompletten Ausrüstungen. In diesem Jahr hatte man deshalb darauf geachtet, bei der Wahl des Mottos dem Drang nach ausgetüftelten Kostümen

Rechnung zu tragen. Die ‹Lumpenkiste› wurde dann auch tatsächlich kaum beachtet. Nur zwei oder drei Gäste hatten am Nachmittag darin herumgewühlt, um im letzten Moment noch ein paar passende Kleidungsstücke zu finden, während alle anderen offensichtlich ihre Kostüme schon lange vorher vollständig beisammen hatten. Dies ist übrigens gar nicht so erstaunlich, wenn man weiß, daß bei vielen das Kostüm-Gala-Diner den Ausschlag gegeben hatte, sich unter Dutzenden von Angeboten für das Hotel *Haworth* zu entscheiden. Die meisten Gäste setzten übrigens ihren Ehrgeiz darein, möglichst lange unerkannt zu bleiben. Auch Binyon hatte sich im letzten Jahr an diesem Sport beteiligt und sein Aussehen durch einen Rauschebart und eine Cricket-Kappe derart verändert, daß es selbst einen Angestellten nur ex negativo durch Ausschluß aller anderen Möglichkeiten gelungen war, ihm in seiner Tarnung als Dr. W. G. Grace auf die Schliche zu kommen.

Wie in den beiden Jahren zuvor waren die Gäste auch in diesem Jahr wieder so voller Enthusiasmus – von den achtunddreißig hatten nur sechs auf eine Kostümierung verzichtet –, daß sogar Sarah, sonst nicht gerade eine Freundin lauter Fröhlichkeit, insgeheim wünschte, sich der gutgelaunten Gesellschaft in dem zum Festsaal umfunktionierten Restaurant anschließen zu können. Der riesige Raum war trotz der Kälte draußen überraschend warm. Man hatte schon früh morgens die Heizung voll aufgedreht und außerdem in dem alten Kamin, der die Gäste ebenso unweigerlich entzückte wie er das Hotelpersonal zur Verzweiflung trieb, ein großes Feuer entfacht. Für die älteren unter den Festteilnehmern war dies Anlaß gewesen, sich an die Silvesterabende ihrer Kindheit zu erinnern, an die riesigen Schattengestalten, die im Schein des Feuers an den Wänden getanzt hatten, und an das Sprühen der Funken, wenn, schon spät in der Nacht, die letzten Holzkloben in sich zusammengefallen waren. Die anheimelnde und gleichzeitig festliche Wirkung des Kaminfeuers wurde noch unterstrichen durch zwei große Kerzen auf jedem der Tische, deren Schein warme kleine Lichtinseln im ansonsten halbdunklen Raum schuf.

Das einfachste wäre zweifellos gewesen, die ursprünglich angemeldeten neununddreißig Gäste an drei Tische à dreizehn Personen zu verteilen, aber da Binyon aus Erfahrung wußte, daß es immer noch überraschend viele Leute gab, die die Zahl dreizehn als böses Omen betrachteten, hatte er angeordnet, an den ersten und zweiten Tisch je vierzehn, an den dritten Tisch elf Personen zu setzen. Die Tische waren nur für zwei Gänge gedeckt. Schmale weiße Kärtchen verrieten dem Gast seinen Platz, man hatte darauf geachtet, daß zu Beginn des Abends – noch ganz konventionell – Ehepaare zusammen saßen. Die Tischkarten aber trugen neben dem Namen des Gastes, der auf diesem Platz sitzen sollte, in der rechten oberen Ecke auch noch zwei Zahlen – die Nummern der Tische, an denen der Gast den dritten und vierten sowie den fünften und sechsten Gang einnehmen sollte. Das System des Tische-Wechselns war im vergangenen Jahr zum erstenmal ausprobiert worden, und obwohl damals ein oder zwei Paare die Regelung stillschweigend sabotiert hatten, war der Zweck des Ganzen doch erreicht worden: die Gäste hatten sich untereinander kennengelernt. Das einzige Problem des Tische-Wechselns war technischer Art, es war etwas umständlich, die jeweiligen Beilagenteller von dem einen zum anderen Platz zu schaffen, aber auch hier hatte man eine ebenso einfache wie wirksame Lösung gefunden, Brot und Butter wurde einfach weggelassen.

Der unschöne kleine Zwischenfall ereignete sich gegen Viertel vor acht. Um acht sollte das Diner beginnen, Sarah war sich deshalb später relativ sicher, was die Zeit betraf. Ein weiblicher Gast aus der Dependance mit schwarzem Tschador als Anhängerin von Chomeini verkleidet, informierte Sarah mit einer durch den Jaschmak bis fast zur Unkenntlichkeit gedämpften Stimme, daß eine der Wände in der Damentoilette mit einem obszönen Spruch beschmiert sei. Sarah hielt es für das beste, das anstoßerregende Graffito selbst in Augenschein zu nehmen, und so folgte sie der Dame im Tschador auf die fragliche Örtlichkeit. Und nachdem sie gesehen hatte, was dort mit schwarzem Filzstift über dem Waschbecken hingekritzelt worden war, mußte sie ihr recht geben: der Spruch war wirklich von verletzender Obszönität. *Binyons Schwanz ist mickrig*, stand dort zu lesen, und darunter – *und seine Eier auch*. Eine schöne Bescherung! Mit Schwamm und Scheuersand hatte sich die Schmiererei dann allerdings ziemlich problemlos wenigstens soweit beseitigen lassen, daß sie nicht mehr lesbar war.

In dem festlich geschmückten Restaurant lief unterdessen alles nach Plan. Die Cocktails waren eine gute Idee gewesen – die Gäste begannen allmählich aufzutauen. Binyon war in der Verkleidung eines königlichen Henkers erschienen; offenbar hatte er in diesem Jahr nicht den Ehrgeiz, unerkannt zu bleiben. Wie Sarah, als sie nach der unerfreulichen Episode in der Damentoilette für einen kurzen Moment drinnen nach dem Rechten sah, feststellte, kümmerte er sich in geradezu rührender Weise um eines der Kinder, ein zierliches, etwas schüchternes kleines Mädchen, das sehr niedlich als Japanerin kostümiert war. Das Motto des Abends hatte, das war deutlich zu sehen, die Phantasie der Gäste beflügelt. Wie immer gab es ein, zwei Kostüme, die allgemein Aufsehen erregten – die meisten Blicke, vorwiegend begehrlicher Art, zog wohl eine junge Frau mit schlanker, geschmeidiger Figur auf sich, deren spärliche Bekleidung sie als türkische Bauchtänzerin auswies. Soweit Sarah auf den ersten Blick feststellen konnte, gab es unter den Kostümen nur eine etwas peinliche Entgleisung: der Billard-Crack aus Swindon, ein hagerer Mann, war ausgerechnet als Gandhi erschienen – und zwar als sehr ausgemergelter Gandhi in einem offenbar späten Fastenstadium. Doch fügte er sich trotz seines reichlich bizarren Aufzugs erstaunlich gut ein: ein Cocktailglas in der Rechten, unterhielt er sich angeregt mit einer Geisha, während er mit der Linken ab und zu diskret seinen Lendenschurz richtete.

Nicht mehr lange, und die Gäste würden ihre Plätze einnehmen. Der erste Gang, Grapefruit Cerisette, war bereits serviert, im Anschluß daran würde es ein Consommé au Riz geben. Sarah holte sich einen Tequila Sunrise und ging zurück ins Foyer, um abzuschließen. Sie hätten drinnen mitessen können, aber ein Sechs-Gänge-Menü war das letzte, was sie sich wünschte. Der Kopf tat ihr weh, und sie sehnte sich danach, bald ins Bett zu kommen. Doch vorher mußte sie noch helfen, die gegrillte Forelle mit Mandeln und das Schweinekotelett *Normandie* aufzutragen, das hatte sie Binyon versprochen. Beim Erdbeerkuchen, dem Käse, dem Gebäck und dem Kaffee würde man, wie er ihr versichert hatte, ohne ihre Hilfe auskommen. Sie war nie eine große Esserin gewesen, und deshalb hatte sie es immer ungerecht gefunden, daß sie so leicht zunahm. Und im Gegensatz zu dem abgemagerten Gandhi aus Swindon konnte und wollte sie es sich nicht leisten, das neue Jahr mit ein paar Pfunden mehr zu beginnen.

Bedächtig nippte sie an ihrem Cocktail. Sie würde erst in zehn Minuten wieder gebraucht, wenn die Grapefruit-Teller abgeräumt würden, sie konnte sich also in Ruhe eine der sechs Zigaretten gönnen, die sie sich jeden Tag gestattete. Sie nahm einen tiefen Zug und lehnte sich entspannt zurück.

Zehn Minuten vor acht.

Es konnten nur zwei oder drei Minuten vergangen sein, als ein lautes Geräusch nicht weit von ihr sie zusammenfahren ließ. Und plötzlich – die Stille im dämmrigen Foyer wurde durch die lauten Stimmen, die aus dem Restaurant drangen, eher noch unterstrichen – spürte sie eine ganz unerklärliche Angst. Ein leichtes Frösteln überlief sie. Es dauerte nur einen Augenblick, dann war das Gefühl der Beklemmung, ebenso unerklärlich, wie es gekommen war, wieder verschwunden. Die Tür der Herrentoilette öffnete sich, und heraus trat ein in schreiende Farben gekleideter Mann, dessen Erscheinung ihr an jedem anderen Abend Unbehagen bereitet hätte, dem sie jetzt jedoch ein anerkennendes Lächeln schenkte. Es mußte ihn beträchtliche Zeit gekostet haben, sich derart überzeugend in einen kaffeebraunen Rastafari zu verwandeln – Dreadlocks inklusive. Offenbar war er mit dem Schminken gerade erst fertig geworden, denn während er an ihr vorbei ins Restaurant ging, rieb er mit einem Taschentuch die Innenseite seiner Hände ab. Das Taschentuch, früher wohl einmal weiß, wirkte jetzt eher bräunlich.

Sarah nahm einen großen Schluck von ihrem reichlich bemessenen Cocktail. Sie fühlte, wie die Anspannung des Tages von ihr wich, und begann sich wohl zu fühlen. Sie warf einen Blick auf den Brief, der heute morgen eingetroffen war – der einzige übrigens, den sie erhalten hatten. Er stammte von einer Dame aus Cheltenham, die ihnen dankte, daß sie ihre Anfrage mit ‹solch lobenswerter Schnelligkeit› beantwortet hätten, um anschließend kritisch anzumerken, daß man, wenn man einen Brief mit der Anrede ‹Werte Dame› begänne, ihn nicht mit der Formel ‹Herzliche Grüße› beenden könne. Sarah mußte unwillkürlich lächeln. Die Absenderin war vermutlich ein etwas pedantisches, überaus rücksichtsvolles und alles in allem ganz reizendes älteres Fräulein. Als sie aufsah, bemerkte sie, daß Binyon neben ihr stand.

«Noch einen Cocktail?» fragte er.

«Ja, gerne», hörte sie sich sagen.

Was war danach geschehen? Sie konnte sich daran erinnern, sehr deutlich sogar, wie sie nach dem Consommé geholfen hatte abzuräumen und wie sie die überzähligen Löffel und Gabeln von dem ursprünglich für Doris Arkwright vorgesehenen Platz weggenommen hatte. Sie wußte auch noch, daß sie danach in die Küche gegangen war. Sie hatte danebengestanden, als eines der Koteletts *Normandie* von der Platte gerutscht und auf dem Fußboden gelandet war, und war Zeugin geworden, wie der Koch das Stück Fleisch genommen und ungerührt wieder zurückgelegt hatte. Im weiteren Verlauf des Abends hatte sie noch einen dritten Cocktail getrunken, sich mit Binyon im Walzertakt gewiegt, in der Küche zwei Stück Erdbeertorte gegessen und anschließend im schummrigen Licht des als Festsaal hergerichteten Restaurants mit dem Rastafari eine Art Chiaroscuro-Cha-Cha-Cha getanzt. Der geheimnisvolle Kaffeebraune hatte übrigens gerade vorher – zu Recht, wie Sarah fand – beim Kostümwettbewerb der Herren den ersten Preis errungen. Irgendwann danach hatte sie Binyon zurechtweisen müssen, der allen Ernstes vorgeschlagen hatte, einen kurzen Abstecher in ihre provisorische Unterkunft, genauer gesagt in ihr Bett, zu machen. Aus lauter Ärger hatte sie noch einen vierten Cocktail getrunken, dessen Farbe ihr allerdings nicht mehr recht einfallen wollte. Danach war ihr schlecht geworden. Sie war deshalb, noch bevor man unten ‹Auld Lang Syne› angestimmt hatte, auf ihr Zimmer gegangen. Dort war ihr dann erst so richtig übel geworden, aber irgendwie hatte sie es noch geschafft, sich auszuziehen und ins Bett zu legen. Soweit ihre Erinnerung an den Abend. («Aber es müssen doch an dem Abend noch eine ganze Menge andere Dinge passiert sein, Miss Jonstone? Es mögen in Ihren Augen vielleicht Kleinigkeiten sein, aber versuchen Sie trotzdem, sich zu erinnern!») Sie hatten natürlich recht, es waren tatsächlich noch eine Menge andere Dinge passiert. Irgendwann nach Mitternacht, es mußte so gegen halb ein Uhr gewesen sein, hatte die Musik aufgehört, und die Gäste waren aus dem Festsaal gekommen. Wahrscheinlich war sie durch das laute Türenschlagen aufgewacht. Sie erinnerte sich, daß sie aufgestanden und ans Fenster getreten war, weil sie draußen Stimmen gehört hatte; es waren die Gäste aus der Dependance gewesen, auf dem Weg zu ihren Zimmern. Das erste Grüppchen bestand aus zwei Frauen in hellen, gefütterten Regenmänteln, zwischen sich den Rastafari, je eine Hand auf seiner Schulter. Diesem Trio folgte in einigem Abstand ein zweites: in der Mitte die Frau im Tschador, die sie auf den Graffito aufmerksam gemacht hatte, einen Samurai zur Rechten und Lawrence of Arabia zur Linken. Das Schlußlicht bildete Binyon, der sich zum Schutz gegen die Kälte einen dicken Mantel über seinen Scharfrichterumhang gezogen hatte. Sie waren alle (ja, auch Binyon!) in der Dependance verschwunden; ihr Chef war jedoch nach kurzer Zeit wieder herausgekommen, und sie hatte gesehen, wie er einen Moment lang mit einem Schlüssel am Schloß des Seiteneingangs herumgefummelt hatte, ehe es ihm schließlich gelungen war, ihn herumzudrehen, offenbar hatte er geglaubt, seine Gäste vor Eindringlingen schützen zu müssen.

Es war erst kurz vor sieben, als Sarah aufwachte. Sie brauchte einen Moment, ehe ihr einfiel, wo sie sich befand. Als sie die Vorhänge aufzog, empfand sie beim Anblick der dicken Schneedecke draußen eine beinahe kindliche Freude. Sie hatte den Eindruck, daß es sehr kalt sein müsse. Um so angenehmer empfand sie die Wärme des Heizkörpers, der das kleine Dachzimmer mit molliger Wärme erfüllte. Bevor sie sich wegdrehte, warf sie noch einen letzten Blick durch die mit Eisblumen verzierten Scheiben: es sah aus, als hätte der Herrgott persönlich in den letzten Stunden des alten Jahres den Pinsel zur Hand genommen und der Erde einen glänzend weißen Anstrich verpaßt. Sarah überlegte, ob sie sich noch einmal hinlegen sollte, aber entschied sich dann doch aufzubleiben. Sie verspürte einen Anflug von Kopfschmerzen; es war wohl besser, sie holte sich aus der Küche Aspirin. Ohnehin hatte sie versprochen, beim Frühstück zur Hand zu gehen; es war also das vernünftigste, sich anzuziehen, und vielleicht würde sie sogar noch für ein paar Minuten nach draußen gehen – es machte Spaß, im Schnee zu laufen, wenn er

45

noch so jungfräulich weiß war. Soweit sie sehen konnte, war noch niemand vor ihr auf die Idee gekommen, und der Schnee um das seltsam stille Hotel zeigte weder Fußspuren noch sonst irgendwelche Abdrücke, sondern lag noch vollkommen unberührt da. Eine Zeile aus einem ihrer Lieblingsgedichte fiel ihr ein: ‹Wie blutleer lag der frische Schnee…›

Das Wasser aus dem Hahn über dem Waschbecken hatte nach wenigen Sekunden die richtige Temperatur. Sie wollte gerade den Waschlappen aus ihrem Toilettenbeutel nehmen, als sie auf ihrer rechten Handfläche einen bräunlichen Fleck bemerkte und gleich darauf auf dem Handtuch, das sie gestern abend vor dem Zu-Bett-Gehen benutzt hatte, einen zweiten, ähnlichen Fleck entdeckte. Sie wußte sofort, wo die Flecken herrührten. Bestimmt hatte dieser verdammte Rasta auch Spuren auf ihrer Bluse hinterlassen, als er ihr beim Tanzen – für ihren Geschmack eine Spur zu besitzergreifend – einen Arm um die Taille gelegt hatte. Ein rascher Blick genügte, um festzustellen, daß ihre Annahme stimmte. Sie befeuchtete ein Taschentuch und versuchte, während ihre Kopfschmerzen von Sekunde zu Sekunde stärker zu werden schienen, den Fleck, so gut es ging, zu entfernen. Nach einer Weile gab sie auf. Sie bezweifelte, daß heute einer der Gäste auf so etwas achten würde.

Um Viertel vor acht betrat sie die Küche. Allem Anschein nach war sie die einzige, die schon auf war. Was Sarah zu diesem Zeitpunkt noch nicht wissen konnte, war, daß einer der Gäste überhaupt nicht mehr aufstehen würde. Das Fenster seines zu ebener Erde gelegenen Zimmers, des Zimmers Nummer drei in der Dependance, stand offen, der Heizkörper war abgedreht, und die Zimmertemperatur war ähnlich wie in einem Iglu. Die Leiche, die quer über der Tagesdecke ausgestreckt auf einem der beiden getrennt stehenden Betten lag, war denn auch eiskalt.

Kapitel Sieben
MITTWOCH, 1. JANUAR: MITTAGS

Aber wenn er dich findet und du ihn,
Dann zählt der Rest der Welt gering:
Denn der tausendste Mann wird mit dir untergehen
oder mit dir schwimmen
In welchem Meer auch immer.
Rudyard Kipling, *Der tausendste Mann*

Für den Chief Constable von Oxfordshire, einen Mann, der international bekannt war für seine geschickte Terroristenbekämpfung, begann das neue Jahr unerwartet ruhig. Der von den Medien hochgespielte Marsch der Atomwaffengegner von Carfax nach Greenham Common zählte aufgrund des Wetters wesentlich weniger Teilnehmer, als ursprünglich angenommen, das Erstligaspiel zwischen Oxford United und Everton hatte, wie schon so oft in der Vergangenheit, wieder verschoben werden müssen, und so war die Polizeireserve, die für diese Extraaufgabe zusammengezogen worden war, wieder aufgelöst worden. Entlang der A 40 hatte es eine Anzahl kleinerer Unfälle gegeben; niemand war jedoch ernsthaft verletzt worden, nicht einmal länger anhaltende Verkehrsbehinderungen hatten sich ergeben. Für den ersten Tag des neuen Jahres war es, alles in allem, ausgesprochen friedlich geblieben, und so hatte der Chief Constable gegen 18 Uhr gerade beschlossen, sein Büro im zweiten Stock des Präsidiums in Kidlington zu verlassen, um nach Hause zu fahren, als er einen Anruf von Superintendent Bell von der Wache Oxford Mitte erhielt, der anfragte, ob er ihm einen Inspektor vom Criminal Investigation Department, kurz CID, zur Verfügung stellen könne.

Das Telefon hatte schon an die zehnmal geläutet, ehe der Bewohner der Junggesellenwohnung in der Banbury Road in Nord-Oxford sich bequemte, das lautstark aufgedrehte Finale der *Walküre* etwas zu drosseln und den Hörer abzunehmen.

«Hier Morse», sagte er unwirsch.

«Hallo, Morse!» (Der Chief Constable erwartete, daß seine Stimme von seinen Untergebenen in allen Situationen sofort erkannt wurde.) «Ich nehme an, Sie sind inzwischen aufgestanden und wollten sich gerade fertigmachen, um eine weitere Nacht durchzusumpfen, habe ich recht?»

«Ihnen auch ein erfolgreiches und glückliches neues Jahr, Sir!» erwiderte Morse mit Nachdruck.

«Sieht so aus, als würde es vor allem ein erfolgreiches und glückliches Jahr für die Kriminalstatistik. Wir haben bereits den ersten Mord. Ist übrigens in Ihrer Straße passiert. Ich nehme aber erst einmal an, daß Sie nichts damit zu tun haben.»

«Ich habe Urlaub, Sir», sagte Morse bestimmt.

«Ja, ich weiß, aber das macht doch nichts. Dann nehmen Sie die restlichen Tage eben im Januar.»

«Oder im Februar», grummelte Morse.

«Oder im Februar», konzedierte der Chief Constable leutselig.

«Aber heute abend kann ich auf gar keinen Fall, Sir. Ich bin in der Endausscheidung der Pub-Quizrunde im *Friar*.»

«Es freut mich zu hören, daß Sie offenbar Freunde haben, die genug Vertrauen in Ihre intellektuellen Fähigkeiten haben, Sie als Spieler zu nominieren.»

«Ich bin ziemlich gut», sagte Morse nicht ohne Stolz. «Mal abgesehen von Sport und Popmusik.»

«Oh, ich zweifle nicht daran», sagte der Chief Constable verdächtig freundlich. «Ich selbst habe, wie Sie wissen, die allergrößte Hochachtung vor Ihrem Intellekt.»

Morse seufzte hörbar, schwieg aber. Der Chief Constable fuhr fort: «Wir haben ungefähr ein Dutzend Männer hier, falls Sie jemand brauchen sollten.»

«Hat Sergeant Lewis heute Dienst?» fragte Morse. Er wußte, wann er verloren hatte.

«Lewis? Gut, daß Sie mich daran erinnern. Er ist bereits auf dem Weg zu Ihnen, um Sie abzuholen. Ich dachte, daß es Ihnen...»

«Das war sehr freundlich von Ihnen, Sir.»

Morse legte auf, lief zum Fenster und blickte auf die stille Straße hinunter. Ein Streuwagen der Stadtwerke war am späten Nachmittag auf seiner Runde noch einmal vorbeigekommen, aber die wenigen Autos, die unterwegs waren, schlichen mehr, als daß sie fuhren. Lewis würde es jedoch nichts ausmachen, bei diesem Wetter unterwegs zu sein, das wußte er. Wahrscheinlich war er sogar froh, auf diese Weise dem miesen Neujahrsabend-Programm im Fernsehen zu entgehen.

Und was empfand Morse in diesen Minuten? Als der Polizeiwagen in einer Fontäne aus Schneematsch mit quietschenden Reifen an der Bordsteinkante hielt, malte sich auf seinem Gesicht eine Art grimmiger Genugtuung. Die Fahrertür öffnete sich, und dem Wagen entstieg ein gedrungener, etwas linkischer Mann und blickte zu ihm empor. Lewis – dessen einziger Fehler in seiner unstillbaren Gier nach Spiegeleiern und Chips und seiner Leidenschaft für schnelles Fahren bestand. Morse hob grüßend die Hand.

Lewis erwiderte den Gruß, indem er den Kopf etwas neigte. Hätte er Morse direkt gegenübergestanden, so hätte er, wenn er nur aufmerksam genug gewesen wäre, in den kalten grauen Augen beinahe so etwas wie Freude entdecken können.

Kapitel Acht

MITTWOCH, 1. JANUAR: MITTAGS

Ich trete vor sie, einzig gewappnet durch Illusionen von Angemessenheit, mit denen so viele von uns sich ausrüsten.
Stellvertr. Luftmarschall A. D. Button

Lewis hielt hinter zwei anderen Polizeifahrzeugen direkt hinter dem Hotel. Neben dem Eingang zum Foyer stand ein uniformierter Constable, ein Kollege, ebenfalls in Uniform, er bewachte die Dependance.

«Wer leitet die Ermittlung?» fragte Morse den Constable, während er sich auf der Schwelle zum Foyer den Schnee von den Füßen trat.

«Inspector Morse, Sir.»

«Haben Sie ihn schon gesehen?» fragte Morse.

«Nein, Sir. Ich bin gerade erst angekommen.»

«Aber Sie würden ihn erkennen, wenn er käme?»

«Nein, Sir, er ist mir noch nie begegnet.»

Morse ging, ohne ein Wort zu sagen, weiter, aber Lewis blieb stehen, legte dem Constable eine Hand auf die Schulter und flüsterte ihm ins Ohr: «Wenn dieser Morse kommt, dann denk dran, er ist Chief Inspector, kapiert? – Und noch dazu einer von der scharfen Sorte. Also sieh dich vor, Bürschchen!»

«Wir sind fürwahr ein berühmtes Paar!» murmelte Morse, als Lewis neben ihn an den Empfang trat. In einem kleinen Zimmer weiter hinten stand Sergeant Phillips von der Kriminalpolizei Oxford und unterhielt sich mit einem blassen, sorgenvoll dreinblickenden Mann, der sich kurz darauf als Mr. Binyon, Eigentümer des Hotels, vorstellte. Schon wenige Minuten später wußten Morse und Lewis ebensoviel – oder auch ebensowenig – wie die Angestellten und Gäste des Hotels über die Leiche im Zimmer Nummer drei, die von Binyon selbst entdeckt worden war.

Die beiden Anderson-Kinder waren im schwindenden Nachmittagslicht gerade dabei gewesen, ihrem Schneemann den letzten Schliff zu geben, als ihr Vater, Mr. Gerald Anderson, sich zu ihnen gesellte. Irgendwann war ihnen dann aufgefallen, daß eines der hinteren Fenster im Erdgeschoß der Dependance offenstand, und da es beißend kalt war und zudem ein schneidender Wind wehte, hatte er ein leichtes Unbehagen verspürt und war dorthin gegangen. Er war nicht direkt bis unter das Fenster getreten, sondern hatte etwas Abstand gehalten. Der Schnee unter dem Fenster war völlig unberührt gewesen, es war also offenbar niemand von außen eingestiegen. Die halb vorgezogenen Vorhänge hatten ihm den Blick ins Innere des Zimmers versperrt. Immer noch etwas beunruhigt, hatte er seiner Frau erzählt, was ihm aufgefallen war, und sie hatte ihn gedrängt, Binyon zu unterrichten. Dies war etwa gegen 17 Uhr geschehen. Mit dem Ergebnis, daß er und Binyon zusammen hinüber zur Dependance gegangen waren. Vor dem Zimmer mit der Nummer drei hing ein Schild, das in Englisch, Französisch und Deutsch darüber informierte, daß der Bewohner des Zimmers nicht gestört zu werden wünsche. Nach wiederholtem Klopfen und Rufen hatte

Binyon seinen Hauptschlüssel aus der Tasche gezogen und die Tür geöffnet. Und gleich nachdem er das Zimmer betreten hatte, war ihm klar gewesen, warum der Mann, der dort ausgestreckt auf dem Bett lag, nicht mehr in der Lage gewesen war, ihm zu antworten.

Denn der Mann auf dem Bett war tot – schon seit einiger Zeit, wie es schien –, und das Zimmer war kalt wie eine Gruft.

Die schreckliche Neuigkeit sprach sich in Windeseile herum, und ein paar der Gäste hatten, völlig unbeeindruckt von Binyons aufgeregten Beschwichtigungsversuchen, kaum daß sie von dem Mord gehört hatten, ihre Siebensachen genommen und waren verschwunden – in einem Fall sogar, ohne die Rechnung zu bezahlen. Unter denen, die es da so plötzlich zum Aufbruch gedrängt hatte, waren auch sämtliche Gäste aus der Dependance. Als Sergeant Phillips vom Revier Mitte in St. Aldate's gegen 17.40 Uhr eingetroffen war, hatte er noch weiteren Personen gestattet, das Hotel zu verlassen.

«Sie haben *was*?» blaffte Morse ihn an, als ihm Phillips in aller Unschuld davon berichtete, daß er vier weitere Gäste habe abreisen lassen, natürlich nicht, ohne vorher ihren Namen und ihre Adresse notiert zu haben.

Morses Zorn kam für den armen Phillips offenbar völlig überraschend. «Nun, es war eine wirklich heikle Situation, Sir, und ich glaubte...»

«Himmel, Arsch und Zwirn! Hat Ihnen nie irgend jemand beigebracht, daß man, wenn man auf verdächtige Umstände stößt, berechtigt, ja geradezu verpflichtet ist, verdächtige Personen eine Zeitlang festzuhalten? Und was tun Sie? Sie fordern sie auf abzuhauen!»

«Aber ich habe mir alles Notwendige notiert!» sagte Phillips kleinlaut.

«Wunderbar!» sagte Morse sarkastisch.

Binyon, der in einiger Verlegenheit danebengestanden hatte, als Morse dem unglücklichen Phillips – nicht ganz zu Unrecht, wie der Leser wird zugeben müssen – die Leviten las, beschloß, dem jungen Mann zu Hilfe zu kommen.

«Es war wirklich eine ausgesprochen schwierige Situation, das kann ich bestätigen», begann er. «Und ich dachte...»

51

«*Sie*, Sie dachten?» Morses Stimme war schneidend wie ein Peitschenhieb, und als er weitersprach, war klar, daß er Binyon keine allzu große Sympathie entgegenbrachte. «Dann gestatten Sie mir doch bitte eine Frage: Werden Sie dafür bezahlt, daß Sie sich über den Fall Gedanken machen? Nein, nicht wahr! Aber ich, Mr. Binyon! Und auch Sergeant Phillips. Und wenn ich eben wütend auf ihn war, dann nur, weil ich im Grunde respektiere, was er gedacht hat. Aber *Sie*, Mr. Binyon, möchte ich doch nachdrücklich auffordern, Ihre Gedanken und Ansichten für sich zu behalten, bis ich Sie danach frage.»

Die letzten Worte hatte Morse mit kühler Verachtung gesprochen, und Sarah Jonstone, die in Hörweite am Empfang Dienst tat und alles mitbekommen hatte, fühlte sich unangenehm berührt, ja, geradezu verschreckt durch sein Auftreten. Aber die Gerüchte besagten, daß die Leiche, die im Zimmer Nummer drei gefunden worden war, gräßliche Verstümmelungen davongetragen habe, und so war sie andererseits auch erleichtert, daß man der Schwere des Verbrechens entsprechend die Untersuchung des Falles einem Mann übertragen hatte, der ganz offenbar von seiner Autorität Gebrauch zu machen wußte. Nichtsdestotrotz wirkte seine Haltung auf sie verstörend; der Blick seiner harten, sie unnachgiebig musternden Augen erinnerte sie an gewisse fanatische Politiker wie Benn, Joseph oder auch Powell, die sie des öfteren im Fernsehen gesehen hatte. Ihm und diesen Männern schien die Eigenschaft gemein, daß alles, was direkt um sie herum war, nur ihr eher beiläufiges Interesse erregte, während ihre wahre Aufmerksamkeit auf einen fernen, imaginären Horizont gerichtet war, der sich nur ihnen erschloß. Doch war dies nur die halbe Wahrheit. Denn nachdem sich sein Ärger gelegt und er sich wieder beruhigt hatte, war er mit einem kleinen, maliziösen Lächeln auf sie zugetreten und hatte ihr so unverfroren in die Augen geblickt, daß sie einen Moment lang fest geglaubt hatte, er werde ihr gleich zuzwinkern – auch dies war eine beunruhigende Erfahrung, wenn auch nicht ganz und gar unangenehm.

Zum Glück wurde sie in diesem Moment abgelenkt. Ein buckliger Mann hatte das Foyer betreten und sah sich suchend um. Eine Zigarette zwischen den dünnen Lippen seines misanthropisch verzogenen Mundes, die wenigen Strähnen seines glatten, zu langen Haares, quer an den gelben Schädel geklatscht, hätte man es niemandem verübeln können, wenn er ihn für einen nicht besonders erfolgreichen Leichenbestatter hielt. Der Mann war jedoch der Gerichtsmediziner. Er und Morse kannten sich seit über fünfzehn Jahren und empfanden wechselseitige Hochachtung vor dem Können des anderen. Ein Merkmal ihrer höchst ungewöhnlichen Beziehung war, daß Morse den Pathologen seit Jahren beim Vornamen nannte, während umgekehrt dieser den Chief Inspector stets mit Nachnamen ansprach.

«Ich bin schon seit einer Stunde hier», wandte sich der Gerichtsmediziner an Morse.

«Soll ich dir jetzt dafür einen Orden verleihen, oder was?» antwortete Morse nicht besonders freundlich.

«Ist das dein Fall?»

«Ja.»

«Na, dann sieh dir die Geschichte mal an. Ich komme, wenn du mich brauchst.»

Morse folgte Binyon, Phillips und Lewis hinüber zur Dependance. Auf halbem Weg blieb er plötzlich stehen und starrte beinahe ehrfürchtig zu dem gewaltigen Kran empor, der zwischen dem Hotel und der Dependance aufgerichtet war und dessen Ausleger sich dreißig Meter über dem Boden wie ein riesiger, sei es zum Segen, sei es zum Fluch, Arm über die beiden darunter liegenden Gebäude reckte.

«Also da würden mich keine zehn Pferde raufbringen, Lewis», sagte er, während seine Augen wie gebannt an der winzigen, in luftiger Höhe hängenden Metallkabine hingen, von der aus, wie er annahm, der Kranführer seine Tätigkeit ausübte.

«Ist alles halb so wild», sagte Lewis. «Man kann den Kran auch von unten steuern.» Er deutete auf eine Plattform knapp zwei Meter über dem Boden, durch deren eiserne Bodenplatten verschiedene Schalthebel nach oben ragten. Morse nickte, vermied aber einen erneuten Blick auf die Kabine und die durchbrochene Eisenkonstruktion des Turms, der sich schwarz gegen den noch ein wenig hellen Abendhimmel abzeichnete.

Sie betraten die Dependance durch den Seiteneingang. Morse

schritt den erst vor kurzem mit Teppichboden ausgelegten Flur hinunter, der nach etwa zehn Metern vor einer Bretterwand endete, und spähte durch die Latten hindurch in einen offenbar noch im Umbau befindlichen Raum, der sich in absehbarer Zeit wohl in eine Eingangshalle verwandeln würde. Der Fußboden war offenbar gerade erst vor Weihnachten zementiert worden; überall waren noch auf je zwei Backsteinen ruhende Planken ausgelegt. Der Staub von der Baustelle war durch die provisorische Absperrung gedrungen und hatte sich hinter der Bretterwand als dünne Schicht auf dem Teppichboden abgelagert. An keiner Stelle war diese gleichförmige Oberfläche unterbrochen – offenbar hatte niemand auf diesem Weg die Dependance betreten oder verlassen. Morse wandte sich um und betrachtete nachdenklich die Spuren, die die schmutzigen Schuhe – seine eigenen und die seiner Begleiter – auf dem dunkelroten Teppichboden hinterlassen hatten, eine Farbe übrigens, die Morse mit ebensoviel Abscheu betrachtete wie die billige Reproduktion des späten Renoir-Bildes ‹Les nues dans l'herbe›, das rechter Hand im Flur aufgehängt war.

Während er so in Nachdenken versunken dastand, fiel ihm plötzlich auf, wie simpel die Architektur der Dependance angelegt war. Vom Flur gingen nur vier Türen ab: rechts von ihm die Zimmer mit der Nummer zwei und eins, direkt gegenüber der Nummer eins die Nummer vier und gleich links von ihm, etwas verdeckt durch eine schmale Treppe, die im Moment noch gesperrt war, aber später eine Verbindung zum ersten Stock herstellen würde, das Zimmer Nummer drei. Aus dem, was er von Binyon erfahren hatte, schloß Morse, daß wenig Hoffnung bestand, auf dem Türknauf irgendwelche Fingerabdrücke zu finden, die zur Aufklärung des Falles beitragen würden. Nicht nur Binyon, sondern vermutlich auch eine Menge anderer Leute hatten inzwischen einen neugierigen Blick in das Zimmer geworfen und dabei den Knauf angefaßt. Dennoch nahm sich Morse Zeit, ihn gründlich zu betrachten, und schenkte auch dem DO NOT DISTURB-Schild seine Aufmerksamkeit.

«Über das ‹o› gehören Strichelchen, das muß ein Umlaut sein», sagte er nach einer Weile zu Binyon gewandt und wies mit ausgestrecktem Zeigefinger auf das Wort ‹storen›.

«Ja, ich weiß, das habe ich schon des öfteren gehört», antwortete Binyon auf deutsch. Zu Morses Überraschung sprach er diese Sprache offenbar fließend. Da Morse seine eigenen geringen Deutschkenntnisse im wesentlichen durch das Hören von Wagner- und Richard-Strauss-Opern erworben hatte und demzufolge für eine längere Unterhaltung auf Deutsch extrem schlecht vorbereitet war, beschloß er, auf den fehlenden ‹ö›-Strichelchen lieber nicht weiter herumzureiten – und wer weiß, möglicherweise war Binyon ja gar nicht so eine taube Nuß, wie sein fliehendes Kinn und der weichliche Mund hatten erwarten lassen.

Morse mußte sich einen kleinen Ruck geben, bevor er die Tür zum Zimmer Nummer drei öffnete. Der Raum war nicht besonders groß. Direkt rechts führte eine Tür in ein enges Badezimmer, das mit einem Waschbecken, einer Toilette und einer Badewanne mit Duscharmatur ausgestattet war. Das Zimmer selbst war nur mit dem Notwendigsten eingerichtet. An der rechten Schmalseite standen zwei einzelne Betten, die jetzt jedoch nebeneinandergerückt waren, beide mit weißen Tagesdecken; an der Wand gegenüber entdeckte Morse eine Frisierkommode und links davon einen eingebauten Wandschrank. In der linken hinteren Ecke war gerade noch Platz für ein kleines Fernsehgerät. Morses Aufmerksamkeit, während er einen Moment lang auf der Schwelle verharrte, galt jedoch nicht dem Mobiliar, sondern dem Toten, der auf dem hinteren der beiden Betten, nur knapp einen Meter vom offenen Fenster entfernt, ausgesteckt lag. Wie immer verspürte Morse ein gewisses Widerstreben, sich die Leiche genauer anzusehen, doch er wußte, daß es sich nicht würde vermeiden lassen. So trat er denn mit langsamen Schritten näher. Der Anblick, der sich ihm bot, war außerordentlich bizarr. Der Tote war als Rastafari aufgemacht, ganz stilecht mit kaffeebrauner Farbe und Dreadlocks. Sein Kopf lag, das Gesicht dem Innern des Zimmers zugewandt, in einem scharlachroten See aus geronnenem Blut. Die linke Hand war durch seinen Körper verdeckt, doch die rechte ragte deutlich sichtbar aus dem Ärmel des blauen Hemdes, und sie war – das machte den Anblick des Toten noch gespenstischer – weiß.

Morse wandte sich, nachdem er sich das Bild des Toten eingeprägt hatte, abrupt ab, starrte sekundenlang auf das offene Fenster, lenkte seine Aufmerksamkeit auf den Fernseher und warf schließlich auch noch einen Blick in das kleine Badezimmer.

«Haben Sie schon der Spurensicherung Bescheid gesagt?» wandte er sich an Phillips.

«Es ist schon jemand unterwegs, Sir.»

«Sagen Sie ihm, wenn er eintrifft, er soll sich besonders die Heizung, das Fernsehgerät und den Spülknopf im Klo ansehen.»

«Und was ist mit den anderen Sachen?»

Morse zuckte die Achseln. «Ach, das bleibt ihm überlassen; ich habe ohnehin nie viel auf Fingerabdrücke gegeben.»

«Also, ich weiß nicht, Sir, aber ich bin der Meinung...» protestierte Phillips.

Morse hob warnend die Hand. «Ich bin nicht hier, um mit Ihnen zu diskutieren, mein Junge!» Er blickte sich noch einmal um und schien sich gerade entschlossen zu haben, das Zimmer zu verlassen, als er plötzlich auf der Schwelle kehrt machte, geradewegs auf die Frisierkommode zusteuerte, nacheinander die beiden Schubladen aufzog und neugierig hineinspähte.

«Haben Sie erwartet, in den Schubladen irgend etwas zu finden, was uns weiterhelfen könnte?» fragte Lewis auf dem Weg zurück zum Hauptgebäude.

Morse schüttelte den Kopf. «Nein, das ist nur so eine Gewohnheit von mir. Ich habe vor zehn Jahren in einem Hotel in Tenby mal eine Zehn-Pfund-Note gefunden.»

Kapitel Neun

MITTWOCH, 1. JANUAR: MITTAGS

Das Gute an einem Hotel ist, daß es Zuflucht bietet vor dem Leben zu Hause.
G. B. Shaw

Nach ihrer Rückkehr in das eigentliche Hotel ließ Morse die noch anwesenden Gäste im Restaurant zusammenrufen, informierte sie über den Mord (völlig unnötigerweise, wie Lewis fand, da sie ohnehin schon alle Bescheid wußten) und bat, falls irgend jemand Beobachtungen gemacht hätte, die möglicherweise zu einer Aufklärung des Falles führen könnten, diese mitzuteilen (als ob es dazu erst der Bitte bedurft hätte!).

Keiner der Gäste, die jetzt noch da waren, schien es mit der Abreise besonders eilig zu haben. Im Gegenteil. Ganz offensichtlich war der ‹Mord in der Dependance› für viele das weitaus aufregendste Ereignis in ihrem bisherigen Leben, und dementsprechend gering war ihr Wunsch, sich vom Schauplatz dieses Ereignisses zu entfernen. Hinzu kam, daß es ihnen in ihrer Eitelkeit schmeichelte, möglicherweise durch ihre Aussagen Anteil an der Lösung des Falles zu haben. Erstaunlicherweise schien niemand die geringste Angst zu haben, daß, solange der Mörder nicht gefaßt war, ein zweiter Mord begangen werden könnte. Diese Angst wäre, wie sich im nachhinein zeigte, in der Tat völlig unbegründet gewesen.

Während Lewis sich daranmachte, die Personalien der noch anwesenden Gäste festzustellen, saß Morse neben Sarah Jonstone am Empfang und ging mit ihr die Briefe durch, die zwecks Buchung der Silvester-Arrangements zwischen dem Hotel und den Gästen in der Dependance gewechselt worden waren.

Sarah Jonstone war durch Morses Anwesenheit merklich irritiert, ihr linker Nasenflügel zuckte ab und zu nervös, während sie immer wieder hektisch an ihrer Zigarette sog. Morse, der am Tage zuvor gerade wieder einmal beschlossen hatte, das Rauchen endgültig aufzugeben, sah ihr mit dem Abscheu des frisch Bekehrten unwillig zu.

57

«Ihr Atem muß stinken wie ein nicht geleerter Aschenbecher»,
sagte er roh.

«So?» gab sie, mühsam ihre Fassung bewahrend, zurück.

«Ja!»

«Wem?»

«Sie wollen sagen ‹für wen›, nehme ich an», sagte Morse sehr
hochnäsig.

«Also wollen Sie nun meine Hilfe oder nicht», fragte Sarah auf-
gebracht.

«Schon gut, also Zimmer Nummer eins», antwortete Morse
pragmatisch.

Sarah reichte ihm zwei aneinandergeheftete Schreiben. Das un-
tere las sich wie folgt:

F. Palmer   London, W 4, den 20. Dezember
                             29 A Chiswick Reach

Sehr geehrte Damen und Herren,
meine Frau und ich möchten für das von Ihnen angebotene
Silverster-Arrangement ein Doppelzimmer buchen – wenn möglich
mit französischem Bett. Wir hoffen, daß Sie noch ein Zimmer frei
haben, und freuen uns auf Ihre Zusage.

                             Hochachtungsvoll
                             F. Palmer

Der Brief war von Hand geschrieben; der Anfrage beigefügt war
der Durchschlag der vom Hotel erteilten, maschinengeschriebenen
Antwort:

Sehr geehrter Mr. Palmer,
vielen Dank für Ihren Brief vom 20. Dezember. Unser Silvester-
Angebot hat großen Anklang gefunden, und so müssen wir Ihnen
leider mitteilen, daß die Zimmer im Hotel selbst bereits sämtlich

ausgebucht sind. Wir möchten Sie jedoch darauf aufmerksam machen, daß die Möglichkeit besteht, zu drei Vierteln des sonst üblichen Preises ein Zimmer in der gerade fertig gewordenen Dependance zu buchen (detaillierte Angaben dazu finden Sie unter ‹Sonderangebote› auf der letzten Seite unserer Broschüre).

Ungeachtet einiger wirklich geringfügiger Unzulänglichkeiten ist der Preis für Zimmer dieser Qualität außerordentlich günstig, und wir hoffen sehr, daß Sie und Ihre Frau Gemahlin von diesem Angebot Gebrauch machen werden.

Wir bitten um schnelle Rückantwort, möglichst telefonisch – die Briefzustellung vor Weihnachten ist unserer Erfahrung nach nicht immer ganz zuverlässig.

Mit freundlichen Grüßen

Das Schreiben trug in der rechten oberen Ecke ein Häkchen und den Vermerk *Telefonische Zusage am 23.*

«Fällt Ihnen zu den Palmers etwas ein?» fragte Morse.

«Ja, schon, aber ich fürchte, nicht allzuviel.» Sie meinte, sich an eine attraktive, dunkelhaarige Frau Anfang Dreißig und an einen eleganten, wohlhabend aussehenden Mann erinnern zu können. Er war ihrem Eindruck nach ungefähr zehn Jahre älter gewesen als sie. Aber das war auch schon alles, mehr konnte sie über das Paar nicht sagen. Und im nächsten Augenblick schon überfielen sie sogar Zweifel, ob es sich bei den beiden, die sie da eben beschrieben hatte, tatsächlich um die Palmers und nicht um eines der anderen Ehepaare gehandelt hatte, die sich über Silvester im Hotel einquartiert hatten.

«Zimmer Nummer zwei», sagte Morse.

Was dieses Zimmer anging, so waren die schriftlichen Unterlagen von kaum zu unterbietender Spärlichkeit. Auf einem Bogen mit dem Briefkopf des Hotels stand lediglich eine knappe Notiz, daß ein Mr. Smith – ein ‹Mr. J. Smith› – am 23. telefonisch wegen eines Doppelzimmers angefragt und man ihm mitgeteilt habe, daß aufgrund einer plötzlichen Absage in der Dependance nun doch noch ein Doppelzimmer frei sei. Die Notiz endete mit dem Vermerk: *telefonisch zugesagt, schriftliche Bestätigung soll folgen.*

«Ich sehe hier aber keine schriftliche Bestätigung», sagte Morse.

«Nein, sie ist vermutlich in der Weihnachtspost hängengeblieben.»

«Aber sie sind gekommen?»

«Ja.» Wieder glaubte Sarah sich zu erinnern – zumindest an ihn. Ein gutaussehender Mann in mittleren Jahren, mit überraschend frühzeitig ergrauten Haaren und einem überaus charmanten Lächeln.

«Haben Sie viele Gäste mit dem Namen ‹Smith›?»

«Ja, eine ganze Menge.»

«Und die Hotelleitung läßt das so einfach durchgehen?»

«Ja – und ich auch», fügte sie patzig hinzu.

Sie spürte, wie er sie von der Seite ansah, und ärgerte sich, daß sie schon wieder rot wurde.

«Zimmer Nummer drei.»

Sarah war überzeugt, daß er über die Gäste in dem fraglichen Zimmer bereits wesentlich besser Bescheid wußte als sie, und reichte ihm schweigend den aus Anfrage und Zusage bestehenden Briefwechsel.

Ann Ballard   *Chipping Norton (Oxon)*
                               84 West Street,
                               den 30. November

Sehr geehrte Damen und Herren,
mein Mann und ich möchten das von Ihnen angebotene Silvester-
Arrangement wahrnehmen; wir wären vor allem interessiert an
einem der Zimmer in der Dependance. Wie wir Ihrer Broschüre
entnehmen konnten, scheinen sämtliche Zimmer dort im Erdgeschoß
zu liegen, und dies ist eine wesentliche Voraussetzung für unsere
Buchung, da mein Mann unter Schwindelanfällen leidet und nicht
in der Lage ist, Treppen zu steigen. Falls möglich, würden wir
getrennt stehende Betten bevorzugen – dies ist jedoch keine
unbedingte Notwendigkeit. Ich darf Sie bitten, mir möglichst

*umgehend zu antworten (ein frankierter Rückumschlag liegt bei),
da uns sehr daran liegt, möglichst schnell eine endgültige
Entscheidung treffen zu können.*

*Mit freundlichen Grüßen
Ann Ballard*

*PS: Ihre Antwort erreicht uns nur bis zum 7. unter der obigen
Adresse, da wir nach Cheltenham umziehen.*

Das Antwortschreiben vom 2. Dezember lautete:

*Liebe Mrs. Ballard,
vielen Dank für Ihren Brief vom 30. November. Wir freuen uns,
Ihnen im Rahmen unseres Silvester-Arrangements ein
Doppelzimmer im Erdgeschoß der Dependance anbieten zu
können. Das Zimmer ist, Ihrem Wunsch gemäß, mit getrennt
stehenden Betten ausgestattet. Wir hoffen sehr, Sie und Ihren
Gatten in Kürze bei uns begrüßen zu dürfen, und bitten, uns
möglichst umgehend schriftlich oder telefonisch mitzuteilen, ob Sie
eine Reservierung wünschen.*

*Mit den besten Wünschen
für einen angenehmen Aufenthalt
verbleiben wir*

Auch dieses Schreiben trug ein Häkchen und einen Vermerk: *zugesagt am 3. Dezember.*

Morse nahm sich noch einmal die Anfrage von Mrs. Ballard vor und brauchte, jedenfalls nach Sarahs Empfinden, eine halbe Ewigkeit, bis er das kurze Schreiben zum zweitenmal durchgelesen hatte, nickte, den Brief beiseite legte und sie anschaute.

«Können Sie mir etwas über die beiden erzählen?»

Diese Frage hatte Sarah befürchtet, denn ihre Erinnerung an das

Ehepaar war recht verworren. Sie *glaubte* zu wissen, daß es Mrs. Ballard gewesen war, die sich gegen 16 Uhr von ihr den Zimmerschlüssel hatte aushändigen lassen, Mrs. Ballard, der sie den Weg zur Dependance erklärt hatte, Mrs. Ballard, die später in ihrem Tschador bei ihr aufgetaucht war, um sich über die Schmiererei in der Toilette zu beschweren – aber vielleicht irrte sie sich auch. Und dasselbe galt für den Ehemann. Sie *meinte*, daß es Mr. Ballard gewesen war, der im hellblauen Hemd, weißer Hose, karierter Ballon-Mütze, rötlich-braunen Stiefeln, Dreadlocks und kaffeebrauner Schminke als Rasta verkleidet kurz vor acht aus der Herrentoilette gekommen war, Mr. Ballard, der den ganzen Abend über so gut wie nichts gegessen hatte (Sarah hatte beim Abräumen gesehen, daß er sowohl die Grapefruit-Cerisette als auch das Consommé au Riz buchstäblich unberührt stehengelassen hatte), Mr. Ballard, der einen Großteil des Abends seiner Frau nicht von der Seite gewichen war, als sei er noch im Stadium frischer Verliebtheit, Mr. Ballard schließlich, der sie – Sarah – am späten Abend zum Tanzen aufgefordert hatte, aber ihre Erinnerung daran war nur vage, wie der ganze Abend um so vager wurde, je angestrengter sie sich bemühte, Einzelheiten zu erinnern.

Morse hörte ihr geduldig zu – er schien auch noch an den geringfügigsten Details Interesse zu haben.

«War er angeheitert?»

«Nein. Ich glaube, er hat kaum etwas getrunken.»

«Hat er versucht, Sie zu küssen?»

«Nein, natürlich nicht!» Sie spürte, daß sie wieder rot geworden war und verwünschte innerlich ihre blödsinnige Empfindlichkeit, zumal ein Blick in Morses Gesicht ihr gezeigt hatte, daß er sich über ihre Verlegenheit amüsierte.

Aber anstatt taktvoll darüber hinwegzugehen, sprach er sie sogar noch darauf an:

«Sie brauchen deswegen nicht gleich rot zu werden. Es ist doch nur natürlich, wenn ein Mann, nachdem er ein paar intus hat, in Versuchung gerät, jemanden wie Sie zu küssen, meine Liebe.»

«Ich bin nicht ‹Ihre Liebe›», antwortete Sarah kratzbürstig. Ihre Oberlippe zitterte etwas, und sie spürte, wie ihr die Tränen in die Augen stiegen.

Aber Morse sah sie zum Glück nicht so genau an, er hatte sich das

Telefon herangezogen und war dabei, die Nummer der Auskunft zu wählen.

«Wenn Sie sich die Nummer der Ballards geben lassen wollen – das ist zwecklos. Es gibt keine Ballards in der West Street 84», sagte Sarah, froh, ihn auch einmal belehren zu können. «Sergeant Phillips...»

«Ich weiß», sagte Morse ungerührt, «aber wenn Sie gestatten, möchte ich das selbst noch einmal nachprüfen.»

Sarah sagte nichts mehr. Morse sprach einige Minuten mit einem offenbar höheren Beamten und stellte einige Fragen bezüglich Straßennamen und Hausnummern. Was er schließlich erfuhr, schien ihn nicht im mindesten zu überraschen. Er machte auch ganz und gar nicht den Eindruck, als sei er enttäuscht, sondern grinste Sarah, nachdem er den Hörer aufgelegt hatte, jungenhaft zu. «Sergeant Phillips hatte recht, Miss Jonstone. Es gibt in der West Street 84 in Chipping Norton keinen Mr. Ballard. Es gibt nicht einmal eine Nummer 84 in der West Street – da fängt man ja doch langsam an, sich zu fragen...» schloß er und tippte nachdenklich mit dem Zeigefinger auf den Durchschlag des Antwortschreibens, das Sarah an eine offenbar nicht existierende Adresse geschickt hatte.

«Ich fühle mich mittlerweile jenseits aller Fragen», sagte Sarah erschöpft.

«Nummer vier?»

Die Anfrage, datiert vom 4. Dezember, war ein Muster von Knappheit und Präzision. Der Brief war in einer zierlichen, überaus akkuraten Handschrift verfaßt.

Doris Arkwright   *Kidderminster*
                                     114 Worcester Road,
                                     den 4. Dezember

Sehr geehrte Herren,
wünsche möglichst preiswertes Einzelzimmer im Rahmen
Silvester-Arrangement. Erbitte Nachricht.

                                     Doris Arkwright

Die Zusage war beinahe ebenso kurz wie die Anfrage. Sie war zwei Tage später, am 6. Dezember, abgeschickt worden; Binyon selbst hatte den kurzen Brief unterschrieben. Quer über dem Durchschlag stand: *Absage 31. Dezember – Schnee.*

«Hat sie telefonisch abgesagt?» wollte Morse wissen.

«Ja, ich nehme an. Mr. Binyon muß den Anruf entgegengenommen haben.»

«Verlangen Sie keine Anzahlung?»

Sie schüttelte den Kopf. «Mr. Binyon meint, das mache einen schlechten Eindruck.»

«Bekommen Sie viele Absagen?»

«Nein, nur sehr wenige.»

«So? Na, ich glaube, da täuschen Sie sich: von den vier vorbestellten Zimmern in der Dependance sind zwei wieder rückgängig gemacht worden – das sind fünfzig Prozent!»

Sie mußte zugeben, daß er recht hatte. Das Schlimme daran war nur, daß er aussah wie jemand, der *immer* recht hatte.

«Ist das alte Mädchen schon früher einmal hier gewesen?» fragte Morse.

«Wie kommen Sie darauf, daß sie ein ‹altes Mädchen› ist, Inspector?» fragte sie kühl zurück.

«Na, mit dem Namen! Doris Arkwright – ich wette, die hat Anfang des Jahrhunderts als junges Mädchen irgendwo in Lancashire in einer Fabrik gearbeitet, und jetzt geht sie auf die Neunzig zu, will noch etwas vom Leben haben und macht mit ihrem alten Austin die Straßen unsicher.»

Sarah öffnete den Mund, um zu protestieren, fand es dann aber doch klüger zu schweigen. Morse hatte sich eine Brille auf die Nase gesetzt (ein billiges Krankenkassengestell, wie Sarah abschätzig feststellte) und las den Brief von Doris Arkwright zum zweitenmal.

«Glauben Sie, sie hat etwas mit dem Mord zu tun?» fragte Sarah.

«Tja...» Morse ließ sie ein paar spannungsgeladene Sekunden zappeln, dann nahm er die Brille ab und schaute sie spöttisch an. «Nein, ich halte es sogar für ausgeschlossen, aber vielleicht sind Sie da ja anderer Meinung, Miss Jonstone?»

Kapitel Zehn
MITTWOCH, 1. JANUAR

Er war früher einmal Arzt und ist jetzt Leichenbestatter;
aber seine jetzige Tätigkeit unterscheidet sich kaum von seiner
früheren.
Martial

Für Lewis brachte der Abend des Neujahrstages Routinearbeit –
ebenso notwendig wie langweilig. Die Aufgeregtheit der letzten
Stunden hatte sich gelegt, denn selbst Mord verliert nach einiger
Zeit an Neuigkeitswert. Das Hotel, gestern noch so anheimelnd
und festlich, wirkte heute unpersönlich und nicht mehr besonders
einladend. Die hohen Räume lagen in kühles, helles Neonlicht ge-
taucht, die Gäste standen oder saßen – allein oder zu mehreren – und
warteten. Morse hatte Lewis gebeten, zusammen mit Phillips die
Personalien und Anschriften der zurückgebliebenen Gäste zu überprüfen und mit so vielen wie möglich eine erste Befragung durch-
zuführen. Die, die er nicht mehr schaffe, könne Phillips überneh-
men. Er möge versuchen, sich eine Art synoptischen Überblick
über die Ereignisse des vergangenen Abends zu verschaffen, vor
allem offen für Hinweise zu sein, welcher Art auch immer, ob sie
bei diesem Fall möglicherweise mit einem psychopathischen Mörder zu rechnen hätten. Die noch ausstehenden Programmpunkte
des Silvester-Arrangements waren natürlich abgesagt worden. Der
Spieleraum lag verlassen, kein Klicken von Billardkugeln, kein
Plop eines Pfeils auf der Darts-Scheibe durchbrach die bedrückende
Ruhe. Der Mord hatte alles zum Stillstand gebracht.

Lewis und seine Familie hatten Weihnachten und Silvester immer
zu Hause, in dem Doppelhaus in Headington, das sie zur Hälfte
bewohnten, gefeiert, und obwohl der Sergeant der letzte war, der
geleugnet hätte, daß Familienleben durchaus nicht immer idyllisch
ist, war er doch bisher nie auf die Idee gekommen, über die Feiertage zu verreisen. Nun jedoch, und das war unter den gegebenen
Umständen schon etwas merkwürdig, dämmerten ihm zum erstenmal die Vorteile eines Weihnachten oder Silvester außer Haus: keine

hektischen, in letzter Minute getätigten Einkäufe im Supermarkt, kein tagelanges Herumstehen in der Küche, um Soßen und Füllungen vorzubereiten, und, wenn schließlich alles vorbei war – keine Abwaschberge. Ja, er würde seiner Frau den Vorschlag machen, auch einmal über die Feiertage wegzufahren und alles hinter sich zu lassen, denn eines hatte sich bei der Befragung der Gäste so ganz nebenbei herausgestellt: Sie alle hatten sich wunderbar amüsiert – bis man die Leiche entdeckte.

Wo Morse die ganze Zeit über steckte, war Lewis nicht ganz klar. Zu Beginn des Abends hatte er die Frau am Empfang befragt, und das hatte ihn eine ganze Zeitlang in Anspruch genommen, aber danach? – Lewis hatte keine Ahnung. Die Frau in der Rezeption hatte ihm übrigens gefallen. Er fand sie auf unaufdringliche Weise hübsch, und er mochte, wie sie sprach – ruhig und die Worte mit Bedacht gewählt, ein angenehmer Kontrast zu der ruppigen Art, in der Morse sie befragte. Der Chef war, nachdem er den unglücklichen Phillips zusammengestaucht hatte, offenbar noch etwas gereizt gewesen und hatte seine schlechte Laune an allem und jedem ausgelassen. Und da hatte Sarah Jonstone – ganz unverdient, wie Lewis fand – eben auch ihr Teil abbekommen.

Kurz nach 22 Uhr tauchte der Pathologe wieder im Hauptgebäude auf, die unvermeidliche Zigarette im Mundwinkel, in der einen Hand seinen schwarzen Arztkoffer, in der anderen Hand zwei Blätter.

«Meine Güte, Morse, du suchst dir immer Fälle aus!» begann er, nachdem Morse und Lewis sich mit ihm zusammen im verlassenen Spiele-Raum niedergelassen hatten.

«Keine langen Vorreden, Max, komm zur Sache», sagte Morse ungeduldig.

Der Gerichtsmediziner warf einen Blick auf seine Notizen und fing an.

«Erstens – er ist ein *wasp*.»

«Was heißt das denn?»

«Ganz einfach, das heißt, er ist *w*eiß, *a*ngelsächsisch und *p*rotestantisch – das heißt, er kann selbstverständlich auch Katholik sein.»

«Selbstverständlich.»

«Zweitens – er ist zwischen dreißig und vierzig Jahre alt; er kann natürlich auch neunundzwanzig oder einundvierzig sein.»

«Oder zweiundvierzig», sagte Morse.

Der Pathologe nickte. «Oder achtundzwanzig.»

«Weiter», sagte Morse ungeduldig.

«Drittens – er ist fünf Fuß und siebeneinhalb Zoll groß. Willst du wissen, wieviel das in Metern und Zentimetern umgerechnet ist?»

«Nein, Hauptsache, es stimmt.»

«Das kann ich dir nicht versprechen!»

«Oh, Himmel!»

«Viertens – er ist als Rastafari kostümiert.»

«Was du nicht sagst!»

«Fünftens – er trägt eine schwarze Lockenperücke.»

«Die könnten ein oder zwei Leute hier auch gebrauchen», bemerkte Morse trocken.

«Sechstens – er hat Dreadlocks.»

«Kenne ich nicht», brummte Morse unfreundlich.

«Das sind lange, zusammengedrehte Haarsträhnen mit einer zylindrischen Perle am Ende.»

«Ah, ja, die habe ich gesehen, ich wußte nur nicht…»

«Siebtens – diese Dreadlocks sind mit Klammern an der Innenseite der Mütze befestigt, die er trägt.»

Morse nickte.

«Achtens – die Mütze ist eine Art ballonförmige Kappe aus Filz, schwarz-weiß kariert, mit überdimensional großem Schirm und mit Toilettenpapier ausgestopft. Willst du die Marke wissen?»

«Nein!»

«Sein Gesicht ist dunkel gefärbt, das Zeug, das er benutzt hat, heißt in Theaterkreisen ‹Bühnen-Schwarz›.»

Morse nickte wieder.

«Zehntens – das ‹Bühnen-Schwarz› reicht bis hinunter zum Halsansatz, dort, wo das Hemd anfängt; die Hand*rücken* sind ebenfalls gefärbt, die Hand*flächen* jedoch nicht.»

«Ist das wichtig?»

«Elftens –», der Gerichtsmediziner tat, als hätte er die Frage gar nicht gehört, «sein hellblaues Hemd ist langärmlig und offenbar neu, vermutlich hat er es gestern zum erstenmal angehabt. Es hat sechs Knöpfe, die mit Ausnahme des obersten alle geschlossen waren.»

Morse unterdrückte seinen Kommentar.

«Zwölftens – seine weiße Hose ist aus billigem, leichtem Sommerstoff und an einigen Stellen schon etwas abgetragen.»

«Und die Taschen natürlich leer – wie immer!» sagte Morse.

«Dreizehntens – er trägt drei lange Ketten um den Hals, Talmi, den man bei jedem Trödler kriegt.»

Morse zeigte erste Anzeichen von Unruhe.

«Vierzehntens – auf dem Boden zwischen den beiden Betten lag eine Sonnenbrille. Die Bügel sind leicht verbogen.»

«Als ob sie ihm von der Nase gefallen wäre?»

«Sie ist ihm von der Nase gefallen.»

«Ich verstehe.»

«Fünfzehntens – er trägt einen falschen Schnurrbart, der mit einem starken Kleber befestigt worden ist – sitzt noch immer exakt dort, wo er sitzen soll.»

«Warum sagst du ‹exakt› statt ‹genau›?»

«Sechzehntens – er trägt kniehohe Stiefel aus rötlichbraunem Plastik mit Keilabsätzen.»

«Bist du ganz sicher, daß die Person auf dem Bett nicht vielleicht doch eine Frau ist?»

«Siebzehntens – genaue Tatzeit: schwer zu sagen.»

«Hab ich's mir doch gedacht!»

«Also ich schätze, der Tod ist zirka sechzehn bis zwanzig Stunden vor Auffinden der Leiche eingetreten – aber das ist wirklich nicht mehr als eine Schätzung! Die Zimmertemperatur liegt nur knapp über dem Gefrierpunkt, und das kann die Berechnung sowohl in der einen als auch in der anderen Richtung verfälschen.»

«Ach, wirklich?»

Zum erstenmal schien der Gerichtsmediziner etwas in Verlegenheit: «Wie ich schon sagte, Morse, die genaue Todeszeit anzugeben ist schwierig – beinahe ausgeschlossen.»

«Das sagst du jedesmal. Ich habe noch nicht ein einziges Mal erlebt, daß du dich hättest durchringen können, dich auf eine genaue Zeit festzulegen.»

«Ich werde dafür bezahlt, Fakten zu ermitteln.»

«Und ich, daß ich herausbekomme, wer das arme Schwein um die Ecke gebracht hat.»

Doch Morses Vorhaltungen schienen auf den Pathologen keinen Eindruck zu machen. Vielleicht hatte er das alles schon zu oft gehört. Gleichmütig zündete er sich eine neue Zigarette an und fuhr in seiner Aufzählung fort.

«Achtzehntens – Todesursache? Vermutlich ein einziger, kräftig geführter Schlag quer über das Gesicht, der das rechte obere Schläfenbein, das Nasenbein und das linke Jochbein zertrümmert hat.»

Morse schwieg.

«Neunzehntens – er war bestimmt kein Bauarbeiter; viel zu gepflegte Fingernägel und auch keine Schwielen an den Händen.»

«Na, endlich kommst du mal zum Wesentlichen!»

«Nein, ich glaube, da gibst du dich falschen Hoffnungen hin – das war schon der vorletzte Punkt.»

«Das heißt, daß ich jetzt erfahre, wer er ist?» sagte Morse sarkastisch. Der Pathologe schüttelte den Kopf. «Zwanzigstens – er hatte Plattfüße.»

«Du meinst, er *hat* Plattfüße.»

Der Gerichtsmediziner lächelte müde. «Ich danke dir für den Hinweis, Morse, du hast recht: er hatte Plattfüße, solange er lebte, und der Tod hat daran nichts geändert.»

«Und was schließt du daraus, Max?»

«Daß er womöglich Polizist war, Morse, was sonst?» Der Pathologe erhob sich abrupt, so daß etwas Asche von seiner Zigarette auf seine Weste fiel. «Ich schicke dir den schriftlichen Bericht, sobald ich ihn fertig habe – aber heute wird das nichts mehr.» Er sah auf die Uhr. «Kommst du noch mit in den *Gardener*? Wir hätten noch eine halbe Stunde, ich bin mit dem Wagen da.»

Einen Moment lang glaubte Lewis, daß Morse der Versuchung widerstehen würde, doch er hatte sich getäuscht.

Kapitel Elf

MITTWOCH, 1. JANUAR

Wenn ich trinke, denke ich; und wenn ich denke, trinke ich.
Rabelais

«Für mich Gin und Campari, Morse, und hol dir selbst auch einen. Nur gut, daß mein Hausarzt mich hier nicht sieht, er findet, ich sollte mit dem Alkohol aufhören.»

Kurz darauf saßen sich die beiden einander in der Lounge-Bar gegenüber, Morse mit nachdenklich gerunzelter Stirn, der Gerichtsmediziner seinen langen, schweren Schädel in die linke Hand stützend und versonnen vor sich hin starrend.

«Todeszeit!» sagte Morse nach einer Weile heftig. «Na, komm schon, zier dich nicht so, Max!»

«Ein guter Drink, Morse, findest du nicht?»

«Mir scheint, die Thanatologie ist seit damals, als du studiert hast, auch nicht einen Millimeter vorangekommen!»

«Ha! Jetzt versuchst du, dir meine klassische Bildung zunutze zu machen!»

«Aber Max, es ist doch so: Heutzutage kann man, wenn man will, von jedem x-beliebigen Satelliten aus einer Fliege dabei zusehen, wie sie sich in einem Delikatessen-Geschäft in Harlem die Hände über einem Stück Blutwurst reibt, und du behauptest allen Ernstes, nicht in der Lage zu sein...»

«Das Zimmer war kalt wie eine Kirche, Morse, du kannst wirklich nicht erwarten...»

«Was weißt du von Kirchen!»

«Nichts, stimmt.»

Sie saßen eine Weile schweigend da; Morse starrte abwesend in das offene Kaminfeuer. Dann und wann rutschte ein Stück Kiefer und versprühte einen goldenen Funkenregen. Neben dem Kamin stapelte sich im Sommer geschlagenes Holz.

«Hast du bemerkt, daß hinter der Dependance vor kurzem erst Bäume gefällt worden sind, Max?»

«Nein.»

Morse nahm einen Schluck von seinem Gin. «Hm. Gar nicht schlecht, der Geschmack, daran könnte ich mich direkt gewöhnen.»

«Du meinst, daß der Mörder mit einem Ast zugeschlagen hat...? Könnte sein. Ungefähr sechzig Zentimeter lang, liegt gut in der Hand, fünf bis sechs Zentimeter Durchmesser...»

«Aber du hast nicht zufällig Holzsplitter bemerkt?»

«Nein.»

«Könnte er auch eine Flasche benutzt haben?»

«Also ich habe bis jetzt keine Scherben entdecken können...»

«Das will nicht viel heißen. Flaschen halten manchmal unheimlich viel aus. Diese Leute, die Kriegsschiffe taufen müssen, müssen sich jedesmal ganz schön anstrengen, damit die Champagnerflasche auch wirklich an der Bordwand zersplittert.»

«Ich hoffe, wir finden irgend etwas, das dir weiterhilft, Morse.»

«Wann kann ich den Bericht haben?»

«Also heute nacht nicht mehr.»

«Hat er stark geblutet?»

«Ja, ziemlich. Aber es ist mehr gesickert als gespritzt.»

«Es hat also keinen Sinn, die Gäste zu fragen, ob ihnen nicht zufällig ein Mann begegnet ist, der das Hemd voll Blut hatte?»

«Und wieso nicht eine Frau, Morse – mit Blut auf der Bluse?»

«Wäre möglich, ja.»

Der Gerichtsmediziner nickte vage und blickte ins Feuer: «Armer Kerl... Denkst *du* eigentlich manchmal an den Tod? Mors, mortis, Femininum – ist dir das noch präsent?»

«Ziemlich unwahrscheinlich, daß ich ausgerechnet diese Vokabel vergessen hätte – ich brauche ja nur ein ‹e› anzufügen, und schon...»

Der Pathologe bestätigte durch ein schiefes Lächeln, daß er Morse in diesem Punkt recht gab, und leerte sein Glas: «Laß uns noch etwas trinken. Danach können wir meinetwegen zurückfahren und uns noch einmal das Zimmer ansehen.»

«Aber erst, wenn die Leiche abgeholt ist», sagte Morse bestimmt.

«Du hast dich noch immer nicht an den Anblick von Blut gewöhnt, stimmt's?»

«Ja. Ich hätte nie Polizist werden dürfen.»

«Mich hat Blut fasziniert, seit ich ein Junge war – hat meine Phantasie angeregt.»

«Pervers.»

«Noch mal dasselbe?»

«Ja, warum nicht.»

«Und was regt *deine* Phantasie an?» fragte der Pathologe im Aufstehen, ihre beiden Gläser in der Hand.

«Dasselbe wollte letzte Woche ein Reporter von der *Oxford Times* auch wissen. Die Frage ist gar nicht so leicht zu beantworten, wenn man so plötzlich aus heiterem Himmel gefragt wird.»

«Was hast du gesagt?»

«Ich habe gesagt, meine Phantasie werde angeregt durch das Wort ‹aufknöpfen›.»

«Ich wußte gar nicht, daß du so schlagfertig bist!»

«Bin ich auch nicht. Ich habe bloß aus einem Gedicht von Larkin zitiert, aber das kannst du natürlich nicht wissen – du hast ja für die subtileren Seiten des Lebens kein Gespür.»

Aber seine Worte gingen ins Leere. Der Pathologe stand schon an der Bar und forderte, herrisch mit dem einen Glas auf den Tresen klopfend, bedient zu werden.

Kapitel Zwölf

MITTWOCH, 1. JANUAR

Schließe den Fensterflügel, zieh die Jalousien herab,
Sperr aus den diebischen Mond.
Thomas Hardy

Gegen 23.30 Uhr war die Leiche, in ein weißes Tuch gehüllt, unter den wachsamen Augen des Pathologen verladen und zur Autopsie ins Old Radcliffe gebracht worden. Lewis war froh, daß sie die Präliminarien, die den eigentlichen Ermittlungen vorausgingen, nun hinter sich hatten. Die beiden Beamten der Spurensicherung waren kurz vor 23.00 Uhr mit ihrer Arbeit fertig gewesen, und zehn Minuten später war auch der stoppelhaarige junge Fotograf gegangen. Von den Gästen und Angestellten war niemand mehr auf, und es herrschte eine beinahe gespenstische Stille, als Morse und Lewis den Pathologen gegen Mitternacht zu seinem alten schwarzen Ford brachten und anschließend hinübergingen zur Dependance, um sich ein zweites Mal, diesmal intensiver, im Zimmer Nummer drei umzusehen.

Gleich rechts, wenn man den Raum betrat, befand sich ein Wandschrank aus weißlackiertem Holz. Morse warf einen kurzen Blick hinein und zählte auf der Kleiderstange neun in loser Folge aneinandergereihte Kleiderbügel. Gleich neben dem Wandschrank stand eine dreispiegelige Frisiertoilette, deren Schubladen Morse, wie wir bereits wissen, schon bei seiner ersten Inspektion des Zimmers untersucht hatte. Vor dem rechten Spiegel lag eine Werbebroschüre des Hotels, daneben ein handgeschriebenes Kärtchen: *Herzlich willkommen! Dieses Zimmer wurde von mir ganz persönlich für Sie vorbereitet. Wenn Sie noch Wünsche haben, bitte melden Sie sich – Mandy.* Zwischen der Frisiertoilette und dem kleinen Farbfernseher in der hinteren Zimmerecke befand sich in etwa einem Meter Höhe ein Sims, auf dem ein Kessel, eine kleine Teekanne sowie zwei Tassen mit Untertassen standen; außerdem ein mehrfach unterteiltes Plastiktablett, dessen schmale Fächer einige Zellophanpäckchen mit Keksen, in Stanniol verpackte Ein-Tassen-Portionen Nescafé, mehrere Tütchen Zucker, Teebeutel und eine Anzahl flacher, runder Behälter mit Eden-Vale-Milch enthielten.

Gegenüber der Tür, an der Schmalseite des Zimmers, befand sich ein niedriger, langgestreckter Heizkörper. Das darüberliegende Fenster bestand aus einer großen Mittelscheibe ohne Griff und rechts und links je einem Flügel, die jetzt beide weit offenstanden. Die dunkelgrünen Vorhänge waren halb vorgezogen und bauschten sich sanft im frostigen Nachtwind. Fensterrahmen, Fensterbrett und Heizkörper waren von den Männern der Spurensicherung gründlich mit weißem Puder eingestaubt worden, etliche undeutlich verwischte Flecken, als Fingerabdrücke nicht sehr vielversprechend, waren mit schwarzem Filzstift umrandet.

«Ich denke», sagte Morse, während ihm ein Frösteln den Nacken hochkroch, «daß es an der Zeit ist, einen ersten positiven Schritt zu unternehmen. Schließen Sie das Fenster und stellen Sie die Heizung an, Lewis!»

«Haben Sie keine Sorgen wegen der Fingerabdrücke, Sir?»

«Was nützt es, wenn wir den Mörder verhaften und anschließend mit einer Lungenentzündung auf der Intensiv-Station landen, Lewis?» antwortete Morse mit einem Achselzucken.

Der Sergeant tat, wie ihm geheißen, und spürte plötzlich ein unerklärliches Glücksgefühl.

Der größte Teil der rechten Zimmerhälfte wurde von den beiden Betten eingenommen. Hinter den Kopfenden verlief ein schmales Plastikbord, in dem Bedienungsknöpfe für Radio und Fernsehen, verschiedene Lichtschalter, Lautsprecher und eine Weckautomatik untergebracht worden waren, über deren kryptische Bedienungsanleitung Lewis nur den Kopf schütteln konnte. Auf einem Tischchen zwischen den Betten stand ein weißes Tastentelefon, und wie in vielen anderen Hotels hatten auch hier die sogenannten *Gideons* dafür gesorgt, daß eine Bibel nicht fehlte. Die Decke und die Wände des Zimmers waren in zartem Apfelgrün gehalten, der Boden mit einem dazu passenden Teppich in grau-grünem Karomuster ausgelegt. Das Zimmer wirkte ordentlich und sauber und hätte als makellos bezeichnet werden können – wäre da nicht auf der Tagesdecke des hinteren der beiden Betten jene obszöne, dunkelrote Blutkruste gewesen...

Um nichts außer acht zu lassen, quetschte Morse sich zum Schluß auch noch in das kleine Badezimmer. Die Wände waren ringsum mit olivgrünen Kacheln gefliest, der Fußboden mit Vinyl ausgelegt, ebenfalls grün, wenn auch eine Spur dunkler als die Kacheln. Direkt gegenüber der Tür an der Schmalseite des Raumes befand sich ein WC, links davon ein Toilettenpapierhalter und ein Papiertaschentuchspender, rechts eine Chromstange, auf der mehrere flauschige, weiße Handtücher hingen – sie sahen unbenutzt aus. An der linken Wand hing ein Waschbecken, darüber eine Konsole mit zwei Zahnputzgläsern sowie einem kleinen Stück Seife in noch unangebrochener rosa Verpackung mit dem Schriftzug *Hotel Haworth* quer über der Vorderseite. An der anderen Längswand befand sich eine Badewanne mit einer Armatur, die es den Gästen, wenn sie wollten, gestattete, auch zu duschen. In eine der Kacheln war eine Seifenschale eingelassen, die ein zweites Stück Seife enthielt – ebenfalls noch in der Verpackung. Der ganze Raum strahlte nur so vor Sauberkeit; Mandy war offensichtlich ein sehr pflichtbewußtes Zimmermädchen.

«Das Badezimmer sieht aus, als sei es überhaupt nicht benutzt worden», bemerkte Lewis.

«Ja, das ist mir auch aufgefallen...», antwortete Morse und ging zurück in den großen Raum. Nachdenklich sah er sich um. «Was ich gerne wüßte...» Er beugte sich zu dem Bord hinter den Betten und drehte an einem der Knöpfe, von dem er annahm, daß er dazu diente, das Fernsehgerät ein- und auszuschalten. Aber er schien sich getäuscht zu haben, die Mattscheibe blieb dunkel.

«Soll ich den Stecker reintun, Sir?» fragte der praktische Lewis hilfsbereit.

«Soll das heißen...» Morse versank in tiefes Nachdenken und nahm nur ganz am Rande wahr, daß es auf dem Fernsehschirm zu flimmern begann und ein Nachrichtensprecher erschien, der sich darüber verbreitete, daß es zwischen Shiiten und christlichen Milizen im neuen Jahr bereits wieder zu schweren Zusammenstößen gekommen sei.

«Also ich weiß nicht, Lewis – können Sie mal das Ding abstellen, man versteht ja sein eigenes Wort nicht –, ich finde das schon sehr merkwürdig... Man sollte doch meinen, daß Leute, wenn sie sich ein Zimmer in einem Hotel mieten, es dann auch in irgendeiner Form benutzen. Ich wette, daß sie nicht mal...» Vorsichtig schlug er die Tagesdecke des am Fenster stehenden Bettes zurück. Kopfkissen und Bettdecke waren da, wo der Tote gelegen hatte, etwas eingedrückt, sahen sonst jedoch völlig unberührt aus. Mit dem anderen Bett war es das gleiche. Möglicherweise hatte jemand für einen Moment auf dem Rand gesessen, aber es gab keinerlei Anzeichen dafür, daß jemand darin gelegen hätte, ganz zu schweigen davon, daß etwa zwei Leute etwa ein paar vergnügliche Stunden darin verbracht hätten.

Lewis war unterdessen noch einmal ins Badezimmer zurückgegangen und kehrte nach einer Weile mit einem triumphierenden Lächeln zurück. In der Hand hielt er ein zusammengeknülltes, braunfleckiges Papiertaschentuch. Er hatte es im Abfalleimer gefunden.

«Sieht so aus, als sei das hier das einzige, was sie zurückgelassen haben, Sir.»

«Das sind doch nicht etwa Blutflecke, oder?»

«Nein, ich glaube, das ist nur braune Schminke.»

«Na, wenigstens *eine* Spur, Lewis.»

Bevor sie das Zimmer verließen, trat Morse noch einmal an den Wandschrank, schob die auf Schienen gleitende Tür zur Seite und spähte ins Innere.

«Mir scheint, die Spurensicherung hat reichlich nachlässig gearbeitet diesmal», sagte er ärgerlich.

Lewis sah auf die Puderspuren, die noch überall auf dem weißlackierten Holz deutlich sichtbar waren, und sagte beschwichtigend: «Also, da tun Sie den beiden aber unrecht, Sir. Hier außen ist doch überall...»

«Und was ist mit innen?» sagte Morse ruhig.

Sarah Jonstone fand in dieser Nacht erst spät Schlaf. Immer wieder trat ihr das Bild des Chief Inspectors vor Augen, und seine bohrenden Fragen klangen in ihr nach. Während des Gesprächs mit ihm hatte sie zunehmend den Eindruck gewonnen, daß jede Vergeßlichkeit beziehungsweise Unkenntnis in seinen Augen eine unverzeihliche Sünde darstellte, und wie er da vor ihr gesessen hatte und in sie

gedrungen war, ob ihr nicht irgend etwas Ungewöhnliches aufgefallen sei, war er ihr von Minute zu Minute unsympathischer geworden. Etwas Ungewöhnliches, etwas Ungewöhnliches, etwas
Ungewöhnliches... die Worte kreisten unaufhörlich in ihrem Kopf
und verursachten ihr tiefe Beunruhigung. Denn ihr war tatsächlich
etwas Ungewöhnliches aufgefallen, nur daß sie sich überhaupt
nicht mehr erinnern konnte, was es gewesen war, sosehr sie auch
darüber nachgrübelte. Ab und zu schien es schon greifbar nahe gewesen zu sein, doch dann war es ihr immer wieder entglitten,
schlüpfrig wie ein Stück Seife auf dem Boden einer Badewanne.

Kapitel Dreizehn

DONNERSTAG, 2. JANUAR

*Schnee ist schön – aber nur solange es schneit. Das ist wie mit der
Trunkenheit: sie ist angenehm, wenn sie kommt, und scheuß-
lich, wenn sie weicht.*
Ogden Nash

Morse war zu der Ansicht gelangt, daß es zweckmäßig sei, in den
nächsten Tagen die Ermittlungsarbeiten vom Hotel aus zu leiten,
und so bezogen er und Lewis am nächsten Morgen einen großzügig
geschnittenen Raum an der Rückseite der Dependance, der sich mit
seinen vielen Fenstern auch vorzüglich als Klassenzimmer geeignet
hätte.

Lewis hatte eine ruhige Nacht verbracht, hatte nach dem Aufstehen ausgiebig geduscht, danach ein kalorienreiches Frühstück eingenommen und war, als er gegen halb sieben Uhr im Hotel eintraf,
voller Energie und Tatendrang. Leider konnte man dasselbe von
Morse nicht gerade behaupten. Er traf zwanzig Minuten nach dem
Sergeant ein, unausgeschlafen, ungewaschen und ohne gefrüh-
stückt zu haben, und war entsprechend übellaunig.

Der erste, der an diesem Morgen an dem wackeligen, aus zwei

Böcken und einer Platte bestehenden Tisch Platz nahm, war John Binyon. Es war halb acht Uhr.

«Eine schreckliche Geschichte», begann er jammernd, «eine Katastrophe! Und ausgerechnet jetzt, wo wir erweitert haben.»

«Nun», sagte Morse mühsam beherrscht, «vielleicht erweist sich der Mord ja auch als Attraktion, und Sie müssen am Ende noch eine Warteliste anlegen, weil sich die Leute nur so danach drängen, in Nummer drei zu übernachten.»

«Würden Sie sich danach drängen, Inspector?»

«Ich? Nein, natürlich nicht!» sagte Morse eisig.

Sie kamen auf das Verhalten von Gästen im allgemeinen zu sprechen, und Binyon vertrat die Ansicht, daß alles in einem rapiden Wandel begriffen sei. Er selbst sei erst seit etwa drei Jahren im Geschäft, und doch eines habe er bereits in diesem kurzen Zeitraum an Veränderungen feststellen können: «Sie geben sich kaum noch Mühe, es zu verbergen – die meisten Frauen stecken sich nicht einmal mehr einen Ring an. Ab und zu, wenn es uns zuviel wird, schicken wir solche Pärchen wieder weg – wir sagen dann, wir seien ausgebucht.»

«Glauben Sie, daß Sie es in jedem Fall merken, wenn ein Paar unverheiratet ist?»

Binyon dachte einen Moment nach. «Nein. Nein, das wohl nicht. Aber ich denke, ich könnte mit einiger Sicherheit sagen, ob sie zum erstenmal die Nacht miteinander verbringen oder sich schon länger kennen.»

«Und woran erkennen Sie das?»

«Ach, an Kleinigkeiten. Sie bezahlen meist in bar, und dann kommen sie auch des öfteren in Kuddelmuddel wegen der Adresse. Letzten Monat zum Beispiel hatten wir so einen Fall. Ein Mann und eine Frau; behaupteten, verheiratet zu sein, und dann schrieb er als Adresse auf den Anmeldebogen Slough, *Berkshire*!»

«Und was haben Sie getan?» sagte Morse in neutralem Ton.

«Zunächst gar nichts. Ich war nicht am Empfang, als sie ankamen, aber als er vor der Abfahrt die Rechnung bei mir bezahlte, habe ich ihm ganz beiläufig gesagt, daß er, wenn er das nächste Mal einen Anmeldezettel ausfülle, doch daran denken solle, daß Slough in *Buckshire* liegt.»

«Und wie hat er reagiert?» fragte Morse.

«Ach, hat nur gegrinst.»

«Kann ich verstehen», sagte Morse nicht ohne Behagen. «Slough liegt nämlich tatsächlich in Berkshire!»

Mochte es mit seinen Geographiekenntnissen auch nicht weit her sein; was die Modalitäten der Zimmervermietung anging, war Binyon voll auf der Höhe, und Morse war durchaus beeindruckt von seiner klaren, präzisen Schilderung. Die meisten Leute, zwischen achtzig und neunzig Prozent, erkundigten sich zunächst telefonisch, ob ein Zimmer frei sei. Oft blieb dann keine Zeit mehr, sich per Brief die Reservierung bestätigen zu lassen, und in diesen Fällen begnügte man sich mit der Angabe der Kreditkarten-Nummer als Ausweis für Solidität und Bonität. Die Buchung längerfristig geplanter und schon Monate im voraus angekündigter Sonder-Arrangements wie zu Weihnachten oder jetzt wieder zu Silvester erfolgte jedoch in der Regel schriftlich. Die eigentliche Anmeldung verlief dann nach dem üblichen Schema: Man fragte den Gast zunächst nach seinem Namen, prüfte auf der Reservierungsliste, ob tatsächlich ein Zimmer vorbestellt war, und händigte ihm, falls alles seine Ordnung hatte, das Anmeldeformular aus, in das der Familienname, der Vorname beziehungsweise die Vornamen sowie die Adresse, ferner Name und Anschrift des Arbeitgebers, Nationalität, Autokennzeichen und Ausweisnummer einzutragen waren. Der Gast kreuzte an, auf welche Weise er seine Rechnung zu begleichen wünschte, bar oder per Scheck, und setzte dann seine Unterschrift unter das Ganze. Er erhielt nun eine Karte, auf welcher seine Zimmernummer, der zur Zeit gültige Preis sowie Frühstückszeiten und ähnliches vermerkt waren; man fragte ihn, welche Morgenzeitung er bevorzugte, dann bekam er den Zimmerschlüssel. Da das Hotel weder über einen Portier noch über Pagen verfügte, mußten die Gäste in aller Regel ihr Gepäck selber auf ihr Zimmer schaffen; bei älteren oder gebrechlich wirkenden Gästen machte man aber natürlich eine Ausnahme, so daß jemand vom Personal zur Stelle war und mit anfaßte – es würde ein schlechtes Licht auf das Hotel werfen, wenn womöglich ein Gast unter der Last seiner Koffer auf der Treppe zusammenbrach.

Gegen Viertel nach acht Uhr traf aus Chipping Norton die Nachricht ein, daß von den fünf Männern mit dem Namen Ballard, die im örtlichen Wählerverzeichnis aufgeführt waren, keiner eine Ehefrau Ann hatte und der Stadtarchivar nach gründlicher Durchforschung aller zur Verfügung stehenden Unterlagen bereit sei zu schwören, daß es in der West Street zu keiner Zeit ein Haus mit der Nummer vierundachtzig gegeben habe.

Eine halbe Stunde später rief Superintendent Bell vom Revier Oxford Mitte in St Aldate's an, um sich zu erkundigen, ob Morse Verstärkung brauche. Dieser lehnte jedoch dankend ab; er wußte beim besten Willen nicht, wie er die Männer einsetzen sollte, es sei denn, dachte er sarkastisch, er ließ sie in Chipping Norton eine Tür-zu-Tür-Befragung vornehmen, um herauszufinden, ob vielleicht jemand Angaben machen könne über einen Mann unbestimmten Alters, liiert mit einer Frau, deren angeblicher Name Ann Ballard lautete und ansonsten ohne besondere Kennzeichen: kein Klumpfuß, kein verkümmerter Arm und auch kein in die Stirn tätowiertes Hakenkreuz – natürlich völlig aussichtslos das Ganze. Nicht einmal die Hotelgäste konnten ja, wie Morse und Lewis im Laufe des Vormittags zu ihrem Leidwesen erfuhren, Näheres über Ballard aussagen. Und das war im Grunde genommen nicht einmal erstaunlich, schließlich waren sie ihnen gestern abend zum erstenmal begegnet. Hinzu kam, daß die Frau in seiner Begleitung (seine Geliebte? seine Ehefrau?) nach Ansicht der Hotelgäste zu jener eifersüchtigen, besitzergreifenden Sorte Frauen gehörte, die den ganzen Abend über an ihrem Mann kleben und ihn keine Minute von ihrer Seite lassen. Daß man sich überhaupt an ihn erinnerte, lag wohl vor allem an seiner auffallenden Verkleidung als westindischer Reggae-Musiker und der Tatsache, daß er für dieses unglaublich perfekte Kostüm den ersten Preis beim Wettbewerb der Herren davongetragen hatte. Ansonsten ergab die ganze Befragung im wesentlichen nur *ein* neues Faktum, daß Ballard nämlich offenbar im Laufe des Abends mehr als nur einen Whisky getrunken hatte. Seine Lieblingsmarke war *Well's*, laut Aussage von Mandy, die am Silvesterabend an der Bar eingesprungen war. Und natürlich war allgemein bemerkt worden, daß er so gut wie nichts gegessen hatte – Sarah Jonstones Beobachtungen in diesem Punkt waren anscheinend korrekt gewesen. Einige der Gäste meinten sich zu erinnern, daß Ballard mit der

Frau im Tschador getanzt habe – und zwar ausschließlich mit ihr, während Mr. Dods («Nur ein ‹d› in der Mitte») bereit war zu schwören, daß «dieser Rasta oder wie das heißt» gegen Mitternacht auch mit einer ausgelassenen jungen Frau namens Palmer getanzt habe – «Philippa oder Pippa» Palmer – sowie mit der Empfangssekretärin («War reichlich beschwipst, wenn ich mir die Bemerkung erlauben darf, Inspector»). Aber das war's denn auch schon. Je weiter der Morgen voranschritt, um so klarer wurde Morse und Lewis, daß die einzige wirklich brauchbare Aussage von Sarah Jonstone stammte. Sie hatte gestern abend gegenüber Lewis angegeben, daß sie, als sie in der Silvesternacht gegen ein Uhr aufgewacht und ans Fenster getreten sei, Mr. Ballard gesehen habe, der, rechts und links eine Frau im Arm, offenbar auf dem Weg zu seinem Zimmer gewesen sei. Das magere Ergebnis der vormittäglichen Ermittlungen ließ es Morse dringend geboten erscheinen, Miss Jonstone erneut zu befragen.

Sie saß ihm gegenüber, die Beine übereinandergeschlagen und sehr aufrecht, als sei sie auf der Hut vor ihm. Man sah ihr an, daß sie in der letzten Nacht nicht gut geschlafen hatte, und wie immer, wenn sie müde war, rutschte ihr die Brille die Nase hinunter, und sie mußte sie immer von neuem wieder hochschieben. Es war nur eine kleine, unauffällige Bewegung mit dem Zeigefinger ihrer linken Hand, die Morse jedoch aus unerfindlichen Gründen über alle Maßen irritierte. Bevor er begann, prüfte er denn auch verstohlen, ob seine eigene Brille auch richtig saß.

«Nachdem die Gäste aus der Dependance gegangen waren, war das Kostümfest so gut wie zu Ende, ist das richtig?»

«Ich glaube, ja.»

«Sie wissen es also nicht?»

«Nein.»

«Sie haben ausgesagt, Ballard habe seine Arme um die Schultern der beiden Frauen gelegt.»

«Nein, das stimmt so nicht. Er hatte nur die eine von ihnen umgefaßt und...»

«Wer waren die beiden Frauen?»

«Die eine war Mrs. Palmer – da bin ich mir ziemlich sicher.»

«Und die andere?»

«Ich glaube, es war... Mrs. Smith.»

«Sie hatten eine ganze Menge getrunken an diesem Abend, nicht wahr?»

Sarah wurde über und über rot, allerdings mehr aus Ärger als aus Scham. «Ja. Stimmt», sagte sie und sah ihn trotzig an. «Das wird Ihnen jeder hier im Hotel gern bestätigen.»

«Aber Sie haben die beiden Frauen deutlich gesehen?» Morses Achtung vor Sarah Jonstone stieg ständig.

«Von hinten, ja.»

«Hat es geschneit?»

«Ja.»

«Sie hatten also vermutlich Mäntel an?»

«Ja, sie trugen beide helle, gefütterte Regenmäntel.»

«Und Sie sagen», Morse überflog in Gedanken noch einmal die entsprechende Stelle in ihrer gestrigen Aussage, «daß dicht hinter den dreien drei weitere Personen gingen?»

Sarah nickte.

«Das dürften dann Mrs. Ballard, Mr. Palmer und... Mr. Smith gewesen sein, oder?»

Sarah zögerte einen Moment – «Ja», sagte sie schließlich und schob einmal mehr ihre Brille nach oben.

«Und ganz am Schluß ging Mr. Binyon?»

«Ja. Ich nehme an, er wollte hinter ihnen abschließen.»

«Das behauptet er, ja.»

«Nun, es wäre doch immerhin möglich, daß es stimmt», sagte sie schnippisch.

Aber Morse schien die Bemerkung gar nicht gehört zu haben. «Nachdem Mr. Binyon die Seitentür abgeschlossen hatte, konnte also niemand mehr in die Dependance hinein?»

«Nein, es sei denn, er hätte einen Schlüssel gehabt.»

«Oder *sie*.»

«Oder *sie*, ja.»

«Aber wer wollte, konnte die Dependance jederzeit verlassen?»

Wieder zögerte Sarah, bevor sie antwortete. «Ja...», sagte sie schließlich, «natürlich. Ich habe darüber bisher nicht nachgedacht – aber jetzt, wo Sie mich fragen – ja. Die Tür hat ein Yale-Schloß.

Wenn man von außen abschließt, geht an der Innenseite ein Riegel zu, aber der läßt sich natürlich von der anderen Seite her jederzeit zurückschieben, wenn man hinaus will.»

An diesem Punkt griff unerwartet Lewis in das Gespräch ein.

«Sie haben zu Protokoll gegeben, daß es, als Sie gegen eins aus dem Fenster sahen, geschneit hat. Sind Sie sich dessen absolut sicher?»

Sarah wandte sich ihm bereitwillig zu, froh darüber, zur Abwechslung in ein freundliches Paar Augen zu sehen und eine freundliche Stimme zu hören. Sie überlegte. Nein, hundertprozentig sicher war sie sich nicht. Es hatte ein schwacher Wind geweht, und der Schnee, der auf dem Boden lag, war hochgewirbelt worden... Sie hatte so etwas wie Schneegestöber gesehen, aber ob das nun frische Flocken gewesen waren – das konnte sie nicht beschwören.

«Nein», sagte sie nach einer Weile, «ich muß ehrlich zugeben, ich weiß es nicht genau.»

«Der Meteorologe von Radio Oxford sagt nämlich», erläuterte Lewis, «daß es hier in der Gegend bereits ungefähr um Mitternacht zu schneien aufgehört habe. Er hält es für möglich, daß noch ab und zu etwas heruntergekommen ist, aber das sei nicht mehr der Rede wert gewesen.»

«Mir ist nicht ganz klar, worauf Sie hinauswollen, Sergeant...»

«Ganz einfach. Wenn nach vierundzwanzig Uhr kein Schnee mehr gefallen ist, dann hätte jeder, der nach Mitternacht die Dependance verlassen hat, Fußspuren hinterlassen müssen...»

Sarah versuchte sich zu erinnern. Ja, sie war sich ganz sicher. Als sie am Neujahrsmorgen aufgestanden war und aus dem Fenster geblickt hatte, war die weiße Fläche zwischen der Dependance und dem Hauptgebäude völlig unberührt gewesen. Die andere Frage war, hatte es nachts gegen ein Uhr noch geschneit oder nicht? Und auch da war sie sich inzwischen sicher, ja, es hatte noch geschneit, mochte der Meteorologe sagen, was er wollte.

Lewis sah sie fragend an. «Nein», sagte sie, «da waren keine Fußspuren, das weiß ich genau. Aber was den Schnee angeht – ich bin mir jetzt ganz sicher, daß es in der Nacht noch geschneit hat.»

«Sie meinen also, wenn ich Sie richtig verstehe, der Meteorologe habe unrecht?»

«Ja.»

Lewis war einigermaßen verwirrt durch die im Brustton der Überzeugung vorgetragenen Ansichten und suchte Morses Blick. Doch dann entdeckte er in seinen Augen wieder jenes merkwürdige Leuchten, so als ob irgendwo in seinem Gehirn ein Lämpchen angeknipst worden wäre, und wußte, daß er von ihm im Moment keine Hilfe erwarten konnte. Er mußte schon selbst versuchen, sich Klarheit zu verschaffen.

«Aus allem, was Sie gesagt haben, schließe ich, daß Sie annehmen, daß Mr. Ballard von einem der fünf anderen Gäste umgebracht worden ist?» sagte er vorsichtig.

«Sie etwa nicht?» fragte sie erstaunt zurück. «Es war entweder Mr. oder Mrs. Palmer oder Mr. oder Mrs. Smith. Oder sogar Mrs. Ballard selber – wer immer sich hinter diesem Namen verbirgt.»

«Ich verstehe.»

Während Lewis und Sarah Jonstone miteinander redeten, hatte Morse aufmerksam ihr ungeschminktes Gesicht betrachtet, doch dann schien er plötzlich das Interesse zu verlieren. Er stand auf, dankte ihr und schien erleichtert, als sie das Zimmer verlassen hatte.

«Ein paar wirklich intelligente Fragen, Lewis!» sagte Morse.

«Finden Sie wirklich, Sir?»

Aber Morse war in Gedanken schon bei anderen Dingen. «Es ist Zeit fürs Mittagessen», sagte er.

Lewis, der aus langer Erfahrung wußte, daß Morse sein Mittagessen ausschließlich in flüssiger Form zu sich nahm, hatte nichts gegen ein Glas Bier und ein Sandwich einzuwenden, aber es ärgerte ihn, daß Morse keinerlei Anstalten machte, zu der strittigen Frage, ob es nun nach Mitternacht geschneit habe oder nicht, Stellung zu nehmen.

«Also, was den Schnee angeht...»

«Den Schnee? Ach, Lewis, alter Freund, der Schnee und die fehlenden Fußspuren – das sind doch alles nur falsche Fährten.»

Sie gingen in den *Eagle and Child* in der St. Giles' Street und nahmen an einem der Tische im Hinterzimmer Platz. Während er an seinem Sandwich kaute und ab und zu einen Schluck aus seinem Bierglas nahm, studierte Lewis die hölzerne Tafel, die gleich hinter Morse in Kopfhöhe an der Wand befestigt war:

*In den Jahren 1939 bis 1962 trafen sich C. S. LEWIS, sein Bruder
W. H. LEWIS, J. R. R. TOLKIEN, CHARLES WIL-
LIAMS und ein Kreis gleichgesinnter Freunde jeden Dienstagmor-
gen im Hinterzimmer dieses ihres Lieblings-Pubs. Die Gruppe,
allgemein bekannt unter dem Namen ‹The Inklings›, kam zusammen, um Bier zu trinken und, neben anderen Dingen, die gerade in
Arbeit befindlichen Bücher zu diskutieren.*

Und während Lewis las, formte sich in seiner Phantasie, zweifellos
beflügelt durch den zu dieser Stunde ungewohnten Alkoholgenuß,
ein neuer, ganz anderer Text: *In diesem Raum saßen an einem Donners-
tagvormittag CHIEF INSPECTOR MORSE und sein Freund und
Kollege SERGEANT LEWIS und versuchten, den berühmten ‹Mord
im Hotel Haworth› zu lösen . . .*

Kapitel Vierzehn

DONNERSTAG, 2. JANUAR

«Ist dort jemand?» sagte er.
Walter De La Mare, *Die Lauschenden*

Falls der Mörder, wie es jetzt beinahe wahrscheinlich schien, unter
den anderen Gästen in der Dependance zu suchen war, dann war es
höchste Zeit, sich mit den Palmers und den Smiths, die die Zimmer
Nummer eins beziehungsweise Nummer zwei bewohnt hatten, näher zu beschäftigen. Lewis holte sich als erstes die jeweiligen Anmeldeformulare; sie waren beide ordentlich und vollständig ausgefüllt und wirkten auf den ersten Blick völlig unverdächtig.

Die Adresse der Palmers auf dem Anmeldeformular war identisch mit der, die sie bei ihrer Anfrage angegeben hatten. Sie lautete:
London W 4, 29 A Chiswick Reach. Die Telefonauskunft bestätigte, daß die Adresse existiere, der Anschluß laute auf den Namen

P. Palmer (Geschlecht unbekannt). Lewis sah, wie Morse die Augenbrauen hochzog, als sei er über die Information überrascht, und schüttelte innerlich den Kopf. Hatte der Chef etwa im Ernst angenommen, daß es sich bei den Gästen, die sich zu Silvester in der Dependance aufgehalten hatten, nur um Kriminelle handelte? Er wählte die Nummer, die ihm die Auskunft gegeben hatte, doch es ging niemand an den Apparat.

«Könnten wir nicht die Londoner Kollegen bitten, einmal dort vorbeizugehen?»

«Das wäre ein bißchen voreilig, Lewis; lassen Sie uns doch eine halbe Stunde oder so abwarten.»

Lewis nickte und nahm sich das Anmeldeformular der Smiths vor.

«Wie lautet ihre Adresse?» erkundigte sich Morse.

«Klingt ziemlich vornehm. Haus *Aldbrickham*, 22 Spring Street, Gloucester.»

Diesmal schienen Morses Augenbrauen fast den Haaransatz zu berühren. «Also, das ist ja... geben Sie mal her!»

Lewis reichte ihm das Formular und sah, wie der Chief Inspector langsam den Kopf schüttelte und sich sein Mund zu einem überraschten Lächeln verzog.

«Was wollen wir wetten, Lewis, daß es diese Adresse überhaupt nicht gibt? Ich setze mein gesamtes Bankguthaben.»

«Sie wissen doch, daß ich grundsätzlich nicht wette, Sir», sagte Lewis, eine Spur mißbilligend.

«Ich habe den Straßennamen gleich wiedererkannt; ich hoffe, Sie auch, Lewis: die Spring Street ist die Straße, wo Jude und Sue Fawley gelebt haben.»

«Müßte ich die kennen?» fragte Lewis stirnrunzelnd.

«Aber Lewis, haben Sie nie *Jude the Obscure* gelesen? Und *Aldbrickham* ist Hardys Name für Reading, wie Sie sich vielleicht erinnern.»

«Oh, das hatte ich im Augenblick vergessen», sagte Lewis eilig.

«Raffiniert», sagte Morse und nickte beinahe anerkennend, so als ob er den literarischen Geschmack von Mr. und Mrs. J. Smith durchaus zu schätzen wisse. «Es ist ja vermutlich sinnlos, aber wir sollten nichts unversucht lassen...»

Lewis hörte, wie das Fräulein vom Amt einen tiefen Seufzer ausstieß, als er sie bat, doch bitte nachzusehen, ob es in Gloucester einen Teilnehmer namens Smith, J. gebe, Adresse: 22 Spring Street... Es dauerte eine Weile, bis sie, wiederum seufzend, mitteilte, daß sie einen Teilnehmer dieses Namens unter der angegebenen Adresse nicht finden könne. Kein Wunder, dachte Lewis. Ein weiterer Anruf bei der Polizei in Gloucester brachte die erwartete Auskunft, daß eine Straße mit Namen Spring Street in der Stadt nicht existiere.

Lewis versuchte erneut, die Palmers zu erreichen, aber wieder hob niemand ab.

«Vielleicht sollten wir uns zur Abwechslung doch mal mit diesem alten Mädchen, dieser Doris Arkwright, beschäftigen», schlug Morse mit einem Anflug von Galgenhumor vor. «Wer weiß, vielleicht erleben wir eine Überraschung, und sie ist auch nicht echt.»

In diesem Moment klopfte es an die Tür, und ein Bote brachte den Bericht des Pathologen. Er war, offenbar von ihm selber, mehr schlecht als recht getippt und fügte dem, was Morse bereits wußte, wenig hinzu: Alter zwischen fünfunddreißig und vierzig Jahren, Größe fünf Fuß achteinhalb Zoll («Er muß über Nacht einen Zoll gewachsen sein», bemerkte Morse frivol). In der ausgedehnten Gesichtswunde waren weder Holz- noch Glas-, noch Stahlsplitter gefunden worden, die Verletzung war aller Wahrscheinlichkeit durch einen einzigen kräftigen Schlag verursacht. Die Zähne des Toten waren für einen Mann seines Alters in ungewöhnlich guter Verfassung – nur drei Zähne im linken Ober- und Unterkiefer wiesen eine Füllung auf, eine stammte offenbar aus jüngster Zeit. Der Mageninhalt des Toten bestand aus nichts als ein paar Gemüseresten, offenbar hatte er kurz vor seinem Tod nichts mehr zu sich genommen.

Soweit der Bericht. Kein Wort über die Todeszeit, statt dessen eine Aufzählung medizinischer Fachausdrücke wie *supra-orbitales Foramen* und *infra-orbitale Fissur*, die Morse einfach stillschweigend ignorierte. Dem Bericht war noch eine in der krakeligen Handschrift des Pathologen verfaßte Nachricht beigefügt:

An Morse: Durch die Verletzungen im Bereich der Concha inferior nasalis ist das Gesicht des Toten derartig entstellt, daß sich ein zur Identifizierung taugliches Foto nicht wird herstellen lassen – ganz abgesehen davon, daß jemand, der ihn kannte, beim Anblick eines solchen Fotos einen Schock davontragen dürfte. Hinzu kommt dann natürlich auch noch die normale Verfremdung der Gesichtszüge, wie sie jeder Tod mit sich bringt. Was nun den Zeitpunkt angeht, zu dem der Tod eintrat, so habe ich meinen präzisen Ausführungen von gestern nichts hinzuzusetzen. Kurz gesagt, Du weißt genausoviel wie ich, wobei ich zugeben muß, daß es mich, wenn Du mehr wüßtest, schon sehr verunsichern würde. Max.

Morse las den Bericht, so schnell er konnte, und das heißt, daß er eine ganze Weile brauchte; er war immer schon ein langsamer Leser gewesen und hatte stets die Kollegen insgeheim beneidet, die in der Lage zu sein schienen, den Blick auf die Mitte der Seite gerichtet, auch noch das, was rechts und links stand, wahrzunehmen. Nachdem er fertig war, legte er die Blätter enttäuscht beiseite – zwei der wichtigsten Punkte waren überhaupt nicht geklärt.

«Das ist doch wieder mal typisch, Lewis: sie sagen uns, sie wissen nicht, wer er ist, und sie wissen nicht, wann er starb!» knurrte er.

Lewis grinste. «Das stimmt schon, aber trotzdem – er versteht sein Handwerk.»

«Er gehört längst pensioniert! Er ist viel zu alt! Er trinkt zuviel! Zugegeben – er versteht sein Handwerk – noch. Aber es geht abwärts mit ihm.»

«Dasselbe haben Sie von sich auch schon gesagt», erinnerte ihn Lewis vorsichtig.

«Ja, und ich hatte recht: es geht mit uns allen abwärts.»

«Sollen wir rübergehen und uns die anderen Zimmer mal ansehen?» fragte Lewis und stand auf in der Hoffnung, Morse durch seine vorbildliche Haltung aus seiner Lethargie zu reißen.

«Glauben Sie, die hätten Ihnen zuliebe ihre Kreditkarten zurückgelassen?»

«Man kann nie wissen, Sir», sagte Lewis und rasselte dabei ein wenig mit dem umfangreichen Schlüsselbund, das Binyon ihm gegeben hatte. Aber Morse blieb unbeweglich sitzen.

«Soll ich allein gehen?»

Morse gab sich einen Ruck. «Nein, wir werden beide rübergehen
– Ihr Vorschlag war schon ganz richtig. Sie nehmen sich das Zimmer der Palmers vor.»

Kurze Zeit darauf stand Morse in Nummer zwei, dem Zimmer,
in dem die Smiths übernachtet hatten, und blickte sich eher lustlos
um. Er erwartete nicht, etwas zu finden. Seufzend machte er sich
schließlich an die Arbeit. Er schlug von beiden Betten die Decke
zurück, zog die Schubladen der Frisiertoilette auf und warf einen
Blick in den Wandschrank – nichts. Im Badezimmer verrieten die
noch etwas feuchten Handtücher sowie die glitschige Seife in der
Ablage über der Wanne, daß zumindest einer der beiden Smiths
geduscht oder ein Bad genommen hatte. Die beiden Zahnputzbecher auf der Konsole über dem Waschbecken sahen ebenfalls benutzt aus. Der Papierkorb war leer – keine zerrissenen Briefe oder
andere aufschlußreiche Papiere. Auf dem Teppich, vor allem in der
Nähe der Tür, waren einige Schmutzflecken zu erkennen, wie sie
Schuhe und Stiefel hinterlassen, mit denen man durch Schneematsch gestapft ist. Nichts von alledem jedoch war für ihn von
Interesse, dachte Morse, denn die Smiths, wer immer sie auch sein
mochten, hatten, dessen war er sich fast sicher, mit dem Mord nicht
das geringste zu tun. Und für ihr Verhalten – erst im letzten Augenblick zu reservieren und dann, nach der Entdeckung der Tat, so
schnell wie möglich das Weite zu suchen – gab es eine durchaus
befriedigende Erklärung, auch ohne daß man sie gleich mit einem
Verbrechen in Verbindung brachte. ‹Smith, J.› war, wie Morse ihn
sich vorstellte, ein alter Lüstling aus der mittleren Management-
Etage, der schon lange einmal scharf gewesen war auf seine neue,
junge Sekretärin und nun die Feiertage genutzt hatte, um seiner
Frau irgendein Märchen von einer Konferenz in den Midlands auf-
zutischen. So etwas war ja heutzutage beinahe gang und gäbe – kein
Anlaß, polizeiliche Ermittlungen anzustellen. Allerdings hätte es
ihn schon gereizt, ‹Mrs. Smith› einmal kennenzulernen; sie mußte
nach allem, was die anderen Gäste sagten, eine ausgesprochen attraktive Person sein. Er setzte sich auf den Rand eines der Betten
und hob den Hörer des Zimmertelefons ab.

«Kann ich Ihnen behilflich sein?» Es war Sarah Jonstone.

«Wissen Sie, was Ihnen auf einem Sekretärinnen-Kurs als erstes beigebracht wird?»

«Ach, Sie sind das!»

«Sie bekommen erklärt, daß man sich unter keinen Umständen mit dem Satz ‹Kann ich Ihnen behilflich sein› meldet.»

«Kann ich Ihnen hinderlich sein, Inspector?» erwiderte sie spitz.

«Haben die Smiths irgendwelche Telefongespräche geführt, während sie hier wohnten?»

«Nicht von ihrem Zimmer aus.»

«Irgendwelche Telefonate würden am Ende auf der Rechnung erscheinen, oder?»

«Ja, ja-a, in der Regel schon», sagte sie zögernd. Morse wartete darauf, daß sie fortfuhr. «Jedes Telefongespräch wird automatisch unter dem Namen des Gastes registriert.»

«Na, dann ist die Sache ja klar.»

«Äh – Inspector, da wäre noch etwas. Wir sind eben gerade alle Rechnungen durchgegangen, und dabei haben wir festgestellt, daß die Smiths abgereist sind, ohne zu bezahlen. Wir müssen das noch einmal genau überprüfen, aber es sieht ganz danach aus.»

«Warum haben Sie mir das nicht früher gesagt?» blaffte sie Morse an.

«Weil – ich – es – nicht – gewußt – habe», sagte Sarah gereizt; es hätte nicht viel gefehlt, und sie hätte den Hörer auf die Gabel geknallt.

«Wie hoch war denn ihre Rechnung?»

Wieder war deutlich zu merken, daß Sarah mit der Antwort zögerte.

«Äh – sie haben – sie haben sich Champagner aufs Zimmer bringen lassen. Eine ziemlich teure Marke...»

«Kennen Sie ein Hotel, das billigen Champagner führt?»

«Sie hatten vier Flaschen...»

«Gleich vier!» Morse pfiff leise durch die Zähne. «Scheint ihnen ja geschmeckt zu haben. Was war es denn?»

«Veuve Clicquot Ponsardin 1972.»

«Ist der gut?»

«Sollte man bei dem Preis eigentlich erwarten.»

«Wie teuer ist er denn?»

«Die Flasche fast dreißig Pfund – 29,75 genau.»

«*Was!*» Morse pfiff wieder durch die Zähne. Wer weiß, vielleicht würde es sich lohnen, sich die Smiths doch einmal näher anzusehen. Viermal 29,75, das macht... Wow!

«Glauben Sie, es ist wichtig?»

«Wer hat die leeren Flaschen eingesammelt?»

«Ich nehme an, Mandy – das ist das Zimmermädchen.»

«Und wo wird sie sie hingebracht haben?»

«Zu den Mülleimern hinter der Küche.»

«Hat noch einer von den anderen Gästen Champagner bestellt?»

«Nein, soviel ich weiß, nicht.»

«Dann müßten draußen also vier leere Flaschen zu finden sein.»

«Ich vermute, ja.»

«Da gibt es doch nichts zu vermuten, oder?»

«Nein.»

«Na, und vielleicht könnten Sie auch einmal nachsehen gehen», sagte Morse nicht besonders freundlich.

«Ja, gut.»

Morse ging zurück ins Badezimmer und beugte sich über die Zahnputzbecher. Er konnte nicht recht entscheiden, ob der Hauch von Champagner, den er zu verspüren meinte, eingebildet war oder nicht – unzweifelhaft dagegen war, daß einer der beiden Becher nach Zahnpasta mit Pfefferminzgeschmack roch. Zurück im Zimmer, setzte er sich erneut auf eines der Betten. Gab es vielleicht doch irgend etwas, das er übersehen hatte? Aber er konnte beim besten Willen nichts entdecken, das sein Unbehagen im nachhinein gerechtfertigt hätte. Er wollte gerade aufstehen, um zu gehen, als er es klopfen hörte. Es war Sarah Jonstone.

«Inspector, ich...» Ihre Oberlippe zitterte, sie war den Tränen nahe.

«Es tut mir leid, ich war eben nicht besonders freundlich zu Ihnen...», begann Morse.

«Ach, das war nicht weiter schlimm. Ich...»

Er stand auf und legte ihr leicht den Arm um die Schulter. «Sie brauchen nichts zu sagen, ich weiß schon Bescheid. Der alte Geizkragen Binyon hat Ihnen Ärger gemacht, als er entdeckt hat, daß die Smiths ihn nicht nur auf der Rechnung haben sitzenlassen, sondern daß er auch noch um die hundertneunzehn Pfund für den Champagner geprellt worden ist.»

Sie sah ihn aus tränenblinden Augen an und nickte. Er nahm ihr sanft die Brille ab, und sie lehnte sich schluchzend gegen seine Schulter. Nach einer Weile hob sie den Kopf, lächelte ihn schüchtern an und wischte sich unbeholfen mit dem Handrücken die Tränen vom Gesicht. Er zog ein Taschentuch aus der Tasche, das vor längerer Zeit einmal weiß gewesen sein mußte, inzwischen jedoch schmuddelig-grau war, und drückte es ihr in die Hand. Sie wollte etwas sagen, doch Morse kam ihr zuvor.

«Nun machen Sie sich mal wegen Binyon keine Sorgen, Mädchen. Und wegen den Smiths auch nicht. Die werden wir früher oder später schon erwischen.»

Sarah nickte. «Tut mir leid, daß ich eben die Fassung verloren habe.»

«Das macht nichts.»

«Übrigens, wegen der Champagnerflaschen – in der Mülltonne waren nur drei. Sie müssen eine mitgenommen haben, sie ist nicht da.»

«Vielleicht war sie noch nicht ganz leer.»

«Eine geöffnete Flasche Champagner mit sich herumzuschleppen ist aber ziemlich umständlich.»

«Allerdings. Man kriegt den Korken nicht wieder rein, wenn sie einmal geöffnet ist, stimmt's?»

Sie lachte ein bißchen; es ging ihr schon viel besser als noch vor ein paar Minuten. Er hatte es wirklich geschafft, sie zu trösten. Vorsichtig sah sie ihn von der Seite an und überlegte, ob er wohl verheiratet sei oder eine Reihe von Freundinnen hatte oder ob ihm Frauen doch letzten Endes mehr oder weniger gleichgültig waren – alles drei war möglich, es war wirklich schwer zu sagen bei ihm.

«Na, alles wieder in Ordnung?» fragte er nach einer Weile, aber es klang nicht wirklich interessiert, und sie spürte einen Stich der Enttäuschung – er war in Gedanken schon längst wieder bei anderen Dingen. Sie verließ das Zimmer, ohne daß sie noch ein weiteres Wort miteinander gewechselt hätten.

Ein paar Minuten später schaute Morse im Zimmer Nummer eins vorbei, wo er Lewis vor der Frisiertoilette kniend vorfand.

«Schon was entdeckt?»

«Nein, bis jetzt noch nicht, Sir.»

Wieder in seinem provisorischen Ermittlungsbüro, rief Morse in der Pathologie an. Max war selber am Apparat.

«Könnte es eine Flasche gewesen sein, Max?»

«Schon möglich», antwortete der Pathologe mürrisch. «Falls ja, dann ist sie auf alle Fälle heil geblieben.»

«Meinst du, Glassplitter in der Wunde wären selbst dir aufgefallen?»

«Ja, selbst mir.»

«Glaubst du, daß bei einem solchen wuchtigen Schlag die Flasche hätte zerbrechen müssen?»

«Wenn es überhaupt eine Flasche war.»

«Ja, natürlich, was denn sonst.»

«Weiß ich nicht.»

«Verdammt, dann äußere eben mal eine Vermutung!»

«Hängt von der Flasche ab.»

«Eine Champagnerflasche?»

«Schon lange her, daß ich eine Champagnerflasche gesehen habe; ich weiß kaum noch, wie die aussieht.»

«Was denkst du, ist der Mörder von Ballard Rechts- oder Linkshänder?»

«Wenn er Rechtshänder ist, dann muß er den Schlag in einer Art Rückhand ausgeführt haben, wenn er Linkshänder ist, so, als ob er einen Schmetterball schlagen wollte.»

«Das war ja ausnahmsweise eine richtig ausführliche Auskunft!»

«Ich versuche zu helfen, so gut ich kann.»

«Und was meinst du nun – war er Rechts- oder Linkshänder?»

«Weiß ich nicht», sagte der Pathologe. Morse seufzte.

Eine Viertelstunde später kam Lewis und berichtete seinem ohnehin nicht gerade rosig gelaunten Chef, daß er trotz gründlicher Suche im Zimmer Nummer eins nichts Wichtiges habe entdecken können.

«Macht nichts, Lewis. Versuchen Sie noch einmal, die Palmers ans Telefon zu kriegen!»

Doch wieder war nur das Rufzeichen zu hören, und Morse hatte das unbestimmte Gefühl, daß die Zeit für ihren Anruf vielleicht schlecht gewählt war und der Teilnehmer deshalb nicht abhob. «Wir haben heute nachmittag anscheinend auf der ganzen Linie Pech, was, Lewis?»

«Noch ist nicht aller Tage Abend», sagte Lewis stoisch.

«Wie wär's, wenn wir es mal bei diesem alten Mädchen, bei dieser Doris Arkwright versuchen würden. Sie wird doch bei dem Wetter bestimmt zu Hause sein. Sitzt vermutlich gerade vor der Heizung und wärmt sich ihre Hühneraugen auf und ist froh über jede Abwechslung.»

«Soll ich sie anrufen?»

«Ja, machen Sie schon!»

Lewis wählte zunächst die Auskunft an, um sich die Nummer von Doris Arkwright geben zu lassen. Doch das Fräulein vom Amt war auch diesmal keine große Hilfe. In der Worcester Road 114, Kidderminster, gab es keine Teilnehmerin namens Arkwright. Die Adresse allerdings existierte, und es war auch ein Anschluß verzeichnet. Und nachdem Lewis glaubhaft versichert hatte, daß es um polizeiliche Ermittlungen gehe, erhielt er schließlich auch die Nummer.

«Könnte ich bitte Miss Doris Arkwright sprechen?»

«Da müssen Sie sich verwählt haben!»

«Ihre Adresse lautet Worcester Road 114?»

«Ja.»

«Aber eine Miss Doris Arkwright ist Ihnen nicht bekannt?»

«Nee – 'ne Miss Arkwright ham wir hier nich – dies is 'ne Schlachterei.»

«Oh! Dann entschuldigen Sie bitte die Störung.»

«Macht nichts.»

«Das darf doch nicht wahr sein», sagte Morse.

Kapitel Fünfzehn
DONNERSTAG, 2. JANUAR

Sogar bei kultivierten Menschen kann dann und wann eine Art
monogamer Trieb beobachtet werden.
Bertrand Russell

Helen Smiths Ehemann John hatte ihr gesagt, daß er gegen 1 Uhr wieder zurück sein werde, und sie hatte alles fertig, um ihm, sobald er kam, seine Pilzomelette zu machen. Für sich selbst hatte sie nichts vorbereitet; sie wußte, daß sie heute mittag nichts herunterkriegen würde – ihr war übel vor Angst.

Die Nachrichtenübersicht in *The World at One* war gerade beendet, als sie die Räder des BMW auf dem Kies der Auffahrt knirschen hörte – desselben BMW, den sie über Neujahr mit Bedacht in einem der großen mehrstöckigen Parkhäuser im Zentrum Oxfords abgestellt hatten, weil er dort unter den vielen anderen Wagen nicht weiter auffallen würde.

Sie wandte sich nicht um, als er hereinkam, und beugte sich, als er hinter sie trat, um ihr zur Begrüßung einen Kuß in den Nacken zu geben, nur noch tiefer über den Tisch. Während sie, angestrengt auf ihre Hände starrend und als handele es sich um eine äußerst komplizierte Aufgabe, fortfuhr, Champignons zu zerkleinern, mußte sie plötzlich aus einem unerfindlichen Grund daran denken, wie häßlich diese Hände noch vor fünf Jahren ausgesehen hatten und wie John, schon kurze Zeit, nachdem sie sich zum erstenmal gesehen hatten, sie vorsichtig auf ihre abgekauten Nägel angesprochen hatte. Sie hatten sehr schnell geheiratet, und seitdem hatte sie ihre Nägel in Ruhe gelassen, so daß ihre Hände jetzt gepflegt und trotz der etwas zu dicken Finger beinahe elegant aussahen. Ja, sie hatte sich durch ihn verändert – in mehr als nur einer Hinsicht.

«Helen», begann er, offenbar ohne ihr sonderbares Verhalten zu bemerken, «ich muß heute nachmittag nach London. Vielleicht komme ich heute abend schon zurück, falls nicht, mach dir keine Sorgen. Und bleib nicht wach, ich habe ja einen Schlüssel.»

«Hm», sagte sie nur, aus Furcht, ihre Stimme könne sie verraten.

«Ist das Wasser im Badezimmer schon heiß?»

«Hm.»

«Könntest du mit der Omelette warten, bis ich mit dem Baden fertig bin? Ich beeile mich.»

Sie wartete, bis sich die Badezimmertür hinter ihm geschlossen hatte und sie das Plätschern von Wasser hörte, ließ dann noch zwei, drei Minuten verstreichen – zur Sicherheit – und lief dann mit leichten, schnellen Schritten hinaus auf die Einfahrt. Leise stöhnend vor ängstlicher Erwartung faßte sie nach dem Griff der Beifahrertür.

Die Tür war nicht verschlossen. Sie hätte weinen können vor Erleichterung.

Zur gleichen Zeit, da Mr. John Smith sich durch ein Bad von einem anstrengenden Vormittag zu erholen suchte, lag Philippa Palmer im Schlafzimmer ihrer geschmackvoll eingerichteten Wohnung in Chiswick auf dem Bett und starrte angeödet an die Decke. Den Mann neben sich hatte sie gegen zwölf Uhr in der Cocktail Lounge des *Executive Hotels* unweit Park Lane entdeckt – ein großer Mann Anfang Vierzig mit Stirnglatze und dunklem Anzug. Er sah gut betucht aus, obwohl man sich, wie Philippa wußte, in diesem Punkt leicht täuschen konnte. Die horrenden Rechnungen des *Executive*, das sie seit längerer Zeit als ihr bevorzugtes Jagdrevier auserkoren hatte, wurden nämlich fast ausschließlich im Rahmen von Spesenabrechnungen beglichen und ließen nicht unbedingt Rückschlüsse auf die tatsächliche finanzielle Potenz der – vorwiegend männlichen – Gäste zu. Sie hatte wie immer an der Bar gesessen und darauf geachtet, daß der geschlitzte Rock gerade so viel von ihren in Nylons gehüllten Beinen freigab, wie nötig war, um ein Signal zu geben, ohne daß es gleich ein billiges Angebot wurde. Er hatte freundlich ‹Hallo› gesagt und sie zu einem Drink eingeladen – Gin und Tonic. Sie hatte angenommen und ziemlich bald gefragt, ob er nicht Lust habe, einmal ‹einen draufzumachen› – eine Formulierung, der ihrer Erfahrung nach nur die wenigsten Männer widerstehen konnten. Er hatte dennoch gezaudert – nur ein klein wenig –, und so war sie ihm ein Stück näher gerückt und hatte ihm einen Moment lang in einer gleichzeitig vertrauten wie erotischen Geste die Hand auf den Oberschenkel gelegt, um, wie sie hoffte, einen Schauer der Erregung in ihm auszulösen. Tatsächlich waren sie sich dann auch über Zeit, Preis und Ort sehr schnell einig geworden, und so lag sie nun neben ihm im Bett und wartete darauf, daß die verabredeten zwei Stunden (die Stunde à sechzig Pfund) endlich zu Ende waren. Sie hatte ihn gleich von Anfang an richtig eingeschätzt: Er war keiner von den stürmischen, besitzergreifenden Männern, die es darauf anlegten, in der vereinbarten Zeit so oft wie möglich mit ihr zu schlafen, sondern eher einer von der passiven Sorte, die auch schon genossen, ihr beim Ausziehen zuzusehen. Und die beiden Male, die er (bis jetzt) mit ihr geschlafen hatte, machten zusammengenommen denn auch nicht mehr als eine Viertelstunde aus, eine Tatsache, die Philippas eigenen Wünschen sehr entgegenkam. Es war natürlich möglich, daß der Mann nach ‹einer kleinen Pause›, wie er sich ausgedrückt hatte, zu neuer sexueller Hochform auflaufen würde, aber im Moment sah es (zum Glück, wie Philippa fand) nicht danach aus. Die ‹kleine Pause› dauerte bereits längere Zeit, und sein gleichmäßiges Schnarchen ließ erwarten, daß sie auch so schnell nicht beendet sein würde.

Gegen Viertel vor eins hatte das Telefon zum erstenmal geklingelt, und der Mann, der gerade dabei gewesen war, sich auszuziehen, war, wie sie gemerkt hatte, durch das hartnäckige, nicht enden wollende Geräusch merklich irritiert worden. Sie hatte ihm erklärt, es könne sich nur um ihre Schwester handeln, und er hatte ihr offenbar geglaubt, zumindest hatte er sich so weit wieder entspannt, daß er eine Bitte äußern konnte: ob sie wohl im Bett einen Pyjama anziehen könne? Sie war über diese Bitte nicht weiter erstaunt gewesen, da sie lange genug im Geschäft war, um zu wissen, daß für viele Männer eine Frau halb ausgezogen wesentlich aufregender war als völlig nackt und daß das langsame Aufknöpfen eines Pyjama-Oberteils wesentlich erotischer war als das rasche Hochschieben eines Nachthemds.

Um zwei Uhr fünfzehn klingelte das Telefon zum zweitenmal. Philippa spürte die Blicke des Mannes auf ihren Brüsten, als sie sich nach vorn beugte, um den Hörer abzunehmen.

«Mrs. Palmer? Mrs. Philippa Palmer?» Die Stimme war laut

und durchdringend, und sie wußte, daß der Mann neben ihr jedes Wort würde mithören können.

«Ja–a?»

«Mein Name ist Lewis. Sergeant Lewis von der Thames Valley Police. Ich würde mich gerne mit Ihnen darüber unterhalten…»

«Hören Sie, Sergeant, könnten Sie vielleicht in zehn Minuten noch einmal zurückrufen? Ich bin gerade im Bad und…»

«Na gut. Ich kann mich darauf verlassen, daß Sie in zehn Minuten auch wirklich zu erreichen sind?»

«Natürlich, natürlich. Ich bin hier.»

Der Mann im Bett neben ihr hatte sich, kaum daß er die Worte ‹Sergeant Lewis› gehört hatte, abrupt aufgesetzt und eilig begonnen, sich anzuziehen, und Philippa war wieder einmal froh, daß sie wie stets auf vorheriger Zahlung bestanden hatte. Er war in Null Komma nichts fertig, sagte ihr hastig auf Wiedersehen und war verschwunden. Sie war erleichtert, ihn los zu sein, obwohl er, wie sie zugeben mußte, eigentlich ein recht angenehmer Kunde gewesen war. Schon lange hatte sie keinen Mann mehr mit so sauberer Unterwäsche gesehen, und er hatte auch nicht, wie es die meisten taten, angefangen, von seiner Frau zu sprechen – was natürlich auch daran liegen konnte, daß er unverheiratet war.

Exakt zehn Minuten später klingelte das Telefon zum zweitenmal, doch die Stimme am anderen Ende der Leitung war ihr unbekannt – eine interessante Stimme, die Bildung verriet und ihr gefiel. Sie gehörte einem gewissen Chief Inspector Morse.

Morse bestand darauf, Mrs. Palmer selber zu befragen. Es sei einfach vernünftiger, und obwohl er Lewis' Angebot, nach Chiswick zu fahren, zu schätzen wisse, sei er doch der Meinung, daß die Anwesenheit des Sergeant im Hotel notwendig, ja geradezu unabdingbar wichtig sei. Lewis, der ähnliche Erklärungen im Laufe seiner langen Zusammenarbeit mit Morse schon des öfteren gehört hatte, lächelte still vor sich hin, während er den Chief Inspector zum Bahnhof fuhr, damit er noch rechtzeitig den Zug um 16.34 Uhr nach Paddington erreichte.

Kapitel Sechzehn

DONNERSTAG, 2. JANUAR

Und wer sucht, der findet.
Matth. 7,8

Lewis war, nachdem er Morse zum Bahnhof gebracht hatte, in großer Versuchung, es für heute gut sein zu lassen und nach Hause zu fahren. Er war um fünf Uhr früh aufgestanden, seit sechs Uhr im Dienst, und jetzt war es kurz nach siebzehn Uhr – es hätte wohl jedem gereicht. Aber aus irgendeinem Grund entschied er sich dann doch, noch nicht Feierabend zu machen, ein Entschluß, der, wie sich im nachhinein herausstellte, für die weiteren Ermittlungen von großer Bedeutung sein sollte.

Er hatte vor, sich, bevor er ging, die Zimmer im Erdgeschoß der Dependance anzusehen, und da der Zugang vom Foyer her noch abgesperrt war, verließ er den als provisorisches Büro eingerichteten Raum an der Rückseite, ging durch den Haupteingang und außen an der Vorderseite des Gebäudes entlang zum Seiteneingang, neben dem ein Constable in Uniform Wache stand.

«Die Tür ist offen, Sarge», sagte er, als er Lewis mit dem großen Schlüsselbund hantieren sah.

«Danke. Ich werde mich noch ein wenig hier umschauen. Sie können dann gegen 19 Uhr gehen, Constable.»

Als erstes betrat Lewis das Zimmer Nummer vier, den einzigen Raum auf diesem Flur, um den sie sich bisher überhaupt noch nicht gekümmert hatten, weil er über Neujahr nicht belegt gewesen war. Im obersten Fach des Einbauschrankes entdeckte er ein Heft mit Pornofotos und jeweils einigen Zeilen Text in einer Sprache, die er, da ihm das gehäufte Auftreten des Buchstabens «ø» auffiel, der nordischen Sprachenfamilie zuordnete. Wenn Morse den Fund gemacht hätte, da war sich Lewis sicher, hätte er sich jetzt auf dem Bett niedergelassen und das Heft erst einmal gründlich angesehen. Lewis war immer noch bisweilen, entgegen seinen Erfahrungen, bestürzt darüber, wie ein ansonsten durchaus nicht unempfindsamer Mann einem derartig vulgären Laster frönen konnte. Aber der

Chef, einsam, ungebunden und melancholisch, würde sich in diesem Punkt wohl auch nicht mehr ändern. Lewis legte das Heft zurück, fest entschlossen, Morse nichts davon zu berichten.

Im Zimmer Nummer drei schien es kein Möbelstück zu geben, das nicht verrückt, keine Oberfläche, die nicht auf der Suche nach Fingerabdrücken eingestäubt worden wäre, dazu so viele Kreidemarkierungen und mit Kugelschreiber umkringelte Stellen, daß es völlig ausgeschlossen schien, hier noch etwas Neues zu finden. Lewis begnügte sich denn auch mit einem kurzen Blick, dann knipste er das Licht wieder aus, zog die Tür hinter sich zu und vergewisserte sich durch eine Drehung des Knaufes, daß sie auch wirklich ins Schloß gefallen war.

Im Zimmer schräg gegenüber, dem Raum, in dem die Palmers gewohnt hatten, konnte Lewis ebenfalls nichts entdecken, das er bei seiner ersten Durchsuchung übersehen hätte. Er trat ans Fenster und blickte einen Moment nachdenklich auf seinen eigenen Schatten, der sich im hellen Oval des nach außen fallenden Lichtes scharf abzeichnete, dann drehte er sich um, löschte die Lampe und schloß hinter sich die Tür. Er würde nur noch schnell in den Raum der Smiths hinübergehen und dann endlich Feierabend machen.

Dieses letzte Zimmer nahm Lewis sich nur noch der Vollständigkeit halber vor. Er wußte, daß Morse es zwar mit Durchsuchungen nicht ganz so genau nahm wie er selber, aber er arbeitete immer noch sorgfältig genug, um nichts Wichtiges zu übersehen. Mochte er es auch manchmal an Gründlichkeit fehlen lassen, so machte er dies allemal wett durch seine unglaubliche Vorstellungsgabe, die es ihm ermöglichte, auch in den unscheinbarsten Dingen Hinweise zu entdecken, die er selbst, trotz aller Mühe, die er sich gab, einfach nicht wahrzunehmen vermochte. Trotzdem – vier Augen sehen mehr als zwei, und ein letzter Rundgang, bevor Binyon die Erlaubnis zur erneuten Vermietung des Zimmers erhielt, konnte nicht schaden.

Fünf Minuten später machte Lewis einen unerwarteten Fund.

Gegen 18 Uhr sah Sarah Jonstone Lewis wegfahren; die Scheinwerfer seines Wagens erhellten einen Moment lang ihr Zimmer, als er vor der Dependance wendete, dann war es wieder dunkel. Doch sie machte kein Licht. Sie hatte nichts gegen Dunkelheit; schon als Kind war es ihr am liebsten gewesen, wenn die Tür ihres Zimmers geschlossen und das Licht ihres Zimmers ausgeknipst war. Sie hatte das Gefühl, als ob sich wieder Kopfschmerzen einstellen würden, und so holte sie sich ein Glas Wasser, warf zwei Aspirin hinein und schwenkte das Glas leicht hin und her, damit die Tabletten sich auflösten. Binyon hatte sie gebeten, noch eine weitere Nacht im Hotel zu bleiben, und sie hatte ihm angesichts der Umstände die Bitte nicht abschlagen mögen, obwohl sie es vorgezogen hätte, wieder bei sich zu Hause zu sein. Nach der Hektik der letzten Tage wirkte die Ruhe im Hotel jetzt bedrückend und hinterließ ein Gefühl der Leere: die Scharen von Polizeibeamten und Presseleuten waren gegangen, ebenso fast alle Gäste – mit Ausnahme des einen natürlich, der in ein Tuch gehüllt abtransportiert worden war. Die Dependance lag im Dunkeln, auch in dem Raum an der Rückseite, der von Morse und Lewis als Büro genutzt wurde, brannte kein Licht mehr. Die einzigen sichtbaren Zeichen, daß sich etwas Ungewöhnliches ereignet hatte, waren das Seil, welches das Gebiet um die Dependance absperrte, sowie der Polizist neben dem Eingang. Sein Atem dampfte in der kalten Luft, und ab und zu stampfte er mit den Füßen auf oder klopfte sich die Arme, um warm zu bleiben. Sie überlegte gerade, ob sie ihm etwas Warmes zu trinken nach draußen bringen sollte, als sich das Fenster ein Stockwerk tiefer öffnete und Mandy sich herausbeugte, um ihm eine Tasse Tee anzubieten.

Die Tabletten hatten sich aufgelöst. Sie trank die milchige, bittere Flüssigkeit, machte das Licht an, spülte das Glas aus, strich die Tagesdecke glatt und stellte den Fernseher an. In den Nachrichten wurde die übliche Schreckensbilanz gemeldet: Massenkarambolage auf der Autobahn, Flugzeugentführung, Aufstände und terroristische Anschläge. Merkwürdigerweise wirkten die krassen Bilder von Sterben und Gewalt viel weniger verstörend auf sie als der Gedanke an den einen Toten, der kaum dreißig Meter von ihr entfernt umgebracht worden war. Sie schaltete den Fernseher aus und ging ans Fenster, um die Vorhänge zuzuziehen. Sie wollte sich, bevor sie mit den Binyons zu Abend aß, noch ein wenig waschen und frisch machen.

Merkwürdig!

Sie hielt mitten in der Bewegung inne. In der Dependance war das Licht angegangen. Sie überlegte, wer das sein mochte. Vermutlich der Constable, denn er hatte seinen Platz neben dem Seiteneingang verlassen. Dem Lichtschein nach zu urteilen, der sich als gelbes Rechteck auf dem Schnee vor dem Haus abzeichnete, mußte er sich in Zimmer zwei aufhalten. Plötzlich, von einem Moment zum anderen, war es wieder dunkel, und Sarah, die noch immer mit ausgestreckten Armen am Fenster stand, wollte gerade endgültig zuziehen, als sie auf einmal drüben im Eingang, eng an die linke Wand gedrückt, eine Gestalt bemerkte. Das Herz schien ihr einen Moment lang stillzustehen, und sie hatte das Gefühl, als stecke ihr ein Klumpen im Hals. Ein paar Sekunden stand sie so, völlig regungslos, wie hypnotisiert, dann wich der Schock, und sie handelte. Sie riß die Tür auf, stürzte die Treppe hinunter, lief durch das Foyer und an der Vorderseite entlang zum Nebeneingang des Hotels. Mühsam nach Luft ringend, blieb sie stehen. Der Constable, eine Tasse Tee in der Hand und offenbar in angeregter Unterhaltung mit Mandy, dem Zimmermädchen, sah sie erstaunt an.

«Da drüben ist jemand», flüsterte sie heiser und zeigte mit der Hand zur Dependance hinüber.

«Ich verstehe nicht...»

«Ich habe dort drüben im Eingang jemanden stehen sehen», wiederholte sie ungeduldig.

Endlich hatte er begriffen. Er setzte scheppernd die Teetasse ab und lief in Richtung Dependance, die beiden Frauen ängstlich ein paar Schritte hinter ihm. Sie sahen, wie er die Tür öffnete (sie war nicht geschlossen gewesen, soviel war klar) und wie drinnen das Licht anging und nach kurzer Zeit wieder verlöschte.

«Also jetzt jedenfalls ist da keiner mehr», sagte der Constable etwas trotzig, so als wolle er nicht wahrhaben, daß er sich einer möglicherweise verhängnisvollen Pflichtverletzung schuldig gemacht hatte.

«Es muß aber jemand dagewesen sein», beharrte Sarah. «Und wer immer es war, muß im Zimmer zwei gewesen sein – von dort kam der Lichtschein.»

«Aber die Zimmer sind alle verschlossen, Miss», sagte der Constable beinahe beschwörend.

Sarah schwieg. Es gab nur zwei Schlüsselbunde mit Haupt-schlüsseln, und einen davon hatte Binyon, wie Sarah wußte, dem Sergeant gegeben. Dieser aber war vor einigen Minuten weggefah-ren, sie hatte es selbst gesehen. War also Binyon aus irgendeinem Grunde herübergekommen, war *er* die schlanke Gestalt gewesen, die sie beobachtet hatte? Aber wenn ja, was um alles in der Welt hatte er gewollt?

In diesem Moment hörte sie plötzlich hinter sich eine Stimme, die fragte, was los sei. Es war Binyon, er schien aus dem Nichts aufgetaucht zu sein. Sarah berichtete ihm, was sie gesehen hatte, und er entschied, die Sache gleich an Ort und Stelle zu überprüfen.

Binyon voran, dahinter der Constable und Sarah am Schluß, be-traten sie das Gebäude. Ein kurzer Blick genügte, um festzustellen, daß sich vor nicht allzu langer Zeit jemand hier aufgehalten haben mußte – der Teppichboden unmittelbar vor der Tür zu Zimmer zwei war dunkel vor Feuchtigkeit, und bei näherem Zusehen ließen sich sogar noch einige Schneereste entdecken.

Wieder in ihrem Zimmer, setzte sich Sarah aufs Bett und dachte angestrengt nach. Der Constable hatte ihnen strikt untersagt, das Zimmer zu öffnen, ja, auch nur die Türklinke zu berühren, und hatte sofort versucht, Lewis anzurufen, der ihm für den Fall, daß etwas Unvorhergesehenes geschähe, seine Privatnummer hinter-lassen hatte. Aber Lewis war noch nicht zu Hause gewesen, und diese Tatsache hatten sowohl den Constable als auch Binyon in ih-rer Überzeugung bestärkt, daß es doch der Sergeant gewesen sein müsse, den Sarah beobachtet hatte. Vermutlich sei er noch einmal zurückgekehrt, weil ihm unterwegs noch etwas eingefallen sei, das er noch habe nachprüfen wollen.

Sarah schwieg, doch sie wußte, was sie gesehen hatte: Die Gestalt im Eingang war zierlich gewesen, der Sergeant dagegen ein schwe-rer, untersetzter Mann. Konnte es vielleicht doch Binyon gewesen sein? Das war, was sein Äußeres anging, zwar möglich, aber Sarah hielt es dennoch für sehr unwahrscheinlich. Und ihre Meinung zu diesem Vorfall wog schwer. Denn nicht nur war sie die einzige, die die mysteriöse Gestalt im Eingang zu Gesicht bekommen hatte, sie war auch – vorerst jedenfalls – die einzige, die sich plötzlich einer

103

sehr wichtigen Tatsache erinnerte: daß es nämlich, obwohl tatsächlich nur zwei Schlüsselbunde mit Hauptschlüsseln existierten, durchaus noch einer weiteren Person möglich gewesen wäre, Zimmer zwei zu betreten – und zwar ohne die Tür zu manipulieren oder das Fenster einzuschlagen. *Zwei* weiteren Personen sogar, um genau zu sein. Denn am Schlüsselbord in der Rezeption war der Haken, an dem der Schlüssel zu Nummer zwei hängen sollte, noch immer leer. Mr. und Mrs. John Smith hatten nicht nur versäumt, ihre Rechnung zu bezahlen; sie hatten auch die Zimmerschlüssel mitgenommen.

Kapitel Siebzehn

DONNERSTAG, 2. JANUAR

Aspern Williams wollte die Haut der Tochter berühren. Er hielt sie für schön, womit ich meine, daß sie von ihm getrennt war und er sich mit ihr zu vereinen wünschte.
Peter Champkin, *The Waking Life of Aspern Williams*

Morse ging durch die mit Teppich ausgelegte Lounge des *Great Western Hotel*. Hier und da saßen Paare, die sich offenbar nichts mehr zu sagen hatten, und lasen gelangweilt irgendwelche Taschenbücher, studierten Fahrpläne oder blätterten im *London Standard. Zeit* schien der einzig relevante Faktor hier zu sein: ein Video-Schirm versorgte die Reisenden mit den allerneuesten Informationen über Ankünfte und Abfahrten, und Morse sah des öfteren Blicke zu der großen Uhr wandern, die sich, für alle gut sichtbar, einen halben Meter über den Köpfen der beiden grün livrierten, goldbetreßten Portiers befand. Es war genau Viertel vor sechs Uhr.

Er durchschritt die Drehtüren und stand auf der Praed Street. Direkt gegenüber konnte er das blaue Schild der U-Bahn-Station mit der Aufschrift PADDINGTON sehen. Er wandte sich nach links und ging zur nahe gelegenen *Brunel Bar*. Ein Schild am Ein-

gang verkündete, daß in der ‹blauen Stunde› von 17.30 Uhr bis
18.30 Uhr alle Getränke zum halben Preis erhältlich seien. Dies
mochte der Grund sein, warum die Bar gedrängt voll war mit Ge-
schäftsleuten in dunklen Anzügen, die Aktenköfferchen in Griff-
weite, und offenbar fest entschlossen, in dieser einen Stunde so viele
billige Drinks wie nur möglich zu sich zu nehmen, bevor sie sich
dann auf den Heimweg machten – nach Slough oder Reading oder
Didcot oder Swindon oder Oxford. Der Raum war rechteckig ge-
schnitten. Die Wände entlang liefen Sitzbänke aus rötlich-braunem,
synthetischem Stoff mit Samteffekt. Morse nahm, nachdem es ihm
mit einiger Anstrengung gelungen war, an ein billiges Bier zu kommen, in der Nähe des Eingangs hinter einem einzeln stehenden
Tisch mit Mahagonifurnier Platz. Der in drei Schälchen unterteilte
Glasteller vor ihm enthielt Salznüsse, Käsegebäck und Chips, und
Morse ertappte sich dabei, daß er, je weiter die Zeit voranschritt,
um so häufiger zugriff. Er war ganz einfach aufgeregt. Fast so aufgeregt, als wäre er noch ein lauter, pickeliger Jugendlicher und dies
sein erstes Rendezvous. Philippa Palmer kam pünktlich um sechs
Uhr. Morse hatte mit ihr vereinbart, daß sie als Erkennungszeichen
in der linken Hand ihre Handtasche und in der rechten den *London
Standard* tragen sollte. Die Tatsache, daß sie es genau umgekehrt
gemacht hatte, überraschte ihn jedoch nicht und weckte auch keinerlei Zweifel in ihm, daß sie es vielleicht nicht sein könnte. Er
selbst hatte nämlich ebenfalls seine Schwierigkeiten mit rechts und
links, Ost und West. Und davon abgesehen hätte er sie auch erkannt, ohne daß es eines besonderen Zeichens bedurft hätte – so
glaubte er jedenfalls.

Er stand auf, und sie ging auf ihn zu.

«Chief Inspector Morse?» Ihre Miene war ausdruckslos und verriet weder Nervosität noch Verlegenheit, noch auch Entgegenkommen.

«Darf ich Ihnen einen Drink holen?» fragte er höflich.

Er ging an den Tresen und reihte sich in die Schlange der Warten-
den ein. Aus den Augenwinkeln beobachtete er, wie sie ihren Regenmantel auszog. Sie mußte ungefähr ein Meter siebzig groß sein
und trug ein türkisblaues Wollkleid mit Rollkragen, das die Kurve
ihres wohlgeformten Hinterns dezent unterstrich, ihre Figur aber

ansonsten eher verbarg, wozu, wie Morse fand, kein Anlaß bestand. Mit einem Glas Rotwein in der Hand kehrte er an den Tisch zurück. Bevor er sich setzte, warf er einen verstohlenen Blick auf ihre übereinandergeschlagenen Beine. Sie trug hochhackige Pumps, die, nach Morses Ansicht, ihre etwas zu ausgeprägten Waden unvorteilhaft unterstrichen. Über ihrer Ferse klebte ein Stück Pflaster, so als ob die teuren Schuhe, bei aller Eleganz, doch reichlich unbequem seien.

Sie hatte seinen Blick bemerkt. «Ich habe kürzlich an einem Zwanzig-Kilometer-Lauf teilgenommen, für wohltätige Zwecke.»

«Für den Sozialfonds der Polizei, nehme ich an», sagte Morse ein wenig spöttisch.

Um ihre Augen zeigte sich die Andeutung eines Lächelns. Sie hatte ein anziehendes Gesicht, und die Fülle brauner Haare, die hier und da einen leichten Kastanienton zeigten, trug noch dazu bei, ihre Attraktivität zu unterstreichen. Das Bemerkenswerteste aber waren die großen dunkelbraunen Augen über den hohen Wangenknochen. Ihr Mund war nur schwach dunkelrot geschminkt, und beim Sprechen (sie hatte einen leichten, kaum merklichen Cockney-Akzent) enthüllte sie eine Reihe kleiner, regelmäßiger Zähne. Viele Männer, die meisten vermutlich, würden sie sehr begehrenswert finden, und nicht wenige würden bereit sein, eine Menge Geld für ein paar Stunden mit ihr zu bezahlen.

Sie hatte offenbar schon einiges erlebt, aber sie brauchte nicht allzulange, es zu erzählen. Sie war, wie sie zugab, ein Top-Call-Girl und suchte sich ihre Kunden in den Bars der teuren Hotels entlang der Park Lane und in Mayfair. In früheren Jahren hatte sie gelegentlich ihre Dienste gleich an Ort und Stelle ausgeübt, das heißt, sie war mit ihren Kunden, meistens reichen Arabern, in deren Luxus-Appartements oder Penthouse-Suiten gegangen. Doch das war die Ausnahme. Mit der Mehrzahl der Männer fuhr sie im Taxi nach Chiswick, wo sie im achten (und obersten) Stock eines modernen Appartementblocks eine Wohnung besaß. Hier war sie vor zufälligen Besuchern sicher: der Lift fuhr ohne Stop bis in ihre Etage; Kindern und Hausierern war das Betreten des Gebäudes untersagt. Sie teilte sich die Wohnung mit einem Mädchen, das als Tänzerin im *Striporama Revue Club* unweit der Windmill Street arbeitete. Sie war eine Frohnatur, wenn auch bisweilen etwas unzuverlässig. Von Anfang an waren sie sich einig gewesen, daß sie nachts keinen Mann in der Wohnung haben wollten, und an diese Abmachung hatten sie sich beide gehalten. Soviel zu ihrem Leben – mehr gab es da eigentlich nicht zu erzählen. ‹Mr. Palmer›, ein Börsenmakler aus Gerrards Cross, hatte sich seit längerer Zeit regelmäßig mit ihr getroffen, und als sich herausstellte, daß er über Neujahr an einer Geschäftskonferenz in Oxford würde teilnehmen müssen, hatte er das als eine Gelegenheit gesehen, einmal mehr als nur ein paar Stunden mit ihr zu verbringen. Sie hatten, um ein Zimmer reservieren zu lassen, eine Adresse angeben müssen und es aus verständlichen Gründen vorgezogen, ihre, Philippas, Anschrift zu nennen. Bei ihrer Ankunft im Hotel hatte auf seinen Wunsch hin sie die Anmeldeformulare ausgefüllt; die Spalte, in der nach der Nummer des Wagens gefragt wurde – eines Porsche, der für die Dauer ihres Aufenthalts in Oxford auf einem Parkplatz der Britischen Eisenbahn abgestellt war –, hatte sie jedoch vorsichtshalber freigelassen. Ihr Kunde hatte das Wochenende sehr genossen, bis... Dann natürlich hatte er es mit der Angst zu tun bekommen, daß im Zuge der Mord-Ermittlung auch seine eigene kleine Eskapade publik werden könnte. («Genauso schlimm, als würde ich bei einer Razzia in einem Sex-Club in Soho erwischt.») Er hatte sie an den Empfang geschickt, um die Rechnung zu bezahlen. Dann hatten sie in Windeseile gepackt und sich von einem Taxi nach Oxford fahren lassen, wo er sie am Bahnhof abgesetzt hatte. Er selbst würde sich – so hatte er ihr jedenfalls erzählt – für den Rest der Zeit, solange die Konferenz andauerte, im *Moat Hotel* am oberen Ende der Woodstock Road einquartieren und um die Dependance des *Haworth* einen großen Bogen machen. Ob der Chief Inspector denn tatsächlich unbedingt noch den Namen des Mannes wissen müsse? Seine Adresse in Gerrards Cross könne sie ihm ohnehin nicht sagen. Im übrigen sei sie sich sicher, daß er mit dem Mord nicht das geringste zu tun habe. Als die Silvester-Party zu Ende gewesen sei, habe Ballard noch gelebt – er sei auf dem Rückweg zur Dependance neben ihr gegangen. Dann hätten sie und ihr Kunde sich sofort auf das Zimmer zurückgezogen, und einmal mit ihr allein, habe er den Raum, oder genauer das Bett, die ganze Zeit nicht mehr verlassen. Er könne ihr glauben, daß sie wisse, was sie sage.

Morse nickte. Mit einer Spur von Neid in der Stimme fragte er: «Er muß ziemlich reich sein, oder?»

«Er hat Geld, ja.»

«Aber nicht genug, um sich ein Zimmer im Hauptgebäude zu nehmen?»

«Die Zimmer dort waren schon alle ausgebucht. Wir mußten nehmen, was wir kriegen konnten.»

Morse nickte. «Ja, ich weiß. Wie ich sehe, halten Sie sich offenbar an die Wahrheit, Miss Palmer, und versuchen nicht, mir etwas vorzumachen – ich habe den Brief mit Ihrer Anfrage gelesen und auch die Antwort des Hotels.»

Er bemerkte in ihren Augen einen harten Glanz, als sie wie beiläufig sagte: «Ich sollte alles regeln, er wollte das so. Für die Rechnung hat er mir Bargeld gegeben – Zwanzig-Pfund-Noten.»

«Na, da konnten Sie bestimmt ganz schön etwas für sich abzweigen, nehme ich an?»

«Also...!» Sie schien kurz davor, zu explodieren und funkelte ihn wütend an. «Glauben Sie, ich sei auf so eine miese kleine Gaunerei angewiesen, um meinen Lebensunterhalt zu verdienen?» fauchte sie.

Morse schwieg. Er ärgerte sich. Was war nur in ihn gefahren, so eine dumme, beleidigende und anmaßende Frage zu stellen. Er war froh, als sie einwilligte, noch ein zweites Glas Wein mit ihm zu trinken.

Mit der entspannten Atmosphäre war es allerdings vorbei.

Wie die Silvester-Party gewesen sei? Nun, sie hätten sich alle sehr amüsiert – das Essen sei übrigens unerwartet gut gewesen. Sie habe sich als türkische Bauchtänzerin angezogen, oder vielleicht sollte sie lieber sagen – ausgezogen. Ihr Begleiter habe sich zu ihrer Überraschung mit großem Eifer auf die ‹Lumpenkiste› gestürzt, die das Hotel bereitgestellt hätte, und sich mit einem Einfallsreichtum, den sie ihm so gar nicht zugetraut hätte, als eine Art arabischer Scheich verkleidet. Er habe eine Menge Komplimente für seine Kostümierung eingeheimst. Ballard habe er natürlich keine Konkurrenz machen können, aber ihrer Meinung nach habe der auch wirklich übertrieben. Seine Kostümierung sei absolut perfekt gewesen, angefangen von der Mütze bis hinunter zu den Stiefeln und nicht zuletzt der schwarzen Hautfarbe. Die Ballards seien, soweit sie sich erinnern könne, erst ein paar Minuten nach den anderen im Saal erschienen, aber beschwören wolle sie das nicht, es seien so viele Eindrücke an dem Abend gewesen. Sie hätten gegessen, getrunken, getanzt, irgendwann hätten einige angefangen herumzuknutschen («sie auch, ja, es sei ja wohl nichts dabei, oder?»), und später seien zwei, drei der Männer etwas zudringlich geworden... Sie schien Schwierigkeiten zu haben, ein passendes Wort zu finden für jene Betätigung, bei der es sich, wie Morse annahm, vermutlich um ein mehr oder weniger diskretes Herumfummeln unter den Röcken diverser mehr oder weniger williger Damen gehandelt hatte. Ballard sei, so fuhr sie fort, ihrer Meinung erst nach der Kostüm-Prämiierung so richtig auf Touren gekommen. Vorher habe er sich darauf beschränkt, der Frau im Tschador tief in die Augen zu blicken – viel mehr sei ja von der auch nicht zu sehen gewesen. Sie glaube übrigens nicht, daß die Dame wirklich seine Ehefrau gewesen sei. Offenbar seien ‹Palmer› und sie an jenem Abend nicht die einzigen schwarzen Schafe gewesen.

Was ihr sonst noch aufgefallen sei? Eigentlich nichts. Daß Ballard und sie nach der Silvester-Party zusammen zu der Dependance zurückgekehrt seien, habe sie doch wohl schon erwähnt, oder? Ach, ja, natürlich, jetzt falle es ihr auch wieder ein. Sie seien zu dritt nebeneinander gegangen, Ballard in der Mitte, in jedem Arm eine Frau – sie selbst rechts, Helen Smith links von ihm. Sie habe Helen Smith gemocht – eine nette Frau, und auch John, der Ehemann... oder besser: der angebliche Ehemann... aber das sei ja schließlich auch egal. Sie habe keine Ahnung, in welchem Verhältnis die beiden zueinander gestanden hätten, und es interessiere sie auch nicht. Am nächsten Tag? Am Neujahrstag? Sie sei mit einem schrecklichen Kater aufgewacht – kein Wunder, sie vertrage keinen Alkohol. Zum Frühstück habe sie nur eine Tasse Kaffee getrunken, und auf die Schatzsuche am Vormittag habe sie verzichtet und sei statt dessen lieber noch einmal ins Bett gegangen. Mittags habe sie sich dann etwas besser gefühlt und sogar etwas von dem Roastbeef essen können; danach habe sie sich aber dann doch wieder hingelegt. Am späten Nachmittag erst habe sie wieder Lust gehabt, etwas zu unternehmen, und mit einem der jungen Gäste Tischtennis gespielt.

Sie habe sich schon auf den Abend und den Besuch der Pantomime im Apollo-Theater gefreut, als sie plötzlich die schreckliche Nachricht gehört habe, daß Ballard... nein, Mrs. Ballard habe sie, soweit sie wisse, am Neujahrstag überhaupt nicht zu Gesicht bekommen. Mr. Ballard auch nicht – natürlich nicht.

Morse stand auf, um sich ein weiteres Bier und ihr ein drittes Glas Rotwein zu holen. Er war sich im klaren, daß er nur noch fragte, um weiter mit ihr zusammensein zu können. Aber warum auch nicht. Er war sich beinahe sicher, daß sie ihm nichts Wichtiges würde erzählen können; aber es war trotzdem schön, in ihrer Gesellschaft zu sein – und dessen war er sich *ganz* sicher. Sie saßen jetzt dicht beieinander, und er spürte, wie sie ihr nylonbestrumpftes Bein sanft gegen seine rauhe Tweedhose rieb. Er schwieg, aber drückte leicht dagegen – die Geste war auch ohne Worte beredt genug.

«Wollen Sie die Nacht mit mir zusammen hier verbringen?» fragte sie leise. Ihre Stimme, obwohl selbstbewußt, hatte doch einen beinahe zärtlichen Klang, der bei ihr durchaus nicht üblich war – nur schade, daß Morse dies nicht wußte. Er schüttelte langsam den Kopf, doch sie deutete diese Bewegung, zusammen mit seinem etwas traurigen Lächeln, ganz richtig eher als ein Zeichen melancholischer Verwunderung denn als Weigerung.

«Ich schnarche nicht», sagte sie mit spitzbübischem Lächeln, den Mund dicht an seinem Ohr.

«Ich weiß nicht, ob ich schnarche oder nicht», sagte Morse. Er wußte, daß er sich entscheiden mußte, sich jetzt und hier entscheiden mußte, gleichzeitig spürte er einen unbezwingbaren Drang zu pinkeln (immerhin hatte er bereits sein viertes Bier intus). Und so ging er denn erst einmal zum Klo.

Auf dem Weg zurück zum Tisch machte er einen Schwenk zum Empfang und erkundigte sich bei dem Mädchen hinter dem Tresen, ob noch ein Zimmer frei sei.

«Ein Einzelzimmer, Sir?»

«Nein – ein Doppelzimmer. Für mich und... meine Frau.»

«Einen Moment... Nein, es tut mir leid, Sir, aber unsere Doppelzimmer sind im Moment leider alle belegt oder vorbestellt. Aber wir bekommen oft in letzter Minute noch Absagen – sind Sie noch eine Weile hier?»

«Ja, ich sitze in der Bar.»

«Gut, dann gebe ich Ihnen Bescheid, falls sich noch etwas ergibt. Wenn Sie mir bitte noch Ihren Namen sagen würden?»

«Meinen Namen? Ach so, ja natürlich. Äh – Palmer. Mr. Palmer.»

«Gut, Mr. Palmer. Das wäre es dann.»

Etwa zehn Minuten später verstummte die Hintergrundmusik, und aus den Lautsprechern in der Lounge, im Restaurant und in der Bar ertönte eine angenehm klare Frauenstimme: «Chief Inspector Morse wird am Telefon verlangt, Chief Inspector Morse zum Empfang, bitte.»

Er half ihr in den gefütterten Regenmantel, einen hellen, teuer aussehenden Traum von Mantel, in dem vermutlich jede Frau hinreißend ausgesehen hätte. Er sah ihr zu, wie sie den Gürtel um ihre schmale Taille schlang und die Falten richtete.

«Vielen Dank für den Rotwein, Chief Inspector», sagte sie.

Morse nickte. «Wir brauchen vermutlich noch eine formelle Aussage von Ihnen.»

«Muß das sein? Könnten Sie nicht dafür sorgen, daß...»

«Ich werde sehen, was sich machen läßt.»

Als sie sich zum Gehen wandte, bemerkte Morse einen braunen Fleck auf der Schulter ihres Mantels.

«Haben Sie diesen Mantel angehabt, als Sie von der Silvester-Party zurück zur Dependance gegangen sind?» fragte er.

«Ja.» Sie drehte den Kopf und warf einen schrägen Blick auf die schmuddelige Stelle. «Man kann ja schließlich bei Schnee und minus fünf Grad nicht halb nackt herumlaufen.»

«Nein, natürlich nicht.»

«Es ist wirklich ärgerlich! Die Reinigung kostet mich bestimmt mindestens fünf Pfund. Ich finde das rücksichtslos; wenn jemand meint, sich als Farbiger verkleiden und braun schminken zu müssen, dann soll er gefälligst aufpassen, wo er mit seinen Pfoten hinlangt.»

Ihre Stimme klang plötzlich gewöhnlich. Sie hatte alles an äußeren Attributen, um im wahrsten Sinne des Wortes eine liebenswerte

Frau zu sein, und doch fehlte ihr etwas Entscheidendes. Morse war nicht glücklich über diese Entdeckung – er war wieder um eine Illusion ärmer. Ein Mann war grausam und brutal umgebracht worden, ein Mann, der ihr noch wenige Stunden vor seinem Tod (wer weiß, vielleicht in einem Anflug von Zärtlichkeit) den Arm um die Schulter gelegt und dabei mit seiner Hand einen Fleck auf ihren Mantel gemacht hatte. Und das einzige, was sie angesichts dieses Fleckes empfand, war Ärger, weil sie für die Reinigungskosten aufkommen mußte. Sie verabschiedeten sich. Morse versuchte, so gut es ging, seine Enttäuschung hinter jener Maske unverbindlicher Höflichkeit zu verbergen, die zu zeigen er sich gegenüber seinen Mitmenschen schon seit langem angewöhnt hatte. Vielleicht, so dachte er plötzlich, sind die Masken längst die Wirklichkeit und die Gesichter darüber nur noch Prätention. Fast alle Gäste des *Haworth* hatten an jenem verhängnisvollen Abend ihre wahre Person hinter Kostümen verborgen – ein anderes Kleid und ein anderer Anzug als gewöhnlich, ein anderes Make-up als gewöhnlich, ein anderer Partner als gewöhnlich – ein anderes Leben als gewöhnlich, und der Tote hatte das perfekteste Kostüm von allen getragen.

Nachdem sie gegangen war, schritt Morse mit weichen Knien auf den Empfang zu (es mußte Lewis sein, der ihn hier zu erreichen versuchte; er war der einzige, der wußte, wo er sich aufhielt), inbrünstig hoffend, daß das Mädchen am Empfang abgelöst sein möge. Doch er hatte Pech. Doppeltes Pech, denn offenbar verfügte sie auch noch über ein ausgesprochen gutes Gedächtnis.

«Es tut mir leid, Mr. Palmer, es hat bisher noch niemand abgesagt.»

«O verdammt», murmelte Morse zweideutig.

Kapitel Achtzehn
DONNERSTAG, DEN 2. JANUAR

> *Mädchen, welche Brillen tragen,*
> *nähern Männer sich mit Zagen.*
> frei nach Dorothy Parker

Mr. John Smith kehrte an diesem Abend früher als erwartet nach Hause zurück und fand seine Frau in Tränen aufgelöst. Sie wollte zunächst nicht sagen, was sie bedrückte, doch schließlich gelang es ihm, sie zu überreden, und dann brach es nur so aus ihr heraus.

Sie war um 15.45 Uhr in Reading in den Zug gestiegen und um 16.20 Uhr in Oxford angekommen. Ihre Hand in der Tasche des Duffelcoat umklammerte den Schlüssel zu Zimmer Nummer zwei. Sie hatte sonst nichts dabei, keine Tasche, kein Portemonnaie, keinen Schirm – nichts außer der Rückfahrkarte, zwei Ein-Pfund-Münzen und einigen Schillingen. Am Bahnhof überlegte sie, ob sie ein Taxi nehmen sollte, aber sie entschied sich, zu Fuß zu gehen. Die zwanzig Minuten Weg verhalfen ihr zu einem weiteren Aufschub. Je näher sie dem Hotel kam, um so nervöser wurde sie, um so unruhiger klopfte ihr Herz. Sie war genauso aufgeregt wie gestern mittag, als sie sich heimlich aus dem Haus geschlichen, die Beifahrertür des BMW geöffnet und verzweifelt die Polster und den Boden des Wagens abgesucht hatte. Sie hatte überall nachgesehen, doch das einzige, was sie gefunden hatte, waren eine Zwei-Pence-Münze, eine weiße Abführtablette und der Knopf eines Damenmantels gewesen – nicht ihres Mantels...

Sie streifte die riesigen Schaufenster der Buchhandlung Blackwell in der Hythe Bridge Street nur mit einem flüchtigen Blick, hastete Gloucester Green entlang bis zur Beaumont Street und bog schließlich atemlos in die St. Giles' Street. Beim Martyrs' Memorial überquerte sie die belebte Fahrbahn, auf der bereits der erste Berufsverkehr dahinbrauste, und ging dann, nun schon zögernder, immer geradeaus die Straße hinunter in Richtung Banbury Road.

In Höhe des Hotels *Haworth* blieb sie auf der anderen Straßenseite stehen. Die nach vorn hinausgehenden Zimmer waren beide dunkel, nur in einem der Zimmer hinten schien irgendwo Licht zu brennen. Es hatte zu nieseln begonnen, und es wehte ein unangenehm kalter Ostwind. Sie stellte sich unter die überdachte Bushaltestelle direkt gegenüber dem Haupteingang des Hotels. Hier war sie vor Regen geschützt und konnte die Dependance im Auge behalten, ohne aufzufallen. Ein Bus rollte heran, und die beiden Frauen neben ihr winkten. Der Bus hielt, und sie stiegen ein. Helen blickte ihnen nach und mußte unwillkürlich lächeln. Sie waren beide Ende Sechzig, beide, wie Helen vermutete, Putzfrauen in der nahe gelegenen Klinik. Doch hier hörte die Gemeinsamkeit auf. Die eine war eine stattliche, beleibte Westinderin, die andere eine kleine, drahtige Engländerin. Und doch schienen sie sich großartig zu verstehen, hatten sich lebhaft wie zwei alte Freundinnen miteinander unterhalten. Bei ihrem Anblick, dachte Helen, konnte man für einen Augenblick fast vergessen, daß das Rassenproblem noch längst nicht gelöst war. Der Bus war mit den beiden Frauen gerade abgefahren, als schon der nächste die Straße heraufkam. Das Licht seiner grellen Scheinwerfer ließ den schmutzigen Schneematsch für einen Moment silbern aufschimmern. Sie trat einen Schritt zurück in den Schatten des Daches, und der Bus fuhr, ohne anzuhalten, weiter. Einen Moment lang hatte sie die Dependance aus den Augen gelassen, und als sie jetzt wieder hinüberblickte, stockte ihr der Atem. Im Zimmer eins, dem Zimmer ganz rechts, hatte jemand Licht gemacht. Die Vorhänge waren beiseite gezogen, und das helle Rechteck des Fensters schien ihr aus der Schwärze des Winterabends förmlich entgegenzuspringen. Sie sah dort einen dunklen Schatten, dann ging das Licht wieder aus. Gleich darauf wurde es im Zimmer daneben, *ihrem* Zimmer, hell. Wieder hielt ein Bus, die Falttüren öffneten sich, der Fahrer sah sie fragend an. Sie schüttelte den Kopf und lächelte entschuldigend. Der Fahrer verzog verächtlich den Mund und zuckte ärgerlich mit den Schultern, die Bustür schloß sich mit einem schmatzenden Geräusch, und er brauste davon. Im Zimmer zwei brannte noch immer Licht, und sie sah hinter dem Fenster die Silhouette eines Mannes auftauchen. Im nächsten Moment schon wandte er sich ab, das Licht ging aus, kurz darauf trat er aus der Seitentür, ging die Vorderseite der Dependance entlang bis zum Haupteingang und verschwand im Innern des Gebäudes. Die beiden Zimmer zur Straße lagen wieder dunkel und verlassen. *Doch der Polizist am Seiteneingang hatte sich noch immer nicht von seinem Posten gerührt.* Er hatte die ganze Zeit über dagestanden; im Licht der Laterne, die den Pfad zwischen dem Hotel und der Dependance erleuchtete, war seine Mütze mit dem schwarz-weiß karierten Streifen deutlich zu erkennen.

Wenn Helen Smith jemand gewesen wäre, der leicht aufgab, so wäre dies der Moment dafür gewesen. Doch der Gedanke kam ihr gar nicht. Das mochte an der Kälte liegen, der Hoffnungslosigkeit und Vergeblichkeit des Ganzen, oder vielleicht auch an dem Bewußtsein, daß sie ohnehin nichts mehr zu verlieren hatte. Sie wußte es wohl selbst nicht, und es interessierte sie auch nicht. Sie spürte in sich eine bisher noch nie gekannte wilde Entschlossenheit, und die schwarz-weiß karierte Mütze des Polizisten wurde ihr in diesem Augenblick zum Inbegriff all dessen, was ihrer Zukunft im Weg stand. Es mußte doch eine Möglichkeit geben, den Mann abzulenken und ungesehen in die Dependance zu gelangen! Und dann war auf einmal alles ganz einfach gewesen. Er hatte plötzlich seinen Platz verlassen und war hinüber zum Seiteneingang des Hotels gegangen, wo ihn eine junge Frau erwartete. Sie hatte ihm eine Tasse gereicht, und die beiden hatten angefangen, sich zu unterhalten. Sie brauchte keinen Mut, um über die Straße zu laufen und in den Seiteneingang zu schlüpfen, es war wie ein Reflex gewesen. Doch jetzt, drinnen, begann sie zu zittern. Sie zog den Schlüssel aus der Tasche, öffnete die Tür zu Zimmer zwei und machte sie gleich leise wieder hinter sich zu. Einen Moment lang blieb sie stehen, dann holte sie tief Luft und tastete sich vorsichtig hinüber zu dem Bett am Fenster. Suchend fuhr sie mit der Hand unter das Kopfkissen, dann unter die Decke, beugte sich schließlich hinunter zum Fußboden – nichts. Aber sie hatte sie doch unter das Kopfkissen gelegt, sie wußte genau, daß sie sie dort zuletzt gesehen hatte! Unwillkürlich entfuhr ihr ein tiefer Seufzer. Oberhalb des Bettes befand sich eine kleine Lampe. Sie zögerte einen Moment – es mußte sein. Sie betätigte den Schalter und begann im fahlen Schein der schwachen Birne noch einmal zu suchen. Doch auch jetzt blieb ihre Suche erfolglos, und sie spürte, wie sich alles in ihr zusammenzog. Sie löschte das Licht und verließ das Zimmer. Gerade wollte sie aus der

Seitentür huschen, als an einem der Fenster im Hotel gegenüber eine Frau auftauchte. Einen Moment lang, der Helen wie eine Ewigkeit vorkam, schien sie sie direkt anzublicken, dann war sie plötzlich verschwunden. Helen war sich sicher, daß die Frau sie gesehen hatte, und eine Welle heißer Panik stieg in ihr hoch.

Sie wußte nicht, wie sie weggekommen war, sie mußte wohl einfach losgerannt sein. Erst einige hundert Meter vom Hotel entfernt kam sie wieder zur Besinnung. Der Schlag ihres Herzens dröhnte ihr in den Ohren. Wie ein Zombie, ohne etwas von ihrer Umgebung wahrzunehmen, hastete sie weiter. Allmählich ebbte die Panik ab – sie war entkommen, gerade noch rechtzeitig entkommen. Am Bahnhof hatte sie noch zehn Minuten Zeit und ließ sich einen Scotch bringen. Sie begann aufzuatmen. Doch als sie dann allein in dem Abteil des Bummelzuges nach Reading saß, wußte sie, daß mit jedem kleinen Bahnhof, gleich den Stationen des Kreuzwegs, das Ende unvermeidlich näherrückte.

Morse hatte kein Geheimnis daraus gemacht, daß er sich mit Philippa Palmer im *Great Western Hotel* treffen wollte, und war einverstanden gewesen, daß Lewis ihn dort, falls er es für nötig halten sollte, anrufen könnte. Lewis wußte, daß die Neuigkeit natürlich auch bis zum nächsten Morgen warten konnte, ohnehin war sie wahrscheinlich nicht von allzu großer Wichtigkeit. Aber fast alle Menschen drängt es, positive Nachrichten so schnell wie möglich mitzuteilen, und Lewis hatte schließlich einen respektablen Erfolg zu melden. Er hatte, als er sich im Zimmer zwei umgesehen hatte, dort unter dem Kopfkissen des am Fenster stehenden Bettes ein braunes, kunstledernes Etui entdeckt. Es enthielt eine zierliche, elegante Brille – offenbar die Brille einer Frau. Zunächst war er enttäuscht gewesen, weil das Etui weder die Adresse der Eigentümerin noch die des Optikers trug, der die Brille angefertigt hatte, doch dann hatte er ganz unten in der schmalen Hülle ein zusammengeknülltes gelbes Läppchen gefunden, wie es die Optiker ihren Kunden zum Brillenputzen mitgeben, und auf diesem Läppchen stand eingedruckt: *G. W. Lloyd, Optiker, High Street, Reading*. Da es schon kurz vor sechs Uhr war und alle Läden bald schließen würden, hatte Lewis den Optiker angerufen, und dieser hatte sich bereit erklärt, auf ihn zu warten. Lewis brauchte für die Fahrt knapp vierzig Minuten, für die Strecke Oxford–Reading sicher ein neuer Rekord. Es stellte sich heraus, daß der Optiker für alle seine Kunden Karteiblätter anlegte, auf denen er notierte, ob sie kurzsichtig, weitsichtig oder astigmatisch waren, welche Gläserstärke sie hatten, welche Gestellnummer und ob sie privat oder beim staatlichen Gesundheitsdienst versichert waren. Die Besitzerin der von Lewis gefundenen Brille ausfindig zu machen war für ihn ein Kinderspiel und dauerte nur wenige Minuten.

«Sie lag unter dem Kopfkissen, Sir», berichtete Lewis, nachdem er Morse endlich am Apparat hatte.

«Ah, ja?»

«Ich dachte, es könnte nichts schaden, noch einmal alle Zimmer zu überprüfen.»

«*Mich* zu überprüfen meinen Sie wohl.»

«Äh, jeder kann einmal etwas übersehen, Sir!»

«Soll das heißen, Sie glauben, daß die Dinger da schon gelegen haben, als ich mich dort umgesehen habe? Nun machen Sie aber mal 'nen Punkt, Lewis. Wenn sie schon da gewesen wären, hätte ich sie auch gesehen, darauf können Sie Gift nehmen!»

Der Gedanke, daß die Brille unter dem Kopfkissen deponiert worden sein könnte, *nachdem* Morse das Zimmer durchsucht hatte, war Lewis bisher noch gar nicht gekommen, und er begann gerade, über die Implikationen einer solchen Annahme nachzudenken, als Morse überraschend fortfuhr:

«Ich bitte um Entschuldigung.»

«Wie?»

«Ich sagte, ich bitte um Entschuldigung. Es scheint, als hätte ich diese dämliche Brille wirklich übersehen. Und noch etwas wollte ich Ihnen sagen, Lewis: Sie haben Ihre Sache gut gemacht! Kein Wunder, daß ich immer froh bin, wenn ich Sie bei den Ermittlungen dabei habe.»

Lewis strahlte wie ein Kind unterm Weihnachtsbaum, als er, nachdem er Morse noch die Adresse der Smiths durchgegeben hatte, den Hörer auflegte. Er bedankte sich bei dem Optiker und machte sich auf den Weg zurück nach Oxford. Morse war der Meinung gewesen, daß ein Besuch bei dem Ehepaar Smith bis morgen Zeit hätte, und Lewis war froh gewesen über diese Entscheidung – er war zum Umfallen müde.

Als Lewis gegen 21 Uhr endlich zu Hause eintraf, genügte seiner Frau ein kurzer Blick, um zu wissen, daß ihr Mann offenbar etwas Schönes erlebt hatte. Während sie ihm seine geliebten Spiegeleier mit Chips machte, erzählte er ihr von dem Telefongespräch mit Morse, und sie wunderte sich einmal mehr, wie es der Chief Inspector immer wieder fertigbrachte, ihren Mann mit einem einzigen lobenden Satz glücklich zu machen. Auch sie selber war an diesem Abend glücklich – sie war immer glücklich, wenn ihr Mann es war.

Nachdem er das Telefongespräch mit Lewis beendet hatte, überlegte Morse, daß es eigentlich praktischer sei, über Nacht in London zu bleiben, und wenn er dann morgens zurückfuhr nach Oxford, die Reise in Reading für ein paar Stunden zu unterbrechen. Zum drittenmal an diesem Abend ging er also zum Empfang (es tat immer noch dasselbe Mädchen Dienst) und erkundigte sich in seinem allercharmantesten Ton, ob sie noch ein Einzelzimmer frei habe. Sie hatte und reichte ihm das Anmeldeformular. Morse trug sich ein als ‹Mr. Philip Palmer›, Nationalität irisch, und gab es ihr schweigend zurück. Sie warf einen kurzen Blick darauf, zog irritiert die Brauen zusammen und zögerte einen Moment, bevor sie ihm den Zimmerschlüssel übergab. Morse beugte sich leicht vor und sagte leise: «Da wäre noch etwas, Miss – falls Chief Inspector Morse sich hier meldet, dann schicken Sie ihn doch bitte gleich zu mir hoch.»

Das Mädchen am Empfang, nun völlig verwirrt, blickte ihn aus aufgerissenen Augen an und schien sich ganz offensichtlich zu fragen, ob nun er verrückt sei oder sie. Sie sah ihm nach, wie er, leise vor sich hinpfeifend, in Richtung Treppe marschierte, und überlegte, ob sie den Manager anrufen und ihm ihren Verdacht mitteilten sollte, daß sie möglicherweise einen Angehörigen der IRA im Hause beherbergten. Doch dann entschloß sie sich, eine Meldung zu unterlassen. Wenn er ein Bombenwerfer war (was sie nicht ausschloß), so hatte er die Bombe im Moment jedenfalls nicht bei sich, denn er war ganz ohne Gepäck abgestiegen – ohne Koffer, ohne Reisetasche, und so wie es aussah, vermutlich sogar ohne Zahnbürste.

Kapitel Neunzehn

2. / 3. JANUAR

> *Denn Liebe ist stark wie der Tod,*
> *Und ihr Eifer ist fest wie die Hölle.*
> Hoheslied 8,6

Irgendwann hatte die ganze verzweifelte Geschichte begonnen, sich zu verselbständigen und ihre eigene Dynamik zu entwickeln. Margaret Bowman hatte mitunter das Gefühl, als sitze sie auf abschüssiger Strecke am Steuer eines Wagens, dessen Bremsen nicht mehr funktionierten, und das einzige, was sie tun könne, sei, das immer schneller werdende Gefährt halbwegs in der Spur zu halten und zu beten, daß nicht unvermittelt ein Hindernis auftauche und es heil unten ankäme. Denn einfach anzuhalten war nicht mehr möglich.

Es mußte ungefähr ein Jahr her sein, als ihr zum erstenmal bewußt wurde, daß ihr Mann sich unzweifelhaft zum Alkoholiker entwickelte. Zwar gab es immer noch vereinzelt Tage, an denen er nicht einen einzigen Tropfen zu sich nahm, aber in immer kürzeren Abständen gab es Perioden, in denen sie zwei-, dreimal wöchentlich von der Arbeit nach Hause kam und feststellte, daß er sich in einer Art Betäubungszustand befand. Er sprach dann schleppend, hatte Schwierigkeiten, sich zu konzentrieren, und es war offensichtlich, daß er am Nachmittag getrunken hatte. Ihre Unmutsäußerungen und Kritik hatten bei ihm jedesmal heftige Reaktionen ausgelöst und eine brutale, ja rohe Seite seines Charakters enthüllt, die ihr bisher verborgen geblieben war und die sie erschreckte. War es wegen seiner Trinkerei, daß sie ihm (zum erstenmal in ihrer Ehe) untreu geworden war? Sie konnte es nicht sagen. Aber möglicherweise, ja, sogar wahrscheinlich, hätte sie auch ohne diesen Umstand früher oder später mit irgendeinem der Männer, die sie, seit sie wieder arbeitete, kennengelernt hatte, etwas angefangen. Sie wußte, daß jeder sich im Laufe der Jahre auf die eine oder andere Weise verändert, aber der Charakterwandel, der sich bei Tom, ihrem Ehemann, vollzog, war von so grundsätzlicher Art, daß sie manchmal Schwierigkeiten hatte, in ihm noch den Mann zu erkennen, den sie einmal geheiratet hatte. Der Gedanke, daß er eines Tages durch einen unsinnigen Zufall dahinterkommen könnte, daß sie ihn betrog, versetzte sie jedesmal in Panik, denn seit er trank, traute sie ihm durchaus zu, daß er ihr oder dem anderen Mann oder auch sich selbst etwas antun würde, wenn er jemals davon erführe. Ihr Verhältnis bestand schon seit mehreren Monaten – sie hatte ihn im Spätsommer kennengelernt –, bevor ihr klar wurde, daß eine außereheliche Beziehung nicht weniger risikoreich ist als eine Ehe. In den ersten Wochen war ein Nachmittag alle acht Tage noch genug gewesen. Er hatte die Möglichkeit, als Ausgleich für Überstunden an Sonn- und Feiertagen unter der Woche einen Tag frei zu nehmen, und so hatten sie sich jeweils donnerstags, wenn sie ohnehin einen freien Nachmittag hatte, getroffen. Einen Ort für ihr Stelldichein zu finden war nicht schwierig gewesen: Er wohnte in Nord-Oxford in einem Einfamilienhaus, das früher einmal Eigentum der Stadt gewesen war, inzwischen aber ihm gehörte. In den ersten zwei, drei Monaten war alles wunderbar gewesen. Er schien rücksichtsvoll, las ihr jeden Wunsch von den Augen ab und schien an allem interessiert, was sie ihm erzählte. Mit der Zeit jedoch änderte sich sein Verhalten. Er wurde fordernder, hörte ihr nur noch unaufmerksam zu, war mitunter sogar grob. Und wenn sie miteinander schliefen, ging es ihm – so hatte Margaret den Eindruck – in erster Linie um die Befriedigung seiner eigenen Wünsche. Er drängte, daß er sie mehr als einmal in der Woche sehen müsse, und irgendwann hatte er sie soweit, daß sie begann, ihrem Arbeitgeber irgendwelche erfundenen Geschichten zu erzählen von unaufschiebbaren Zahnarztbesuchen und von schwerkranken Verwandten, die ihrer Hilfe bedürften. Doch damit nicht genug, hatte sie ein- oder zweimal sogar ihren Mann angelogen und ihm das alte Märchen von den Überstunden aufgetischt, die unbedingt notwendig seien, da sie mit ihrer Arbeit nicht nachkomme. Einerseits verabscheute sie diesen Mann, der da plötzlich in ihr Leben eingedrungen war und dessen so heftig beteuerte Liebe zu ihr innerhalb weniger Monate zu bloßer sexueller Lust verkommen war, andererseits enthielt auch ihre Leidenschaft Anteile rein körperlicher Lust, und diese Anteile ließen sie genauso egoistisch und fordernd sein, wie er es war. Im Bett waren sie einander so die ideale Ergänzung, und je mehr er sie benutzte und für seine eigenen Wünsche mißbrauchte, um so größer war ihre sexuelle Erregung. Daß niemand anderes als sie selbst das Objekt seiner anscheinend unstillbaren Lust war, erfüllte sie mit Staunen, Entzücken und einem Gefühl nie gekannter Genugtuung und Bestätigung, nach dem sie beinahe süchtig wurde. Als das Jahr sich dem Ende zuneigte, wuchs in ihr der Verdacht, daß sie ihn fast genauso brauchte wie er sie, doch etwas in ihr weigerte sich, darüber nachzudenken, was dies für sie beide bedeutete. Bis sie dann eines Tages doch den Tatsachen ins Gesicht sehen mußte. Seine Ansprüche an sie schienen beinahe täglich zuzunehmen, zuletzt hatte er sie sogar dazu überredet, sich während ihrer Mittagspause mit ihm zu treffen, obwohl sie die knappe halbe Stunde viel lieber dazu benutzt hätte, mit ihrer Freundin Gladys Taylor in den *Dew Drop* zu gehen, dort ein Glas Rotwein zu trinken und einen Sandwich zu essen. Die große Konfrontation war unvermeidlich, und eines Tages war es dann soweit. Er hatte sie aufgefordert, ihren Mann zu verlassen und zu ihm zu ziehen. Sie hatte mit sich kämpfen müssen, doch am Ende hatte ihre Antwort ‹Nein› gelautet.

Warum sie es schließlich abgelehnt hatte, hätte sie selbst kaum erklären können. Vielleicht, weil es ihr ganz einfach widerstrebte, ihr bisheriges Leben so einfach über den Haufen zu werfen, oder weil sie sich über viele Jahre so an ihren Mann gewöhnt hatte und es keine Rolle mehr spielte, daß er langweilig und in seinem Beruf erfolglos war und einen Bauch hatte. Ganz alltägliche, banale Dinge, wie die Raten für das Auto, die Lebensversicherung und die Hypothek auf das Haus legten plötzlich Zeugnis ab für ihre Gemeinsamkeit. Und nicht zuletzt war es auch der Kreis von Freunden und Verwandten, der sie zusammenschweißte. Aber es gab auch noch einen ganz spezifischen Grund, warum sich Margaret nicht dazu hatte entschließen können, ihren Mann allein zu lassen. Gladys, in deren Abteilung sie seit dem Frühjahr arbeitete und mit der sie sich im Laufe der folgenden Monate angefreundet hatte, hatte ihr während einer Mittagspause anvertraut, wie ihr Mann sie vor etlichen Jahren einer anderen Frau wegen für ein paar Monate verlassen habe und wie sie sich noch lange, nachdem er wieder zu ihr zurückgekehrt sei, derartig verletzt und gedemütigt gefühlt habe, daß sie nicht habe glauben können, jemals wieder ihr altes Selbstbewußtsein zu erlangen. «Seit ich selbst diese Erfahrung gemacht habe, könnte ich es niemand anderem mehr antun.» Sie hatte das ganz zurückhaltend gesagt, ohne jeden Unterton moralischer Überlegenheit, und vielleicht gerade deshalb hatten ihre Worte bei Margaret großen Eindruck hinterlassen.

An jenem Donnerstagnachmittag, an dem sie das entscheidende ‹Nein› ausgesprochen hatte, war es zwischen ihr und dem Mann zu einer ersten großen Auseinandersetzung gekommen, und sie war erschrocken gewesen über den Ausdruck potentieller Gewalttätigkeit in seinen Augen. Obwohl er sich allmählich wieder beruhigt hatte, hatte sie die ganze nächste Woche immer neue Vorwände ersonnen, ihn nicht sehen zu müssen, und selbst das bis dahin nie in Frage gestellte wöchentliche Treffen am Donnerstag abgesagt. Das hätte sie lieber nicht tun sollen – die folgenden vierzehn Tage wurden zum reinen Alptraum. Er rief sie an ihrer Arbeitsstelle an, obwohl er wußte, daß sie mit mehreren Frauen in einem Raum saß und nicht ungestört sprechen konnte. Die Augen der anderen im Rücken und in dem Bewußtsein, daß alle neugierig mithörten, hatte sie versucht, sich so ungezwungen wie möglich zu geben, und ihm zugesagt, sich bei ihm zu melden. Und das hatte sie auch getan. Sie hatte ihn angerufen und ihm vorgeschlagen, sich ein paar Wochen nicht zu sehen; vielleicht hätten sie hinterher dann mehr Klarheit über ihre Gefühle. Einen Tag später bekam sie seinen ersten Brief, in dem er sie, und zwar in durchaus liebevollem Ton, bat, ob sie sich nicht doch wie bisher jeden Donnerstag sehen könnten. Der Brief war, offenbar mit Rücksicht auf ihren Mann, an ihre Arbeitsstelle adressiert gewesen. Als sie auf diesen Brief nicht antwortete – sie wußte nicht, was sie hätte schreiben sollen –, hatte er ihr einen zweiten Brief geschickt – diesmal nach Hause. Morgens um acht Uhr, eine Stunde, bevor sie zur Beerdigung gehen wollte, hatte sie ihn vor der Tür auf der Fußmatte gefunden. Ihr Mann war zum Glück noch im Bett gewesen. Sie hatte den Umschlag aufgerissen und den Inhalt des Briefes kurz überflogen. Ein Geräusch auf der Treppe hatte sie zusammenfahren lassen, und sie hatte den Brief hastig in ihre Handtasche gestopft.

Als sie und Tom sich eine halbe Stunde später beim Frühstück am Küchentisch gegenübersaßen, hatte sie ihrem Mann kaum gewagt in die Augen zu blicken und so getan, als sei sie in die Reisebroschüre vertieft, die sie sich am Tag zuvor während ihrer Mittagspause in einem Reisebüro in Summertown hatte geben lassen. Ihre Gedanken hatten um den Brief gekreist, diesen gemeinen, schäbigen Brief, sie hatte ihrem Liebhaber – ihrem Ex-Liebhaber – inbrünstig den Tod gewünscht.

Erst nach vier Tagen, am Mittwoch der nächsten Woche, hatte Tom Bowman seiner Frau eröffnet, daß er den Brief gefunden habe und Bescheid wisse. Sie war zunächst erschreckt und entsetzt gewesen und hatte angstvoll auf einen Wutausbruch gewartet oder darauf, daß er ihr gegenüber gewalttätig wurde. Doch nichts dergleichen war passiert. Die Entdeckung des Briefes schien ihn völlig verändert zu haben, und im nachhinein wäre es Margaret lieber gewesen, er hätte geschrien oder sie geschlagen. Viel lieber. Statt dessen hatte er ihr seinen Plan erläutert, einen Plan, geboren aus blinder Eifersucht und wilden Rachephantasien. Seine Stimme, und das war das Grauenhafte gewesen, hatte dabei ganz ruhig geklungen, denn nur der wilde, fanatische Ausdruck in seinen Augen hatte ahnen lassen, wie aufgewühlt er war. Das, was er ihr erläutert hatte, hatte in ihren Ohren so absurd und verrückt geklungen, daß es ihr schwergefallen war, seine Worte ernst zu nehmen. Doch langsam, aber unausweichlich war durch die Idee, die er an jenem Mittwoch vor ihr ausgebreitet hatte, eine Entwicklung in Gang gesetzt worden, die schließlich mit Mord geendet hatte.

Selbst jetzt noch, da alles vorbei war, war sie sich der Ambivalenz und Unentschiedenheit ihrer Gedanken, Motive und Hoffnungen bewußt und kam nicht zur Ruhe. Sie wartete die Spätnachrichten auf BBC 2 noch ab, dann nahm sie vier Tabletten und ging zu Bett.

Sie war unendlich erleichtert, als sie spürte, daß sie würde schlafen können. Doch um Viertel nach ein Uhr war sie schon wieder wach, und unbarmherzig setzten die Gedanken ein, ohne Pause, immer im Kreis herum, wie ein außer Kontrolle geratenes Karussell.

Morse dagegen schlief in dieser Nacht vom 2. auf den 3. Januar tief und fest und hatte obendrein einen angenehmen erotischen Traum, in dem eine Frau mit einem Pflaster über der Ferse vorkam. Als er gegen halb sieben Uhr erfrischt und ausgeschlafen erwachte, spürte er einen Moment lang Bedauern, daß es gestern abend mit dem Doppelzimmer nicht geklappt hatte... Aber er war nicht jemand, der verpaßten Gelegenheiten lange nachtrauerte, und besaß eine wirklich bewundernswerte Fähigkeit, Enttäuschungen entschlossen beiseite zu schieben. In der Erinnerung an eine Radiosendung, die letzte Woche eindringlich vor den Gefahren des Cholesterins gewarnt hatte, entschloß er sich, auf das opulente Hotelfrühstück zu verzichten, und stand so bereits um neun Uhr auf dem Bahnhof, um nach Reading zu fahren. In seinem Abteil saßen außer ihm noch zwei weitere Personen: ein Ire (genauso unrasiert wie er selber), der, nachdem er höflich gegrüßt hatte, in Schweigen verfiel und nur noch glücklich vor sich hinlächelte, so als habe er einen besonders schönen Tag zu erwarten, und ein hübsches junges Mädchen, um den Hals einen Schal, der sie als Studentin der Lady Margaret Hall in Oxford auswies, die mit sorgenvoll verzogener Stirn in einem Band mit anthropologischen Essays las, so als hätten sich die Probleme der Menschheit über Nacht noch verdoppelt.

Beide zusammen erschienen Morse wie eine Metapher.

Kapitel Zwanzig

FREITAG, 3. JANUAR

Jeder Abschied bedeutet Qual und Erlösung zugleich.
C. Day Lewis

Helen Smith verbrachte, genau wie Margaret Bowman, eine unruhige Nacht. Wäre ihre Unternehmung gestern erfolgreich gewesen, so hätte sie jetzt ruhig schlafen können, doch nun, da sie fehlgeschlagen war, waren ihre Ängste größer als zuvor. Ihr Mann John hatte sich großartig verhalten und ihr keinerlei Vorwürfe gemacht, ja, sogar versucht, sie zu trösten, indem er ihr erklärte, daß, selbst wenn sie tatsächlich etwas zurückgelassen hätte, was eventuell die Aufmerksamkeit auf sie lenken könne, die Polizei genug damit zu tun hätte, die wirklichen Verbrechen aufzuklären, und vermutlich nicht allzuviel Zeit darin investieren würde, so einem relativ kleinen Vergehen nachzuforschen. Dafür, daß er dies zu ihr gesagt hatte, hatte sie ihn plötzlich wieder mit der gleichen Kraft geliebt wie damals vor fünf Jahren, als sie sich in ihrem Heimatland Jugoslawien kennengelernt hatten. Nach nur zwei Wochen hatte er sie schon gebeten, ihn zu heiraten und mit ihm nach England zu gehen, und sie hatte eingewilligt. Sie hatte geglaubt, er sei ein gutsituierter Geschäftsmann – ein sehr gut situierter Geschäftsmann. Und sie war froh gewesen, Jugoslawien verlassen zu können; ihre Familie lebte immer noch im Schatten eines ungeklärten Zwischenfalls Anfang der fünfziger Jahre, als ihr Großvater väterlicherseits nahe bei Triest von Titoisten erschossen worden war. Ziemlich schnell nach ihrer Ankunft in England hatte sie ihren Mann durchschaut und erkannt, daß seine Vergangenheit zweifelhaft, die Gegenwart fragwürdig und die Zukunft alles andere als rosig war. Doch auf ihre sanfte, ruhige Art hatte sie sich schnell damit abgefunden und versucht, ihn zu lieben und die ihr zugedachte Rolle nach bestem Wissen auszufüllen.

Gegen halb acht Uhr saßen sie sich am Fichtentisch in der kleinen Küche ihres gemieteten Hauses gegenüber. Ihr Frühstück war immer sehr frugal – Pampelmusensaft, Toast mit Marmelade und Kaffee. Als sie fertig waren, blickte John seine Frau einen Moment lang liebevoll an und nahm dann ihre Hand. Sie war noch immer anziehend für ihn – wenigstens, was diesen Punkt anging, hatte er sie nie anzulügen brauchen. Ihre Figur entsprach nicht den gängigen Schönheitsidealen, dafür waren ihre Beine zu dünn und ihre Brüste zu klein, und ihr slawisch geschnittenes Gesicht mit den hohen Wangenknochen und dem durch alte Aknenarben etwas groben Teint wirkte leicht etwas mürrisch. Doch sobald sie jemand ansprach und sie zu lächeln begann, war dieser Eindruck vergessen. Ihr Gesicht strahlte dann unerwartet auf, die Lippen teilten sich und entblößten eine Reihe regelmäßiger weißer Zähne, ihre grünen Augen wurden lebendig. So auch jetzt. Den Druck seiner Hand erwidernd, lächelte sie ihm zu.

«Ich danke dir», sagte sie leise.

Bevor John Smith an diesem Tag aus dem Haus ging, legte er seiner Frau fünf Zwanzig-Pfund-Noten auf den Tisch – sie solle nach London fahren und sich im Ausverkauf einen neuen Mantel kaufen. Sie widersprach, doch er bestand darauf und wartete sogar, bis sie fertig war, um sie noch zum Bahnhof zu bringen. Der ‹125› nach London fuhr pünktlich um 8.40 Uhr, und er winkte ihr lange nach.

Die Fahrt nach Paddington dauerte nur eine halbe Stunde, und gerade als ihr Zug auf Gleis fünf ankam, erhielt drei Gleise weiter der Gegenzug – mit Morse an Bord – das Signal zur Abfahrt. Da seine beiden Reisegefährten, wie wir bereits wissen, nichts zur Unterhaltung beitrugen, vertiefte er sich in die *Sun*. Zu Hause holte er sich immer die *Times*, nicht weil er sie besonders schätzte (er las immer nur die Leserbriefe und löste das Kreuzworträtsel), sondern weil die Zeitungshändlerin, die gleichzeitig noch Stadtverordnete war, Morses berufliche Position kannte und ihn, wie er hintenrum erfahren hatte, mehr als einmal einen ‹wirklich kultivierten Mann› genannt hatte. Diese gute Meinung hatte er nicht ohne Not in Gefahr bringen wollen.

Am Bahnhof in Reading nahm Morse sich ein Taxi. Die Smiths wohnten in der Eddleston Road 45. Am Ziel angekommen, bat Morse den Fahrer zu warten. Er stieg aus, überquerte die Straße und klingelte.

Als kaum eine Minute später John Smith in die Straße einbog, fiel sein Blick sofort auf das Taxi, das direkt gegenüber seinem Haus geparkt stand. Er blieb abrupt stehen und wandte sich dann mit scheinbar plötzlich erwachtem Interesse dem Schaufenster des kleinen Eckladens zu, in dem Dutzende rechteckiger, weißer Notizzettel hingen, auf denen eine Vielzahl wundervoller Gelegenheiten angepriesen wurde, angefangen bei Turnschuhen (kaum getragen) bis hin zu einer Sammlung alter Elvis-Platten (kaum gespielt). Dem Auspuff des Taxis entquoll ein Strom bläulicher Abgase, und endlich entdeckte Smith in der spiegelnden Schaufensterscheibe auch den Fahrgast, auf den das Taxi offenbar wartete: einen Mann in einem teuer aussehenden dunkelgrauen Wintermantel, der, so wie er da die Fensterfront musterte, anscheinend nicht recht glauben wollte, daß bei den Smiths keiner zu Hause war. Nach ein paar Minuten, die John wie eine Ewigkeit erschienen, schien der Mann aufzugeben, warf noch einen letzten Blick auf das Haus und ging dann achselzuckend zurück zum Taxi, das, nach beiden Seiten Schneematsch verspritzend, davonbrauste.

John Smith betrat den kleinen Eckladen, kaufte zwanzig *Silk Cut*, stellte sich vor den Zeitschriftenständer und blätterte in drei, vier verschiedenen Zeitschriften wie der *Anglerpost*, dem *Amateurfotograf* und der *Radiowoche*. Aber offenbar entsprach keines der Magazine so ganz seinem Geschmack, dann verließ er den Laden. Er hatte sich auf seine unfehlbare Witterung für Gefahr immer etwas zugute gehalten und war sich jetzt absolut sicher, daß die Luft rein war. Doch die lässige Gemächlichkeit, mit der er jetzt die Straße hinauf zu seinem Haus ging, rührte weniger aus einem Gefühl von Sorglosigkeit her, sondern war vielmehr das Ergebnis in langen Jahren erworbener professioneller Vorsicht.

Er war, was die Dinge des täglichen Lebens anging, ein Pedant, und so war er selbst jetzt versucht, schnell noch das Frühstücksgeschirr abzuwaschen, vor allem die beiden Messer, die mit vielfach ungesättigter *Flora* und *Cooper's Oxford Marmelade* beschmiert waren. Aber die Zeit würde knapp, das wußte er. Den BMW war er zum Glück schon los – er hatte den gerade erst drei Jahre alten Wagen für lächerliche sechstausend Pfund in Reading an einen Autohändler verkauft. Und anschließend war er dann noch zur Zentrale von Lloyds Bank gegangen, hatte das gemeinsame Konto aufgelöst und sich die eintausendzweihundert Pfund in bar auszahlen lassen.

Helen hatte sich währenddessen im Kaufhaus *Selfridges* einen weißen Regenmantel gekauft (so einen, wie ihn die vielbewunderte Philippa Palmer getragen hatte) und war kurz nach zwölf Uhr wieder zu Hause. Noch in der Tür fiel ihr Blick auf den Zettel neben dem Telefon.

> *Helen, meine Liebste!*
> *Sie sind uns auf der Spur, und ich habe keine andere Wahl, als mich abzusetzen. Ich habe Dir nie alles über mich erzählt, aber Du wirst ja mitbekommen haben, daß nicht alles, was ich gemacht habe, ganz legal war. Wenn sie mich jetzt fassen, dann wandere ich für die nächsten Jahre ins Gefängnis – das könnte ich nicht aushalten. Ich dachte, daß es ihnen vielleicht einfallen könnte, unsere Ersparnisse zu konfiszieren, und habe deshalb das Konto aufgelöst. Die Hälfte des Geldes – sechshundert Pfund – lege ich Dir in dreißig Zwanzig-Pfund-Noten in Dein Versteck – als Vorsichtsmaßnahme, falls die Bullen vor Dir hier sein sollten. Und denke immer daran: Wenn ich jemals einen Menschen geliebt habe, dann Dich! Es tut mir leid, daß alles so zu Ende gehen mußte, aber es bleibt mir kein anderer Weg.*
>
> *Immer Dein*
John

Sie las den Brief ohne Erschrecken, eher mit einer Art resignierter Erleichterung. Sie wußte seit langem, daß es irgendwann schiefgehen würde, das hektische Leben mit diesem Schwindler und Betrüger, der sie geheiratet und von Zeit zu Zeit fast überzeugt hatte, daß er sie liebte. Und das war auch das einzige, worüber sie etwas Trauer empfand: daß er sie verlassen hatte. Wenn er geblieben wäre, bei ihr geblieben wäre und mit ihr zusammen den Dingen ins Auge gesehen hätte, dann wäre ihr alles andere egal gewesen und der heutige Tag ein Tag des Triumphs für sie geworden.

Sie war gerade im Schlafzimmer, um sich umzuziehen, als sie es unten an der Tür klingeln hörte.

Kapitel Einundzwanzig

FREITAG, 3. JANUAR

Als wenn neu angehoben
So rollt der alte Ozean zur Küste langgestreckte Wellen
Auf deren Rücken der kurzleb'ge Schaum, wie Reif
Gemächlich birst mit eigenwill'ger Trägheit.
John Keats

Morse hatte, da die Smiths offenbar nicht da waren, einen Moment überlegt, ob er Lewis anrufen und ihre Verabredung um elf Uhr in der Eddleston Road absagen sollte. Aber dann ließ er es. Die Aussicht, noch einen Zug besteigen, sich in ein weiteres Taxi setzen zu müssen, war zu unerfreulich, und außerdem hatte er fast kein Bargeld mehr. Um zehn Minuten vor elf Uhr klingelte er erneut bei den Smiths, aber auch diesmal machte niemand auf. Die Eddleston Road lag in einem relativ gepflegten Wohnviertel, doch nur wenige hundert Meter weiter südlich wurden die Straßen enger, und an die Stelle der komfortabel wirkenden Einfamilienhäuser traten häßliche Reihenhäuser aus rotem Backstein, die noch aus der Zeit Victorias stammten. Morse fühlte sich, während er die heruntergekommene Gegend durchstreifte, auf einmal sehr wohl, fast glücklich. Dies mochte an der ungewohnten Umgebung liegen, daran, daß er, was selten war, die Muße einmal so richtig genießen konnte, weil es im Moment ohnehin nichts gab, was er hätte tun können, und schließlich spielte vielleicht auch eine Rolle, daß er einen Pub entdeckt und nach einem Blick auf die Uhr festgestellt hatte, daß sie gleich aufmachen würden.

Der *Peep of Dawn** (Morse hatte selten einen einladenderen Namen für einen Pub gehört) bestand nur aus einem einzigen großen Raum, der längs der Wände mit Holzbänken ausgestattet war. Morse bestellte sich, nicht ohne sich vorher beim Wirt erkundigt zu haben, welches Bitter die Stammgäste bevorzugten, ein Bier und verzog sich dann mit seinem Glas in die Fensternische. Zufrieden vor sich hinsüffelnd, hing er seinen Gedanken nach. Und wie oft bei solchen Gelegenheiten, stellte er sich wieder einmal die Frage, ob die von ihm häufig und mit Vehemenz vorgetragene Behauptung, er denke besser, wenn er ein gewisses Extra-Quantum Alkohol intus habe, tatsächlich stimme oder ob er nur wollte, daß dem so sei. In den letzten Monaten war ihm dieses *post hoc, ergo propter hoc* immer zweifelhafter geworden, und gelegentlich hatte er sogar Überlegungen angestellt, ob vielleicht Wunschdenken seine ansonsten vielgelobten logischen Fähigkeiten getrübt haben könnte. Fest stand – und das hatte er inzwischen längst akzeptiert –, daß für ihn das Leben nach ein paar Glas Bier viel von seinen Schrecken verlor und daß das Gefühl relativer Geborgenheit offenbar Energie freisetzte, denn die überraschende Lösung für irgendein schwieriges Problem fand er ausschließlich in dieser alkoholselig-unbeschwerten Stimmung. Vielleicht, so hatte er schon manches Mal gedacht, half Alkohol auch einfach als *Flüssigkeit* an sich, bestimmte gedankliche Prozesse leichtgängiger, eben *flüssiger* zu machen. Wenn er den Zustand angenehmer Trunkenheit hätte beschreiben sollen, so war es vor allem ein Gefühl großer innerer Ruhe, als säße er am Ufer eines ungeheuren Meeres und schaute unverwandt zu, wie der mächtige Herr der Gezeiten die schaumgesäumten Wasservorhänge langsam erst auf ihn zu und dann wieder von ihm wegzöge, zurück zur ewigen See.

Aber ob nun mit oder ohne Alkohol, soviel war klar, er mußte anfangen, sich ein paar ernsthafte Gedanken zu machen – und zwar bald. Das schwierigste Problem im Moment für ihn war, eine Erklärung dafür zu finden, wie es zugehen konnte, daß jemand, der auf einem Brief im Absender eine falsche Adresse angegeben hatte, unter eben dieser falschen Adresse den Antwortbrief zugestellt be-

---

* Morgendämmerung

kam. Einen Brief mit fiktiver Adresse wie zum Beispiel «Buckingham Palace, Kidlington» *abzuschicken*, war natürlich keine Schwierigkeit, aber wie um alles in der Welt schaffte man es, sich unter dieser Adresse einen Brief *zustellen* zu lassen? Aber genau das war geschehen – jedenfalls sah es ganz danach aus: Mrs. Ballard (oder wie sie nun tatsächlich heißen mochte), die Ehefrau (oder angebliche Ehefrau) des Ermordeten, hatte sich in einem Brief an das Hotel *Haworth* gewandt, um eine Zimmerreservierung gebeten und um schriftliche Bestätigung ersucht – doch die von ihr im Absender angegebene Adresse existierte gar nicht, wie sich herausgestellt hatte. Trotzdem hatte die Nachricht des Hotels sie offenbar erreicht, denn am 31. waren die Ballards im Hotel erschienen. Sie hatten (nebenbei gesagt, mit durchschlagendem Erfolg) an den Vergnügungen des Abends teilgenommen und waren, nachdem sie mit den anderen Gästen Wünsche für ein glückliches, erfolgreiches neues Jahr ausgetauscht hatten, zusammen mit den Palmers, den Smiths und Binyon zur Dependance hinübergegangen. Und dann…

«Haben Sie mich vergessen, Sir?» fragte eine Stimme über ihm vorwurfsvoll.

«Lewis! Endlich – Sie kommen reichlich spät!»

«Wir wollten uns vor dem Haus treffen!»

«Ich war da und habe geklingelt, aber es war offenbar niemand zu Hause.»

«Das brauchen Sie mir nicht zu erzählen, das weiß ich schon, was glauben Sie, wo ich war?»

«Wieviel Uhr haben wir eigentlich?»

«Zwanzig Minuten nach elf Uhr.»

«Meine Güte, schon so spät. Tut mir leid, daß Sie so lange gewartet haben, Lewis. Holen Sie sich ein Bier, und bringen Sie mir auch noch eins mit, bitte. Ich bin im Moment etwas knapp mit Geld.»

«Bitter?»

Morse nickte. «Wie haben Sie mich überhaupt gefunden?»

«Ich bin Polizist – oder haben Sie das auch vergessen, Sir?» gab Lewis aufmüpfig zurück.

Es hätte jedoch mehr gebraucht als Morses gelegentliche Anwandlung von Geiz oder seine reichlich großzügige Vorstellung von Zuverlässigkeit, um Lewis' gute Laune an diesem Morgen einen Dämpfer zu versetzen. Er berichtete dem Chief Inspector in aller Ausführlichkeit noch einmal vom Auffinden der Brille, dem Besuch beim Optiker, und im Gegenzug erzählte Morse seinem Sergeant alles über seine Begegnung mit Philippa Palmer – oder doch jedenfalls fast alles. Um Viertel vor zwölf Uhr unternahm Lewis erneut einen Abstecher zur Eddleston Road, aber wieder vergeblich. Eine halbe Stunde später jedoch, als er sich, mit Morse zusammen, nun schon zum drittenmal dem Haus näherte, sahen sie schon von weitem, daß im ersten Stock ein Fenster offen war – offenbar mußte also inzwischen jemand nach Hause gekommen sein. Die Smiths waren die einzigen Bewohner in der Straße, die es offenbar nicht für nötig befunden hatten, ihren Vorgarten zu bepflanzen. Statt dessen hatten sie, ebenso praktisch wie nüchtern, die freie Fläche vor ihrem Haus mit Kies bestreuen lassen. Das Knirschen ihrer Schritte hätte Mrs. Smith vor der Ankunft der beiden Polizeibeamten warnen können, doch sie war wohl zu sehr mit sich selbst beschäftigt, um auf Geräusche von außen zu achten. Sie wurde auf ihre Besucher erst aufmerksam, als sie klingelten.

Kapitel Zweiundzwanzig
FREITAG, 3. JANUAR

Der Krug geht so lange zum Wasser, bis er bricht.
Deutsches Sprichwort

Während der vergangenen fünf Jahre hätten ihr Mann John und sie, wie Helen Smith freimütig zugab, Dutzende von Hotels um das diesen zustehende Geld geprellt. Leider hätten weder sie noch ihr Mann die finanziellen Mittel, den Schaden zu ersetzen, und so gut sie verstehen könne, daß die Gesellschaft ihnen eine Rechnung aufmache und Anspruch darauf habe, daß sie in irgendeiner Form Entschädigung leisteten – wenn diese Entschädigung nur in Form von Pfund und Schilling möglich sei, dann müsse die Rechnung wohl offen bleiben. Sie gab Lewis den Brief ihres Mannes, den sie bei ihrer Rückkehr aus London vorgefunden hatte, und bot dem Sergeant an, ihm ihr Versteck (ein Loch unter einem der Dielenbretter im Gästezimmer) zu zeigen, in dem sie gerade eben, bevor sie gekommen seien, die von ihrem Mann hinterlegten sechshundert Pfund gefunden habe. Aber Lewis wollte es gar nicht sehen; er war viel mehr daran interessiert, den Aufenthaltsort von John Smith zu erfahren. Sie wußte jedoch nicht, wo er war – er hatte sie in seine Pläne nicht eingeweiht –, und weigerte sich auch standhaft, irgendeine Vermutung zu äußern.

Nach ihrer Vorgehensweise bei den Betrügereien befragt, erklärte sie, diese seien alle nach demselben Muster abgelaufen: Sie hätten immer zu den Hauptreisezeiten wie Weihnachten, Ostern oder den Sommerferien ein halbes Dutzend Hotels angerufen, ob sie kurzfristig noch etwas frei hätten. Irgendwo habe es immer gerade eine Absage gegeben, so daß ein Zimmer verfügbar gewesen sei. Sie hätten dann gleich am Telefon zugesagt und versprochen, die Reservierung noch schriftlich zu bestätigen. Dies hätten sie natürlich unterlassen, es sei aber nicht weiter aufgefallen, da in der Reisezeit auch bei der Post viel zu tun und die Zustellung daher oft verzögert sei. Einmal im Hotel, hätten sie es sich zur Regel gemacht, immer eine Nacht weniger zu bleiben als vereinbart. Bestand das Pauschalangebot ‹Atempause für den Geschäftsmann› aus drei Übernachtungen, so blieben sie nur zwei Nächte, waren zwei vorgesehen, so verließen sie das Hotel schon im Laufe des nächsten Tages. Und das war eigentlich schon alles, was sie hatten beachten müssen. Es war im Grunde wirklich sehr, sehr einfach gewesen. Abgesehen von diesen grundsätzlichen Vorsichtsmaßregeln gab es natürlich noch ein paar kleinere Tricks: Zum Beispiel hätten sie immer nur sowenig Gepäck wie möglich dabeigehabt, gerade so viel, wie nötig gewesen sei, um nicht aufzufallen, ihren Wagen hätten sie immer in sicherer Entfernung vom jeweiligen Hotel abgestellt und auf dem Anmeldeformular die Spalte, in der das Kennzeichen eingetragen werden sollte, tunlichst freigelassen. Nicht unwesentlich für ihren Erfolg sei schließlich auch gewesen, wie sie im Hotel aufgetreten seien. Gemäß dem ungeschriebenen Gesetz, daß ein Gast beim Personal um so höheres Ansehen genießt, je anspruchsvoller er sich gibt, hatten die Smiths schon aus Gründen der Tarnung immer nur die besten Menüs ausgewählt und die teuersten Weine bestellt, den Zimmerservice Tag und Nacht in Atem gehalten und sich ansonsten den Gästen und auch den Angestellten gegenüber kühl und reserviert verhalten. Auf diese Art und Weise hatten sie, so schloß Helen, überall im Land, selbst in den exklusivsten Hotels, nichts als Respekt und allergrößte Zuvorkommenheit erfahren. Das schwierigste bei dieser Art Betrügereien sei naturgemäß gewesen, sich nach einer gewissen Zeit ungesehen zu verdrücken. Als beste Zeit dafür habe sich der späte Nachmittag erwiesen, da sei immer wenig Betrieb und die meisten Angestellten in der Pause. Und so hatten sie sich immer zwischen 5 Uhr und 6 Uhr davongemacht – ohne Dank, ohne Bezahlung und natürlich ohne ein «Auf Wiedersehen».

Wenn Helen Smith vor die Schranken des Gerichts treten müßte – was nach Lewis' Ansicht ziemlich wahrscheinlich war –, so würde sie sich vermutlich ohne viele Umstände für schuldig erklären und möglicherweise noch eine ganze Menge Vergehen gestehen, die ihr gar nicht angelastet worden waren. Sie war wirklich alles andere als eine typische Kriminelle, dachte Lewis, und die Art, wie sie über ihre Betrügereien erzählt hatte, war von einer geradezu entwaffnenden Naivität gewesen, die beinahe Unschuld gleichkam. Nach ihrem letzten Coup befragt, dem nicht bezahlten Aufenthalt im *Haworth*, gab sie sofort bereitwillig und allem Anschein nach auch ehrlich Auskunft. Ja, sie hatten sich insgesamt vier Flaschen Champagner bringen lassen, zwei am 31. und zwei am 1. – sie und John seien beide geradezu verrückt nach Sekt. Drei von den Flaschen hätten sie ausgetrunken, die letzte mit nach Hause genommen, sie liege noch immer im Kühlschrank. Ob der Sergeant sie sehen wolle? Lewis wollte. Wieder zurück im Wohnzimmer, fragte Lewis sie nach den Ballards. Doch, sie könne sich gut an sie erinnern – und auch an die Palmers. Aber bei ins einzelne gehenden Fragen mußte sie passen. Der Abend sei sehr schön gewesen, das Menü habe hervorragend geschmeckt, und alle hätten sich großartig amüsiert. Aber ob Ballard nun viel oder wenig gegessen beziehungsweise getrunken habe, wüßte sie nicht zu sagen, sie hätte einfach nicht darauf geachtet. Wofür sie sich jedoch verbürgen könne, sei, daß er hinterher mit ihr zusammen zurück zur Dependance gegangen sei. Er habe ihre Schulter umfaßt und seine braungefärbte Hand (er sei ja als Rasta verkleidet gewesen) habe auf ihrem hellen Mantel einen Fleck hinterlassen. Ob Lewis den auch sehen wolle? Lewis nickte, und sie lief eifrig hinaus, um den Mantel zu holen.

Morse hatte gegen Ende der Befragung anscheinend das Interesse verloren und gelangweilt in einem dicken Bildband mit dem Titel *Die Landschaft des Thomas Hardy* geblättert. Doch plötzlich legte er das Buch beiseite und sagte:

«Würden Sie Mrs. Ballard wiedererkennen, wenn Sie sie träfen?»

«Ich – äh, ich weiß nicht so genau. Äh, sie trug ja einen Tschador, und ich habe von ihrem Gesicht nur die Augen gesehen...»

«Hat sie denn nichts gegessen?»

Helen zögerte, etwas eingeschüchtert durch seinen schroffen Ton. «Doch, doch schon.»

«Mit verhülltem Gesicht?»

Und plötzlich fiel es ihr wieder ein: «Sie muß das Tuch etwas beiseite geschoben haben, um essen zu können. Ich weiß jedenfalls, daß ich ihr Gesicht gesehen habe; ich habe mich noch gewundert, weil ihre Haut zwischen der Oberlippe und der Nase etwas geschwollen war, sie hatte dort so kleine rote Pünktchen...»

Während ihrer letzten Worte hatte es um ihren Mund zu zucken begonnen; die Befragung, erst durch Lewis, dann durch Morse, hatte ihr offenbar doch sehr zugesetzt, und im nächsten Moment schlug sie die Hände vors Gesicht und begann haltlos zu schluchzen.

Nachdem sie Helen Smith verlassen hatten und wieder im Wagen saßen, wollte Lewis von Morse wissen, ob es nicht vielleicht doch klüger gewesen wäre, sie zur weiteren Befragung gleich mitzunehmen. Doch Morse schüttelte den Kopf. Das halte er nun doch für übertrieben. Verglichen etwa mit Marcinkus & Co. von der Vatikan-Bank seien John und Helen Smith doch geradezu Heilige.

Kurz nachdem sie von der Autobahn auf die A 34 abgebogen waren, brachte Morse die Rede erneut auf Helen Smiths merkwürdige Beobachtung in bezug auf Mrs. Ballards gerötete Oberlippe.

«Wie sind Sie bloß darauf gekommen, Lewis?» erkundigte er sich.

«Es liegt daran, daß ich verheiratet bin, Sir; meine Frau hat ähnliche Probleme, und dann kennt man sich eben mit so etwas aus. Die meisten Frauen wollen, wenn sie verreisen, möglichst hübsch aussehen, und wenn dann über der Oberlippe oder am Kinn ein paar Haare sprießen... Dunkle Haare sind natürlich besonders auffällig.»

«Aber Ihre Frau ist doch blond!»

«Ja, schon, aber es stört sie trotzdem. Und deswegen geht sie eben zu diesen Kosmetik-Instituten wie dem *Tao* und läßt sich dort behandeln. Das Verfahren nennt sich Elektro-Haarentfernung oder auch elektrische Epilation. Sie stechen mit einer Nadel in den Haarkanal und veröden die Wurzel, so daß das Haar nicht mehr nachwächst. Ist übrigens ziemlich teuer, das Ganze.»

«Aber da Sie ein reicher Mann sind, können Sie es sich natürlich ohne weiteres erlauben, daß Ihre Frau einen Schönheitssalon aufsucht.»

«Ohne weiteres nicht, aber es geht schon.»

Aus einem plötzlichen Impuls heraus trat er das Gaspedal durch, schaltete den Blinker ein und schwang den Wagen mit hundertfünfzig Stundenkilometern auf die rechte Spur und setzte sich frech an die Spitze einer Kolonne von etwa einem Dutzend Lieferwagen und anderen Autos, deren Fahrer, als sie im Rückspiegel das weiße Polizeifahrzeug hatten herankommen sehen, vorsichtshalber auf die vorgeschriebene Höchstgeschwindigkeit heruntergegangen waren.

«Die Behandlung», fuhr Lewis sachkundig fort, «hinterläßt für ein paar Tage eine leichte Rötung, die Haut über der Oberlippe soll besonders empfindlich sein, manchmal gibt es dort eine allergische Reaktion, die Haut schwillt an, und es juckt...»

Aber Morse hörte ihm gar nicht mehr zu. Nicht nur seine Oberlippe, sein ganzer Körper juckte vor Aufregung, und während Lewis, getrieben von der Aussicht, nach Hause zu kommen, noch ein wenig fester aufs Gaspedal trat, verzog sich sein Mund zu einem geradezu seligen Lächeln.

Sein Zimmer im Präsidium in Kidlington erschien Morse im Vergleich zu ihrem kalten, schlecht eingerichteten Quartier im *Hotel Haworth* geradezu anheimelnd, und er entschied, daß sie nun lange genug dort ausgeharrt hätten und ebensogut auch in ihre gewohnte Umgebung zurückkehren könnten.

«Soll ich ein paar neue Aktendeckel kaufen gehen, Sir?» fragte Lewis.

Morse nahm zwei Ordner, die durch die vielen Papiere, die man hineingestopft hatte, schon ganz ausgebeult waren, und blätterte die darin aufbewahrten Unterlagen rasch durch.

«Nein, nicht nötig. Wir können diese hier nehmen. Das Material ist ohnehin DEÜ.»

«DEÜ?» fragte Lewis ratlos.

«Ja. Durch Ereignisse überholt.»

Eine halbe Stunde später klingelte das Telefon. Morse erkannte die Stimme von Sarah Jonstone. Ihr sei bezüglich Mrs. Ballard noch etwas eingefallen. Eine Kleinigkeit nur, und vielleicht sei es dumm von ihr, ihn überhaupt damit zu behelligen, aber sie könne schwören, daß Mrs. Ballard, als sie sich am Silvesterabend am Empfang

137

gemeldet habe, einen roten, runden Aufkleber an ihrem Mantel-revers getragen habe – vermutlich von der RSPCA*.

«Also», sagte Morse, nachdem er aufgelegt hatte, «ich finde, daß wir gute Arbeit geleistet haben, Lewis. Zwei von den drei Frauen, die wir uns näher ansehen wollten, haben wir bereits ausfindig gemacht, und ich denke, der dritten sind wir nun auch auf der Spur. Es dürfte jetzt nicht mehr allzu schwierig sein, sie aufzustöbern. Aber für heute reicht es mir. Ich bin todmüde – brauche ein Bad und mindestens acht Stunden Schlaf.»

«Und eine Rasur, Sir», sagte Lewis lächelnd.

Kapitel Dreiundzwanzig
SAMSTAG, 4. JANUAR

Arithmetik bedeutet, daß entweder die Lösung richtig ist – und dann ist die Welt in Ordnung, und du kannst aus dem Fenster sehen und in den blauen Himmel blicken – oder sie ist falsch, und das heißt, daß du noch einmal von vorne anfangen mußt, in der Hoffnung, es diesmal besser zu machen.
Carl Sandburg, *Complete Poems*

Das Tauwetter hatte über Nacht angehalten, und die gestern noch dicke Schneedecke war bereits an einigen Stellen von grünen Flekken unterbrochen. Nicht eine Wolke stand am Himmel, es sah so aus, als hätte es endlich den längst erwarteten Umschwung gegeben – genau wie im Mordfall Ballard.

Morse hatte am nächsten Morgen gleich verkündet, daß er bis Mittag mit anderen Dingen beschäftigt sei und nicht gestört werden wolle, und so blieb Lewis nichts anderes übrig, als zuzusehen, daß er allein zurechtkam. Zunächst war ihm seine Aufgabe auch gar nicht sonderlich problematisch erschienen, und erst allmählich

* Royal Society for the Prevention of Cruelty to Animals – Tierschutzverein

ging ihm auf, daß er sich festgefahren hatte. Er hatte angefangen damit, sich aus dem Branchen-Adreßbuch diejenigen Kosmetik-Institute herauszusuchen, die irgendeine Art von Haarentfernung anboten, angefangen von der Warmwachsmethode bis hin zur Elektro-Epilation. In Oxford allein gab es sieben derartige Institute, dazu fünf in Banbury, drei weitere in Bicester und eine Reihe anderer in den umliegenden Ortschaften, die für jemanden, der in Chipping Norton wohnte, durchaus erreichbar waren – immer vorausgesetzt, ‹Mrs. Ballard› lebte tatsächlich dort.

Aber es gab *zwei* quadratische Gleichungen, mit deren Hilfe ‹x› entschlüsselt werden konnte, und so machte sich Lewis daran, die zweite Gleichung zu lösen, das heißt zu prüfen, ob tatsächlich die RSPCA am 30. beziehungsweise am 31. Dezember in Oxford Spenden gesammelt hatte. In den vergangenen Jahren hatte es sich immer mehr eingebürgert, daß man, wenn man seine Spende in die Sammelbüchse gesteckt hatte, ein rundes, kleines Abzeichen mit gummierter Rückseite erhielt, das man sich an den Mantel oder das Jackett kleben konnte. Nach Lewis' Erfahrung blieben sie aber nie besonders lange hängen, meistens fielen sie schon innerhalb der nächsten halben Stunde wieder ab. So konnte er denn auch Morse nur zustimmen, als dieser gemeint hatte, daß Mrs. Ballard den Aufkleber, den sie am 31. getragen habe, vermutlich am selben Tag, oder doch höchstens erst am Vortag, erworben hätte. Seine weiteren Schlußfolgerungen, daß vermutlich die RSPCA am 30. oder 31. in Oxford eine Sammlung veranstaltet und Mrs. Ballard ihren Aufkleber erworben hätte, gerade als sie im Begriff gewesen sei, eines der Kosmetik-Institute in der City zu betreten, hielt er allerdings für reichlich weit hergeholt. «Es ist alles kinderleicht», hatte Morse gesagt, «ich weiß gar nicht, warum Sie so skeptisch blicken, Lewis: wir haben den Tag, und wir haben den Ort – und das heißt, wir haben sie so gut wie gefunden. Wir brauchen jetzt nur noch ein wenig herumzutelefonieren...»

Aber Lewis hatte von Anfang an keinen guten Start. Gleich beim ersten Anruf erfuhr er, daß sie letzte Straßensammlung der RSPCA in Oxford bereits Anfang Juli stattgefunden habe, und das hieß, daß der Aufkleber von irgendeiner anderen Organisation stammen mußte. Und wiederum begann er, sich eine Liste anzulegen. Zunächst notierte er die allgemein bekannten Hilfsorganisationen für die Opfer von Krankheiten wie multipler Sklerose, Rheuma, Krebs etc., ging dann über zu den großen Wohltätigkeitsorganisationen, angefangen bei *Christian Aid*, über *Oxfam* bis hin zu *War on Want* etc. Als nächstes kamen die Vereinigungen zur Unterstützung von in Not geratenen Angehörigen bestimmter Berufsgruppen wie der Krankenwagenfahrer, Feuerwehrmänner und Rettungsbootsmaate an die Reihe und danach die regionalen Gruppen, die Hospitäler für unheilbar Kranke oder Tageskliniken für psychisch Gestörte etc. unterhielten. Und das waren längst nicht alle; Lewis hätte noch Dutzende anderer hinzufügen können. So hätte er zum Beispiel noch die *Nationale Vereinigung zur Wiedereingliederung von Straftätern* in seine Liste aufnehmen können. Aber das ließ er sein. Er blickte schon so nicht mehr durch.

Es war mehr als deutlich, daß eine Auswahl getroffen werden mußte, und Lewis wünschte sich in diesem Moment nichts sehnlicher, als Morse an seiner Seite zu haben – der wäre, das wußte er, sofort in der Lage, die richtige Entscheidung zu treffen. Das Gefühl, das er hatte, war ähnlich dem in seiner Schulzeit, wenn er mit einer schwierigen Mathematikaufgabe konfrontiert gewesen war: Je mehr er sich mit ihr befaßt hatte, um so komplexer und verwirrender schien sie zu werden – bis endlich der Lehrer eingegriffen und ihm eine Abkürzung des Lösungsweges gezeigt hatte. Und auf einmal hatte er nur ein paar Additionen ausführen müssen, um zu einem Ergebnis zu gelangen, und das wichtigste: es war das richtige Ergebnis gewesen. Aber Morse, der einzige, der ihm aus seiner jetzigen Verwirrung hätte heraushelfen können, war offenbar noch immer anderweitig beschäftigt, und so beschloß Lewis seufzend, die vor ihm liegende Aufgabe allein anzugehen.

Eine Stunde später war sein Wissen, was die Sammelaktionen von Wohltätigkeitsorganisationen anging, noch immer auf dem gleichen Stand wie vorher, und bei jeder neuen Nummer, die er anwählte, wuchs seine Erbitterung: entweder es meldete sich niemand oder wenn doch, so stellte sich heraus, daß er einen der vielen freiwilligen Umschlaglecker, den Maler, den Hausmeister oder schlicht und einfach einen inkompetenten Idioten erwischt hatte. Aber oft ertönte, nachdem er gewählt hatte, auch ein Klicken.

Dann wußte Lewis, daß er an einen Anrufbeantworter geraten war, und legte den Hörer, ohne erst die monotone Ansage abzuwarten, gleich wieder zurück. Nach einer weiteren Stunde gab er schließlich auf. Es war ihm nicht gelungen, unter der Vielzahl der Wohltätigkeitsorganisationen auch nur eine einzige auszumachen, die in den letzten Dezembertagen in Oxford gesammelt hätte.

Die Aufgabe war eben für einen einzelnen Mann gar nicht zu schaffen, und genau das sagte er auch Morse, als dieser gegen elf Uhr hereinschaute, in der Hand eine Tasse Kaffee und einen ballaststoffreichen Apfelkeks, so daß Lewis im ersten Augenblick annahm, der Chef ahne etwas von seinem Dilemma und bringe ihm zum Trost etwas zum Essen. Aber das war natürlich ein Irrtum.

«Wir brauchen einfach ein paar von den Männern, die man uns angeboten hat, Sir», sagte er.

«Nein, nein, Lewis, kommt gar nicht in Frage. Ich habe keine Lust, einem Haufen Streifenpolizisten stundenlang irgendwelche Dinge zu erklären. Wenn Sie mit den Wohltätigkeitsorganisationen nicht weiterkommen, dann nehmen Sie sich eben die Schönheitssalons vor. Ich komme und helfe Ihnen, wenn ich mit meinen eigenen Sachen fertig bin.»

So machte sich Lewis also wieder an die Arbeit; er würde, so überlegte er, mit den Kosmetik-Instituten beginnen, die im Branchen-Telefonbuch eine mehrzeilige Anzeige eingerückt hatten – davon gab es zum Glück nur vier. Bei näherem Nachdenken zeigte sich jedoch, daß auch diese Aufgabe ihre Tücken hatte – was sollte er am Telefon eigentlich sagen? Er stellte sich im Geiste vor, wie er anrief und erklärte, er suche eine Frau – ihr Aussehen könne er leider nicht beschreiben, ihren Name wisse er ebenfalls nicht und auch nicht ihre Adresse, außer daß sie vermutlich in Chipping Norton wohne –, die sich, er könne nicht genau sagen, wann, aber vermutlich Ende Dezember, einer Gesichtsbehandlung, vermutlich einer Epilation, unterzogen habe. Ob sie ihm wohl sagen könnten, um wen es sich handle? Lächerlich, dachte Lewis, das Ganze war einfach lächerlich. Und das Ergebnis sollte ihm recht geben. Der erste Salon weigerte sich, «über derartig vertrauliche Dinge irgend jemandem, nein, auch nicht der Polizei», Angaben zu machen; beim zweiten erhielt er die knappe Antwort, eine Kundin aus Chipping

Norton sei ihnen nicht bekannt; das dritte Institut informierte ihn per Anrufbeantworter, daß sie bis zum 6. Januar einschließlich geschlossen hätten, und beim vierten Anruf schließlich teilte man ihm mit, daß er beim Nachschlagen im Branchenfernsprechbuch in die falsche Spalte geraten sein müsse: sie würden zwar Haare waschen, schneiden und fönen, wellen und färben, das *Entfernen* von Haaren gehöre jedoch nicht zu ihren Aufgaben. Lewis hängte ein – er gab es auf. Frustriert ging er hinüber in die Kantine. Der einzige Gast dort war Morse, der, eine Tasse Kaffee vor sich, dabei war, die noch freien Felder des *Times*-Kreuzworträtsels auszufüllen.

Als er Lewis herankommen hörte, blickte er auf. «Ah, Lewis! Holen Sie sich auch einen Kaffee. Erfolg gehabt?»

«Nein, zum Teufel», blaffte Lewis los, so daß Morse ihn überrascht ansah – der Sergeant fluchte höchstens alle halbe Jahre einmal. «Ich brauche einfach Hilfe: ein halbes Dutzend Constables, dann würde die Sache laufen.»

«Ich glaube nicht, daß das nötig ist», sagte Morse.

«Ich schon», erwiderte Lewis aufsässig. Morse hatte seinen Sergeant selten so wütend gesehen. «Wir wissen ja nicht einmal, ob dieses verdammte Weibsbild tatsächlich in Chipping Norton wohnt. Vielleicht lebt sie in Chiswick – wie diese Nutte, mit der Sie sich da neulich im *Great Western Hotel* getroffen haben.»

«Lew-is! Lew-is! Nun beruhigen Sie sich erst einmal! Wenn ich eben gesagt habe, es sei nicht nötig, mehr Leute zu den Ermittlungen heranzuziehen, dann hieß das doch nicht, daß ich Ihnen Hilfe vorenthalten wollte – vorausgesetzt, daß Sie sie wirklich brauchten. Aber ich denke nach wie vor, daß wir auch alleine klarkommen. Ich mochte Sie eben nicht bei Ihrer Arbeit stören, deshalb habe ich mich selber ans Telefon gehängt und ein paar Anrufe getätigt. Im Augenblick warte ich übrigens auf einen Rückruf; er müßte eigentlich gleich kommen. Sollten sich dann, wie ich hoffe, meine Vermutungen bestätigen, dann wissen wir jetzt bereits, wer ‹Mrs. Ballard› ist, und auch, wo sie wohnt. Ihr richtiger Name lautet Bowman – Mrs. Margaret Bowman, und dreimal dürfen Sie raten, wo sie wohnt?»

«Ich nehme an, in Chipping Norton», sagte Lewis ohne allzuviel Begeisterung.

Kapitel Vierundzwanzig

SONNTAG, 5. JANUAR

*Einem Mann ist es allemal lieber, wenn seine Frau gut kocht, als
daß sie Griechisch spricht.*
Samuel Johnson

Morse hatte Mrs. Lewis' Einladung, am Sonntag zu ihnen zu kommen, gerne angenommen, obwohl er wußte, daß Kochen nicht gerade ihre Stärke war. Der Rinderbraten war denn auch etwas zäh, die Meerrettichsoße etwas fade und der Yorkshire-Pudding etwas matschig. Die Bratkartoffeln waren jedoch gut, und im übrigen war ihm ihre Herzlichkeit sowieso wichtiger als das Essen. Lewis hatte dem hohen Gast zu Ehren eine Flasche Beaujolais Nouveau gekauft, und so fühlte sich Morse, als er sich nach der Mahlzeit in einen tiefen Clubsessel sinken ließ und ihm Mrs. Lewis noch eine Tasse Kaffee servierte, rundum wohl.

«Manchmal wünschte ich, ich hätte mich um irgendeinen unwichtigen kleinen Posten im ägyptischen Staatsdienst beworben», sagte er mit einem sehnsüchtigen, kleinen Lächeln.

«Möchten Sie einen kleinen Cognac, Sir?»

«Ja, warum nicht?»

Aus der Küche drang das Klappern von Geschirr, Mrs. Lewis hatte offenbar mit dem Abwasch angefangen. Trotzdem dämpfte Morse vorsichtshalber seine Stimme, als er sich zu Lewis wandte und sagte: «Für müde, alte Männer wie Sie und mich, Lewis, würde ein Wochenende mit einer aufregenden Frau in einem diskreten Hotel vermutlich Wunder wirken, aber in Ihrem Fall, Lewis, würde ich fast davon abraten – Sie haben so eine wundervolle Frau...»

«Ich habe an so etwas noch nie gedacht», sagte Lewis, ohne zu zögern.

«Ich bin nur darauf gekommen, weil es in unserem Fall offenbar mehrere Leute gibt, deren Feiertagsvergnügen nicht ganz astrein war – in welcher Hinsicht auch immer.»

Lewis nickte, nahm einen Schluck von seinem Kaffee und lehnte sich in seinem Sessel zurück. So wie er Morse kannte, war jetzt der

Moment gekommen, wo er endlich mit der Erklärung (einer aus-
führlichen Erklärung!) herausrücken würde für die erstaunlichen
Enthüllungen, die sich gestern nachmittag ergeben hatten.

«... Wenn man vorhat», begann Morse, «einmal aus allen Ver-
pflichtungen auszubrechen, und sich ein Wochenende lang in einem
Hotel mit einer hübschen Frau vergnügen möchte, die eben nicht
die eigene Frau ist, so braucht man, um diese Absicht in die Tat
umzusetzen, vor allem eine Adresse, die man bei der Zimmerreservierung angeben kann – nur darf es aus einsichtigen Gründen nicht
die eigene Adresse sein. Natürlich gibt es Leute wie die Smiths, die
wissen, wie man auch ohne vorherige Reservierung an ein Hotelzimmer gelangt, aber die beiden haben das ja sozusagen berufsmä-
ßig gemacht und kennen natürlich sämtliche Tricks. Davon also
einmal abgesehen, geht einer Zimmerreservierung normalerweise
eine Korrespondenz voraus. Wenn nun die Frau, mit der man sich
ins Vergnügen zu stürzen wünscht, ledig ist oder geschieden oder
getrennt lebt, so ist das Ganze kein Problem. Sie kann das Zimmer
auf ihren Namen und unter ihrer Adresse reservieren, so wie zum
Beispiel Philippa Palmer es gemacht hat. Kommen wir nun zu unserer mysteriösen ‹Mrs. Ballard›, Mrs. Ann Ballard aus Chipping
Norton. Wenn wir sie ausfindig machen und von ihr erfahren könnten, was sich am Silvesterabend beziehungsweise Neujahrsmorgen
im Zimmer drei der Dependance abgespielt hat, so wäre unser Fall
vermutlich gelöst und wir um eine Sorge leichter. Bedauerlicher-
weise nur scheint sie eine ganz und gar rätselhafte Person zu sein
und kaum greifbar. Dieser Anschein täuscht jedoch. Bei näherem
Hinsehen stellen wir nämlich fest, daß wir tatsächlich eine ganze
Menge über sie wissen. Eine Möglichkeit, ihr auf die Spur zu kommen, schien zum Beispiel die Tatsache zu sein, daß sie sich kurz vor
Jahresende einer Epilationsbehandlung unterzogen hatte. Es tut mir
übrigens wirklich leid, Lewis, daß Ihre Ermittlungen in dieser
Richtung so mühselig und gleichzeitig so erfolglos waren. Aber ich
habe mir, ehrlich gesagt, nicht besonders viel Gedanken darüber
gemacht, weil mich zu diesem Zeitpunkt ein anderer Aspekt des
Falles mehr beschäftigte: das Problem der Adresse. Sie hatte, wie
wir wissen, bei ihrem Briefwechsel mit dem Hotel eine falsche An-

schrift angegeben – die Straße gab es zwar, aber kein Haus mit der Nummer 84. Aber offenbar hatte sie das Antwortschreiben des Hotels trotzdem erhalten. Einen Brief an eine nicht existierende Adresse zugestellt zu bekommen scheint ein Ding der Unmöglichkeit – und doch war es geschehen. Also mußte ich mich fragen, *wie*? Und wenn man sich erst einmal auf das Paradox eingelassen und akzeptiert hat, daß es eine Möglichkeit geben muß, dann ist die Beantwortung der Frage nicht einmal mehr besonders schwierig. Es ist nämlich gar kein Problem, sich Post unter einer nichtexistierenden Adresse vorzustellen, vorausgesetzt, man arrangiert sich mit dem Briefträger.» Er sah Lewis' ungläubigen Blick und fuhr fort: «Ich werde Ihnen das am besten an einem Beispiel erklären. Nehmen wir einmal die Banbury Road. Das ist eine ziemlich lange Straße mit entsprechend vielen Hausnummern; ich glaube, es geht bis ungefähr vierhundertachtzig oder so. Nehmen wir jetzt mal an, die höchste und letzte Nummer sei vierhundertdreiundachtzig. Was passiert dann mit einem Brief, der an Nummer vierhundertfünfundachtzig adressiert ist – eine Nummer also, die es nicht gibt? Nun, der Sortierer, dem dieser Brief in die Hand fällt, wird sich dadurch vermutlich nicht irritieren lassen. Ob die letzte Nummer nun vierhundertdreiundachtzig oder vierhundertfünfundachtzig ist, wer weiß das schon so genau, und wenn es ihm doch zufällig auffallen sollte, so wird er wahrscheinlich annehmen, daß ein neues Haus gebaut worden und entsprechend eine Nummer dazugekommen ist. Ganz anders dagegen sieht die Sache aus, wenn der Brief an eine Nummer fünfhundertfünfundachtzig oder sechshundertfünfundachtzig adressiert wäre, dann würde sich der zuständige Sortierer vermutlich denken, daß etwas schiefgelaufen sei, und den Brief beiseite legen. Es gibt für solche Fälle ein Extra-Fach, um das sich ein speziell dafür abgestellter höherer Beamter kümmert. Aber das alles ist im Grunde sowieso völlig egal. Ob nun der Brief im Fach des zuständigen Briefträgers oder im Fach für nicht zustellbare Briefe landet, ist völlig gleichgültig, weil nämlich ohnehin besagter Briefträger zur Stelle ist, um den Brief an sich zu nehmen – ich weiß, wovon ich rede, ich habe gestern ein langes Gespräch mit dem Dienststellenleiter in Chipping Norton geführt, ein netter Kerl und sehr entgegenkommend, und der hat mir bestätigt, daß ein

Brief, der an die West Street Nummer 85 adressiert wäre, vermutlich ohne weiteres im Fach des zuständigen Briefträgers landen würde – die Hausnummern in der Straße gehen ohnehin bis in die Siebziger. Und falls der Brief aussortiert worden wäre, nun, so wäre auch das kein Problem, die Briefträger holen sich ihre Post immer in der Sortierstelle ab, und so hätte unser Mann keine Schwierigkeiten gehabt, den Brief, von dem wir reden, in seinen Besitz zu bringen. In dem Zustellbezirk, in dem die West Street liegt, hätten im Dezember abwechselnd zwei Briefträger Dienst getan: der eine ist ein noch junger Bursche, der über Neujahr mit seiner Freundin auf den Kanarischen Inseln war, der andere ist ein Mann in mittleren Jahren. Sein Name ist Tom Bowman, er wohnt in Chipping Norton, Charlbury Drive Nummer 6. Das Haus ist seit gestern oder vorgestern leer – die Nachbarn wissen nichts. Margaret Bowman ist Donnerstag abend gesehen worden, wie sie die Haustür aufschloß, sie hat vermutlich in der Nacht vom Donnerstag zum Freitag noch dort übernachtet. Sie ist übrigens Freitag auch ganz normal an ihrer Arbeitsstelle erschienen; ich habe das überprüft. Nun, jetzt am Wochenende können wir ohnehin nicht viel tun. Max sagt, daß er bis Montag früh mit den letzten Untersuchungen fertig ist, er will die Leiche nur noch ein bißchen zurechtflicken und sie dann freigeben. Ich denke, wir werden bald wissen, um wen es sich handelt.»

Endlich sah Lewis eine Gelegenheit, die Frage loszuwerden, die ihn schon die ganze Zeit beschäftigt hatte: «Glauben Sie, der Tote ist Tom Bowman?» Morse zögerte einen Moment, dann sagte er: «Meinem Gefühl nach würde ich sagen, nein; aber ich kann mich auch irren...»

Er legte den Kopf zurück und schloß die Augen; und Lewis ging leise hinaus in die Küche, um seiner Frau abtrocknen zu helfen.

An eben diesem Sonntagnachmittag kehrte Sarah Jonstone, nachdem sie fast eine Woche im Hotel *Haworth* gewohnt hatte, wieder in ihre eigene Wohnung zurück. Sie hatte von Anfang an gewußt, daß sie wohl nie wieder in ihrem Leben derart aufregende Tage erleben würde, und so hatte sie wenig Neigung verspürt, das Hotel zu verlassen, solange es noch Schauplatz polizeilicher Aktivitäten gewesen war. Doch nun hatte man den Polizisten neben dem Eingang der Dependance abgezogen, und die vier Zimmer standen wieder zur Vermietung. Mrs. Binyon, die eigentlich schon kurz vor Neujahr hatte wegfahren wollen und die, als sich herausgestellt hatte, daß eine Reihe Angestellte erkrankt waren, sich nur sehr widerwillig hatte in die Pflicht nehmen lassen, war an diesem Morgen nun endlich gen Norden aufgebrochen, um ihre Eltern in Leeds zu besuchen. Nach dem Ansturm über Weihnachten und Silvester stand das Hotel jetzt so gut wie leer, es waren nicht mehr als höchstens ein halbes Dutzend Gäste abgestiegen, und in Anbetracht dieser Tatsache war es für Binyon vermutlich nur ein schwacher Trost, daß die erkrankten Angestellten inzwischen wieder alle genesen und am Arbeitsplatz erschienen waren. Gegen halb vier Uhr, gerade als sich Sarah ihren Mantel anziehen und gehen wollte, hatte das Telefon geklingelt, eine junge Frau mit angenehmer Stimme gefragt, ob Mr. Binyon zu sprechen sei, und als Sarah sich erkundigen wollte, wie denn ihr Name laute, war die Leitung plötzlich tot gewesen.

Gegen Abend, sie saß im Sessel und schaute sich ein Fernsehspiel an, fiel ihr der kleine Zwischenfall plötzlich wieder ein. Eigentlich maß sie ihm keine besonders große Bedeutung zu, schließlich konnte die Unterbrechung auch auf eine technische Panne zurückgehen. Es konnte natürlich auch sein, daß ... Und der Chief Inspector hatte ihr extra ans Herz gelegt, alles zu berichten, was ihr auffiel – auch wenn es in ihren Augen nur eine Nebensächlichkeit sei. Die Sache mit Mrs. Ballards Aufkleber zum Beispiel hatte ihn sehr interessiert ... Und da war noch etwas gewesen, doch so sehr sie auch grübelte, es wollte ihr nicht einfallen ...

Aber wenn nicht jetzt, dann vielleicht später ...

Kapitel Fünfundzwanzig
MONTAG, 6. JANUAR

Wenn du täglich acht Stunden pflichtbewußt arbeitest, wirst du vielleicht Chef und arbeitest dann wahrscheinlich zwölf Stunden am Tag.
Robert Frost

Gladys Taylor dachte jeden Morgen, wenn sie das flache, langgestreckte, beigefarbene Klinkergebäude am Ewert Place in Summertown betrat, mit Trauer daran, daß ihre Tage als Angestellte der *University of Oxford Delegacy of Local Examinations** kurz *Locals* genannt, gezählt waren. Neunzehneinhalb Jahre hatte sie hier gearbeitet, und irgendein irrationaler Ordnungsinstinkt ließ sie wünschen, es wären glatte zwanzig geworden. Aber die Vorschriften standen dagegen. Außerplanmäpige Angestellte wie sie mußten am Ende der auf ihren sechzigsten Geburtstag folgenden sogenannten «Prüfungsperiode» in den Ruhestand treten. Diese Prüfungsperioden, vier oder fünf in jedem akademischen Jahr, dauerten unterschiedlich lange – von drei bis vier bis zu neun Wochen oder mehr. Aber nicht nur die Zeitdauer variierte, auch die anfallenden Aufgaben waren von Mal zu Mal verschieden. So war man im gegenwärtigen Prüfungszeitraum – einer der kürzeren Perioden, die nach drei Wochen abgeschlossen sein würde – damit befaßt, die Mathematikarbeiten der im Herbst zur Wiederholungsprüfung angetretenen GCE-Kandidaten** nachzusehen und zu bewerten. Die Zahl der Prüflinge war naturgemäß sehr viel kleiner als beim ersten Termin im Sommer, da nur diejenigen antraten, die den Anforderungen vor ein paar Monaten nicht genügt hatten. Gerade diese Unglücklichen besaßen Gladys' Sympathie in viel höherem Maße als so manche der erfolgreichen Sommer-Absolventen, die, wie sie selbst erlebt hatte, mitunter reichlich überheblich auftreten konnten. Ihre Sympathie

* Prüfungsbehörde
** GCE – General Certificate for Education; Prüfungszeugnis, das den Schulabschluß nachweist bzw. zur Aufnahme eines Studiums berechtigt

für die, die sich schwertaten, rührte aber wohl vor allem daher, daß
sie selbst sich in ihrer Jugend auch als Versager erlebt hatte. Sie hatte
nur die Hauptschule besucht und war mit fünfzehn, als der Krieg
ausbrach, abgegangen, ihr Abschlußzeugnis war nur mäßig gewesen, lediglich ihre Pünktlichkeit und ihre Zuverlässigkeit hatte man
einer positiven Erwähnung für wert befunden. Mit Anfang Zwanzig
hatte sie einen Lastwagenfahrer geheiratet, der schon wenige Monate nach der Heirat angefangen hatte, sie zu betrügen, und so war es
ihr ganz recht gewesen, daß ihre Ehe kinderlos blieb. Als ihr Mann
bei einem Verkehrsunfall starb, war sie mit einundvierzig Jahren
plötzlich Witwe und stand vor dem Nichts. Auf den Tip einer Freundin hin hatte sie sich bei den *Locals* beworben und war zu ihrer
eigenen Überraschung eingestellt worden. Während der ersten Monate ihrer Tätigkeit hatte sie aus Angst, etwas falsch zu machen, eine
beinahe schon krankhafte Gründlichkeit und Sorgfalt an den Tag
gelegt; dennoch war sie oft schon vor Tagesanbruch aufgewacht und
hatte gegrübelt, ob ihr vielleicht gestern nicht doch ein Fehler unter-
laufen sein könne. Mit zunehmender Erfahrung hatte ihre Angst
nachgelassen, und ihre Arbeit hatte begonnen, ihr Spaß zu machen.
Ihr Pflichtbewußtsein, ihre Zuverlässigkeit hatten ihr bei Kollegen
und Vorgesetzten bald Respekt eingetragen, und in Anerkennung
ihrer guten Arbeit war ihr vor ein paar Jahren eine Stelle mit größerer
Verantwortung übertragen worden. Zu ihrem neuen Aufgabenbe-
reich gehörte es unter anderem, frisch eingestellte, noch unerfahrene
Kolleginnen mit der komplizierten Materie vertraut zu machen. Gerade vor einem halben Jahr war Gladys ein neuer Schützling zuge-
wiesen worden – ihr Name lautete Margaret Bowman.

Drei gemeinsam durchgestandene Prüfungsperioden hatten sie
einander nähergebracht, so daß sie sich inzwischen auch eine
Menge privater Dinge anvertrauten. Margaret war zu Anfang genauso schüchtern und ängstlich gewesen wie damals Gladys, und
vermutlich aus diesem Grund hatte diese die um gut zwanzig Jahre
jüngere Frau sofort ins Herz geschlossen und sie bald mehr als eine
Art Tochter denn als Kollegin betrachtet. Bei aller Offenheit
schwieg sich Margaret jedoch über bestimmte Dinge aus; so hatte
sie zum Beispiel nie mehr als eine Andeutung darüber gemacht, wie
die Beziehung zu ihrem Ehemann Tom aussah, und auch, daß sie

einen anderen Mann kennengelernt hatte (irgendwann im Spätsommer, vermutete Gladys), hatte sie mit keiner Silbe erwähnt. Dabei war es so offensichtlich gewesen! Ihr heimliches Abenteuer hatte bei ihr jenes Aufblühen bewirkt, das schon Aristoteles (was Gladys allerdings nicht wußte) als Zeichen für Liebesglück gedeutet hatte. Vor einigen Wochen jedoch war bei Margaret eine Änderung zum Negativen vor sich gegangen: Sie war des öfteren gereizt, machte bei der Arbeit Fehler und, was für Gladys am schwersten zu ertragen war, sie verhielt sich sehr viel weniger einfühlsam als früher und wurde sogar regelrecht ausfällig. Die Beziehung der beiden Frauen war jedoch so gefestigt, so daß sie dieser Belastung standhielt, und ein- oder zweimal hatte Gladys sich ein Herz gefaßt und versucht, Margaret zum Reden zu bringen und ihr ihre Hilfe angeboten. Aber Margaret war nicht darauf eingegangen. Die letzte Prüfungsperiode war Mitte Dezember zu Ende gewesen, und seitdem hatte Gladys nichts mehr von Margaret gehört. Erst am vergangenen Freitag, dem ersten Arbeitstag im neuen Jahr, hatten sie sich nach beinahe dreiwöchiger Pause wiedergesehen, und Gladys hatte sofort gemerkt, daß mit Margaret etwas nicht stimmte.

Es gab im Amt eine Vorschrift, die das Rauchen am Arbeitsplatz untersagte, und so warteten alle immer schon sehnsüchtig auf die Frühstücks- beziehungsweise Kaffeepause, um in die Kantine zu gehen – dort war Rauchen erlaubt. Auch Margaret hatte von Anfang an die Pausen immer für eine Zigarette genutzt – aber eben nur *eine* Zigarette, die sie ohne große Hast zu rauchen pflegte. Am Donnerstag und Freitag dagegen hatte sie in jeweils beiden Pausen, kaum daß sie in der Kantine saß, hektisch nach ihren Zigaretten gegriffen, den Rauch gierig inhaliert und, kaum daß die eine Zigarette zu Ende war, sich bereits die nächste angesteckt.

Ihre innere Unruhe hatte natürlich auch Auswirkungen auf ihre Arbeit gehabt. Sie hatte eine nicht maßstabgerecht angefertigte Zeichnung für korrekt erklärt, einen Fehler in einer Subtraktionsaufgabe übersehen und den beinahe unverzeihlichen Schnitzer begangen, bei der Addition der erreichten Punktzahl 104 und 111 zu 115 zusammenzuziehen – ein Ergebnis, das, wenn Gladys den Fehler nicht entdeckt hätte, dem unglückseligen Prüfling statt des verdienten ‹Gut› höchstens ein ‹Genügend› eingetragen hätte.

150

Am Freitag hatte Gladys Margaret zum Mittagessen in das Chinesische Restaurant, das direkt gegenüber dem Ewert Place an der Banbury Road lag, eingeladen. Bei Schweinefleisch süß-sauer und Chop Suey nach Art des Hauses hatte Margaret erzählt, daß ihr Mann seit ein paar Tagen auf einem Weiterbildungskurs sei und sie sich deshalb etwas einsam und deprimiert fühle. Sofort hatte Gladys gefragt, ob Margaret dann über das Wochenende nicht zu ihr kommen wolle – sie wohnte in der Cutteslowe-Siedlung in Nord-Oxford. Zu ihrer großen Freude hatte Margaret sofort zugestimmt.

Mrs. Mary Webster, Abteilungsleiterin bei der *Delegacy*, und dafür bekannt, im langgestreckten Büroraum im ersten Stock, wo neben Gladys und Margaret noch an die vierzig Frauen ihrer Arbeit nachgingen, ein strenges Regiment zu führen, war am Freitagvormittag, fünf Minuten nach Beendigung der Frühstückspause, noch immer nicht an ihren Platz an der Stirnseite des Raumes zurückgekehrt. Etwas Derartiges war noch nie vorgekommen, und die Frauen tauschten halblaut Vermutungen über den Grund ihres Fernbleibens aus. In diesem Moment kehrte Mrs. Bannister von einem ihrer auf Grund ihrer Blasenschwäche in regelmäßigen Abständen notwendigen Klo-Besuche zurück und verkündete in dem ihr eigenen durchdringenden Flüsterton, der auch in der entferntesten Ecke noch gut zu verstehen war:

«Wir haben Polizei im Haus! Sie sind bei der Amtsleiterin.»

«Vielleicht verhören sie Mrs. Webster!» kommentierte ein junges Mädchen mit kaum unterdrückter Erregung.

In diesem Moment betrat die eben erwähnte Mrs. Webster selbst den Raum, und sofort herrschte absolute Stille. Mit energischen Schritten durchquerte sie den Raum, bis sie direkt vor Margarets Schreibtisch stand.

«Mrs. Bowman, darf ich Sie bitten, für einen Moment mit mir nach draußen zu kommen?»

Margaret Bowman erhob sich und folgte ihr schweigend die Treppe hinunter ins Erdgeschoß. Vor einer Tür aus schwedischer Eiche, die ein Messingschild mit der Aufschrift ‹Amtsleiter› trug, blieb sie stehen, bedeutete Margaret mit einer Geste einzutreten und ließ sie dann allein.

Kapitel Sechsundzwanzig
MONTAG, 6. JANUAR

Nicht selten erzählt man die grausamsten Lügen,
indem man schweigt.
Robert Louis Stevenson

Miss Gibson bekleidete den Posten der Amtsleiterin auf Grund ihrer ausgezeichneten wissenschaftlichen Qualifikation sowie ihrer soliden Verwaltungskenntnisse. Aufrecht in dem hohen, roten Ledersessel sitzend, war sie eine imponierende Gestalt, das fand zumindest der Polizeibeamte, der im linken der drei vor ihr stehenden Sessel saß, ein Mann Mitte Fünfzig, den eine Aura von Melancholie umgab und der sich immer wieder ungeduldig mit seiner gepflegten Hand durch das schon schütter werdende Haar fuhr. Neben ihm, im mittleren der Sessel, daß ein zweiter Polizeibeamter, in Zivil wie der erste, von untersetzter Gestalt und mit einem sympathischen Gesicht. Als es draußen klopfte, wandten alle drei den Blick zur Tür. Miss Gibson bedeutete Margaret, in dem freien Sessel Platz zu nehmen, und stellte sie den beiden Beamten vor.

«Sie wohnen in Chipping Norton?» begann Lewis.

«Ja.»

«Charlbury Drive 6, wenn ich recht informiert bin?»

«Ja.» Obwohl sie ihre Antworten mit Absicht knapp hielt, gelang es ihr nicht, das Zittern der Oberlippe, dies verräterische Anzeichen ihrer inneren Nervosität, zu unterdrücken, und sie bemerkte mit Unbehagen, daß der weiter von ihr entfernt sitzende Beamte sie unablässig ansah.

«Seit wann arbeiten Sie hier?» fuhr Lewis fort.

«Ich habe vor sieben Monaten angefangen.»

«Soviel ich weiß, hatten Sie über Weihnachten ein paar Tage frei?»

«Ja, von Heiligabend bis zum Ersten einschließlich.»

«Ich nehme an, Sie hatten vor und zwischen den Feiertagen eine Menge vorzubereiten: einkaufen, Hackfleischpasteten zubereiten...»

«Vor allem einkaufen, ja.»

«In Summertown soll es jetzt ein sehr gutes Einkaufszentrum geben, habe ich gehört.»

«Ja, das stimmt.»

«Im Westgate-Komplex in Oxford kauft man aber vielleicht manche Dinge doch günstiger, oder?»

«Das kann schon sein.»

«Haben Sie zwischen den Feiertagen in Summertown eingekauft – oder sind Sie nach Oxford hineingefahren?»

«Ich habe alle Einkäufe bei uns in der Gegend erledigt.»

«Sie sind also zwischen Weihnachten und Neujahr nicht in Oxford gewesen?»

Warum zögerte sie mit der Antwort? Hatte sie etwas zu verbergen, oder brauchte sie nur Zeit zum Überlegen?

«Nein, ich war zwischen den Feiertagen nicht in Oxford.»

«Auch nicht beim Friseur?»

Margaret senkte den Kopf und ließ ein paar Haarsträhnen durch ihre Finger gleiten – zu drei Vierteln blond, zu einem Viertel dunkel. Mit müdem Lächeln sagte sie: «Sieht nicht danach aus, oder?»

Nein, dachte Lewis, ihr letzter Friseurbesuch mußte wohl tatsächlich schon eine Weile zurückliegen. «Aber vielleicht haben Sie ein Kosmetik-Institut aufgesucht, einen Schönheitssalon oder wie man so etwas nennt?»

«Nein – finden Sie, daß ich eine Behandlung nötig hätte?» Wie durch ein Wunder schien sie plötzlich die Ruhe selbst zu sein. Sie öffnete ihre schwarze Lederhandtasche, zog ein Papiertaschentuch heraus und schneuzte sich die Nase; offensichtlich litt sie noch unter den Nachwirkungen einer Erkältung.

Lewis hatte das Gefühl, nicht recht weiterzukommen. «Ihr Mann arbeitet in Oxford?» fragte er aufs Geratewohl.

«Hören Sie!» unterbrach sie ihn gereizt. «Vielleicht würden Sie endlich die Güte haben, mir zunächst einmal zu sagen, warum Sie mir überhaupt all diese Fragen stellen? Werde ich verdächtigt, irgend etwas Unrechtes getan zu haben?»

«Wenn Sie erlauben, Mrs. Bowman, erklären wir Ihnen das hinterher. Wir führen eine Ermittlung durch und brauchen dazu von Ihnen einige Informationen. Wenn es Ihnen nichts ausmacht, wäre ich Ihnen dankbar, wenn Sie mir zunächst einfach nur weiter meine Fragen beantworten würden.»

Sie zuckte die Achseln. «Er arbeitet in Chipping Norton.»

«Was für eine Arbeit ist das?»

«Er ist Briefträger.»

«Hatte er genauso frei wie Sie?»

«Nein, er mußte schon am zweiten Weihnachtstag wieder anfangen.»

«Sie haben Weihnachten zusammen verbracht?»

«Ja.»

«Und Silvester auch?»

Sie antwortete nicht. Morse, der seit ein paar Minuten begonnen hatte, sich mit der Spitze eines gelben Bleistiftes leise gegen die unteren Schneidezähne zu klopfen, hielt abrupt inne... Das Schweigen schien sich ins Unendliche zu dehnen.

In die tiefe Stille hinein ließ sich plötzlich die Stimme der Amtsleiterin vernehmen: «Warum sagen Sie nicht die Wahrheit, Margaret? Es stimmt doch gar nicht, daß Sie zwischen den Feiertagen nicht in Oxford waren – wir beide haben uns doch am 31. spätnachmittags auf dem Parkplatz des Westgate-Komplexes getroffen, ich verstehe nicht, daß Sie sich daran nicht mehr erinnern. Wir haben uns ein ‹Gutes neues Jahr› gewünscht.»

Margaret Bowman nickte gleichmütig. «Ach ja, natürlich, jetzt fällt es mir auch wieder ein.» Sie wandte sich zu Lewis. «Es tut mir leid, wenn ich Ihnen vorhin etwas Falsches gesagt habe – es war mir völlig entfallen. Es stimmt, ich bin Dienstag nachmittag nach Oxford gefahren und habe bei *Sainsbury* ein paar Einkäufe gemacht.»

«Und dann sind Sie zurückgefahren und haben zu Hause zusammen mit Ihrem Mann Silvester gefeiert?»

«Nein!»

Morse, der sich die ganze Zeit über zurückgehalten hatte, gab seine Reserve plötzlich auf und fragte in scharfem Ton:

«Wo ist Ihr Mann, Mrs. Bowman?» Es waren die ersten Worte, die er an sie gerichtet hatte (und es sollten, wie sich zeigen würde, auch die einzigen bleiben). Statt einer Antwort öffnete Margaret Bowman zum zweitenmal ihre Handtasche, zog einen zusammengefalteten Bogen Papier heraus und reichte ihn Lewis.

154

31. Dezember

Liebe Maggie,
Du hast Dich auf den Weg gemacht nach Oxford, und ich bin alleine
zu Hause. Ich weiß, daß dieser Brief ein Schock für Dich sein wird,
aber bitte versuche doch, mich zu verstehen. Ich habe vor zwei
Monaten eine andere Frau kennengelernt und wußte gleich, daß sie
mir gut gefiel. Deshalb muß ich jetzt erst einmal sehen, daß ich mit
mir ins reine komme. Bitte gib mir die Möglichkeit dazu, und denk
nicht allzu schlecht von mir! Ich hoffe, daß, wenn ich und die andere
Frau ein paar Tage zusammen wegfahren, wir am Ende vielleicht
mehr Klarheit über uns haben. Du wirst bestimmt wissen wollen, ob
ich diese andere Frau liebe. Ich kann es nicht sagen, und sie ist sich
auch nicht sicher, ob sie mich liebt. Sie ist einunddreißig Jahre alt
und unverheiratet. Wir werden in ihrem Wagen fahren. Falls die
Straßenverhältnisse es zulassen, wollen wir hoch nach Schottland.
Außer Dir braucht vorläufig niemand etwas zu erfahren. Ich habe
noch eine Woche Urlaub; ich habe Dir absichtlich nichts davon
gesagt. Ich kann mir vorstellen, wie Du Dich jetzt fühlst, aber ich
brauche diese Zeit!

Tom

Lewis überflog den Brief, reichte ihn weiter an Morse und blickte
dann Margaret an. Einen Augenblick lang glaubte er, in ihren Augen so etwas wie Triumph zu lesen – oder war es Furcht gewesen?
Er konnte es nicht sagen. Die Vernehmung hatte eine völlig unvorhergesehene Wendung genommen, und er war sich unschlüssig,
wie er nun weitermachen sollte, hoffte auch insgeheim, daß Morse
ihm vielleicht zu Hilfe käme. Doch der war völlig in den Brief vertieft und schien von seiner Umgebung nichts wahrzunehmen.

«Und Sie fanden diesen Brief vor, als Sie aus Oxford zurückkamen?»

Sie nickte. «Ja. Er lag auf dem Küchentisch.»

«Wissen Sie, wer die Frau ist, von der er in dem Brief spricht?»

«Nein.»

«Hat Ihr Mann inzwischen etwas von sich hören lassen?»

Sie schüttelte den Kopf.

«Er braucht ziemlich viel Zeit, um mit sich, wie er es nennt, ‹ins reine zu kommen›, finden Sie nicht?»

«Ist meinem Mann irgend etwas passiert? Hat er einen Autounfall gehabt? Ist das der Grund, warum...»

«Nein, davon ist uns nichts bekannt.»

«Habe ich jetzt alle Ihre Fragen beantwortet?»

«Im Moment ja. Den Brief müssen wir allerdings vorerst behalten – ich nehme an, das werden Sie verstehen.»

«Nein, das verstehe ich nicht», sagte sie aufbegehrend.

«Nun, es wäre doch möglich, daß er von jemand anderem als Ihrem Mann geschrieben wurde – ist Ihnen dieser Gedanke noch nicht gekommen?» fragte Lewis langsam.

«So ein Unsinn! Natürlich ist er von ihm!» Ihr Ton war scharf, beinahe vulgär, und Lewis fragte sich, ob jetzt allmählich ihr wahres Wesen zum Vorschein kam.

«Wieso sind Sie sich dessen so sicher?» fragte er ruhig.

«Weil ich seine Schrift in- und auswendig kenne.»

«Haben Sie zufällig noch irgend etwas Schriftliches dabei, das von Ihrem Mann stammt?»

«Ja. Den ersten Brief, den er damals an mich geschrieben hat.»

«Dürften wir ihn einmal sehen?»

Sie zog einen schmuddeligen, zerknitterten Bogen Papier aus der Tasche und reichte ihn Lewis. Er warf einen flüchtigen Blick darauf und gab ihn an Morse weiter. Dieser hielt ihn einen Moment lang neben den anderen Brief und nickte dann: die Schrift auf den beiden Bögen schien identisch zu sein.

«Kann ich dann jetzt gehen?»

Lewis wagte nicht recht zu entscheiden, ob diese mehr als unbefriedigende Vernehmung nunmehr beendet war, und warf Morse einen fragenden Blick zu – doch der zuckte nur mit den Achseln.

So ließen sie sie denn gehen, nicht ohne daß die Amtsleiterin ihr vorher noch fürsorglich empfohlen hätte, sich doch eine Tasse Kaffee aus der Kantine zu holen.

«Es tut uns leid, daß wir so viel von Ihrer Zeit in Anspruch genommen haben, Miss Gibson», sagte Morse, nachdem Margaret Bowman den Raum verlassen hatte. «Vielleicht ließe es sich ja einrichten, uns für eine Stunde oder so einen eigenen Raum zur Verfügung zu stellen?»

«Sie können mein Zimmer haben, Chief Inspector. Ich muß sowieso wieder einmal meine Runde durchs Haus machen.»

«Was halten Sie von dem Ganzen, Sir?» erkundigte sich Lewis, als sie allein waren.

«Wir haben nichts gegen sie in der Hand – wir können sie ja schließlich nicht festnehmen, bloß weil sie nicht daran gedacht hat, uns zu erzählen, daß sie am 31. bei *Sainsbury* ein paar Würstchen gekauft hat.»

«Ich habe den Eindruck, wir kommen überhaupt nicht von der Stelle – irgendwie war das eben ja doch etwas enttäuschend.»

«Enttäuschend? Aber wieso denn? Wir haben die Sache nur genau falsch herum angesehen, das ist alles.»

«Meinen Sie wirklich?»

«Aber ja! Eigentlich müßten wir Mrs. Bowman sogar dankbar sein – sie hat mich endlich auf die richtige Fährte gebracht.»

«Sie denken also, sie hat die Wahrheit gesagt?»

Morse schüttelte den Kopf. «Ich halte die Geschichte, die sie uns da aufgetischt hat, von A bis Z für erlogen.»

«Also, ich finde das alles sehr verwirrend, Sir», meinte Lewis leise.

«Aber nein», sagte Morse freundlich und lächelte Lewis zu. «Soll ich Ihnen erzählen, was sich am Silvesterabend in Zimmer drei zugetragen hat?»

Lewis nickte.

Kapitel Siebenundzwanzig
MONTAG, 6. JANUAR

Ein Plan, der keine Abänderung zuläßt, ist ein schlechter Plan.
Publilius Syrus

«Lassen Sie mich zunächst eines ganz deutlich machen: Ich sagte eben, wir hätten von Anfang an alles falsch herum gesehen, und genau das ist der entscheidende Punkt. Max war klug genug, sich, was die Todeszeit anging, nicht auf die Stunde genau festlegen zu wollen, sondern uns eine Zeit*spanne* anzugeben. Aber anstatt daß ich dies akzeptiert und in meine Überlegungen einbezogen hätte, habe ich ihn die ganze Zeit gedrängt, mir eine präzisere Angabe zu machen, und es hat erst einer Handvoll Lügen bedurft, um mich zur Einsicht zu bringen. Das wichtigste Ergebnis von Mrs. Bowmans Befragung ist, denke ich, die Tatsache, daß sie sich gezwungen gesehen hat, um sich zu entlasten, den Brief herauszurücken. Er war vermutlich von Anfang an als Rückversicherung für den Ernstfall gedacht, aber es ist ein gutes Zeichen, daß sie schon jetzt, gleich bei ihrer ersten Vernehmung, von ihm Gebrauch machen mußte, denn das zeigt, daß wir der Wahrheit gefährlich nahe gekommen sind. Ich glaube übrigens, daß er tatsächlich von ihrem Mann geschrieben wurde – Sie werden gleich verstehen, daß das durchaus Sinn macht. Nicht nur, daß er den Brief geschrieben hat – *alles* macht Sinn, sobald man die Dinge unvoreingenommen betrachtet. Konkret heißt das, die Theorie aufzustellen, daß der Tote in Zimmer drei nicht nach, sondern vor der Silvesterparty ermordet worden ist. Nehmen wir einmal an, daß Margaret Bowman irgendwann im vergangenen Jahr einen anderen Mann kennengelernt und sich in ihn verliebt hat. Nach einiger Zeit wächst ihr die Geschichte über den Kopf, und sie beschließt, ihm den Laufpaß zu geben. Doch dieser Mann, nennen wir ihn ‹X›, ist nicht bereit, sich so einfach wegschicken zu lassen. Vielleicht droht er, alles ihrem Mann zu erzählen, vielleicht verkündet er auch, daß er sie oder sich selbst umbringen werde – wie auch immer, das spielt hier weiter keine Rolle. Kommen wir nun zu unserer zweiten Vermutung. Nehmen wir einmal an, daß Tom Bowman, der Ehemann, von der Sache Wind bekommen hat. Möglicherweise ist ihm ein Brief von ‹X› in die Hände gefallen – Bowman ist schließlich Briefträger. Für wahrscheinlicher halte ich allerdings, daß sie selbst in ihrer Verzweiflung ihm alles erzählt hat, und zwar deshalb, weil, wie Sie noch sehen werden, zwischen beiden zu irgendeinem Zeitpunkt eine Art Versöhnung stattgefunden haben muß. Denn die Entscheidung, ‹X› auszuschalten, ist ihre gemeinsame Entscheidung, und gemeinsam schmieden sie den Plan, mit dessen Hilfe dies gelingen soll. Als erstes wendet sich Margaret Bowman mit einer schriftlichen Anfrage an das *Hotel Haworth*, ob über Silvester noch ein Zimmer frei sei. Die Adresse, die sie als Absender angibt, ist, damit sie hinterher nicht ausfindig gemacht werden können, natürlich falsch. Die Bestätigung des Hotels erreicht sie jedoch trotz der falschen Adresse – wie das funktioniert, darüber haben wir ja schon gesprochen. Der nächste Schritt ist, daß Margaret ihrem ehemaligen Geliebten mitteilt, daß sie es sich anders überlegt und den Wunsch habe, Silvester mit ihm zu verbringen. Er ist Junggeselle, und er liebt sie immer noch glühend, ihr Angebot muß für ihn einer Einladung ins Paradies gleichgekommen sein, vor allem, wenn man berücksichtigt, daß er hat annehmen müssen, sie sei seiner überdrüssig geworden. Und nun scheint das genaue Gegenteil der Fall zu sein! Die Offerte geht von ihr aus. *Sie* hat die Initiative ergriffen, hat alles geregelt und sogar schon das Hotelzimmer gebucht – sie liebt ihn also noch immer. Und nur zu gern akzeptiert er auch ihr Angebot, daß sie die beiden Kostüme besorgen wird für die Silvesterparty. Sie erklärt ihm, daß er sich am 31. ab 16 Uhr bereithalten solle – sie werde sich melden. Am Tag selbst richtet sie es so ein, daß sie gegen 15 Uhr im Hotel eintrifft, dadurch vermeidet sie einerseits, die anderen Gäste zu treffen, die bereits früher angekommen sind, und hat andererseits genügend Zeit für ihre Vorbereitungen. Bevor sie sich am Empfang meldet, schlägt sie ihren Mantelkragen hoch, zieht sich ihren Schal ins Gesicht, so daß buchstäblich nur noch ihre Nasenspitze zu sehen ist; da es draußen schneit, fällt das nicht weiter auf. Sie füllt das Anmeldeformular aus, läßt sich den Zimmerschlüssel geben und geht mit ihrem Koffer hinüber zur Dependance – es ist soweit: ‹X› kann kommen. Gleich neben dem Hotel gibt es eine öffentliche Telefonzelle – sie ruft ihn an, nennt ihm die Zimmernummer, und er saust los. Und während die übrigen Gäste Cluedo, Scrabble und Monopoly spielen, vergnügt er sich mit ihr im Bett. Irgendwann sind sowohl Leidenschaft als auch Manneskraft erschöpft, und sie macht ihn darauf aufmerksam, daß sie allmählich daran denken müßten, ihre Verkleidung anzulegen. Sie zeigt ihm die Kostüme, die sie mitgebracht hat, und hilft ihm, sich auszustaffieren. Kurz vor 19 Uhr sind beide fertig: Sie schmiert ihm noch schnell braune Schminke auf die Hände, dann verläßt sie unter dem Vorwand, ihren Schirm oder ihren Geldbeutel am Empfang liegengelassen zu haben, das Zimmer. Den Schlüssel nimmt sie mit. Ihr Mann Tom, im selben Kostüm wie ‹X›, wartet nicht weit vom Hotel schon ungeduldig, daß sie endlich auftaucht. Und während sie sich nun einen Ort sucht, wo sie, ohne gesehen zu werden, einen Augenblick abwarten kann – es sind vermutlich die schlimmsten Minuten ihres Lebens –, öffnet er mit dem Schlüssel, den sie ihm gegeben hat, die Tür zum Zimmer Nummer drei…

Was dann genau geschah, wissen wir nicht, und vielleicht werden wir es nie erfahren. Bereits eine Dreiviertelstunde später mischen sich die Bowmans unter die Gäste und starten, um es einmal locker auszudrücken, ihre große Schau: sie turteln wie zwei Frischverliebte und geben sich den Anschein, den Abend in vollen Zügen zu genießen. Die Wahrscheinlichkeit, später von irgendeinem der anderen Gäste oder auch einem der Hotelangestellten wiedererkannt zu werden, ist gering: sie ist, vermummt durch ihren Tschador, fast nicht zu sehen, und er ist durch eine dicke Schicht Schminke so gut wie unkenntlich gemacht. Es gehört zu ihrem Plan, auf irgendeine Art dafür zu sorgen, daß es Leute gibt, die bereit sind zu bezeugen, Tom Bowman sei nach der Silvesterparty gesund und munter zur Dependance zurückgekehrt. Deshalb richtete er es so ein, den Festsaal mit Philippa Palmer und Helen Smith zusammen zu verlassen, die, wie er weiß, mit ihren Begleitern ebenfalls in der Dependance abgestiegen sind und denselben Rückweg haben wie er. Er scheint ausgelassener Stimmung gewesen zu sein, möglicherweise gehörte das aber auch mit zur Tarnung – jedenfalls geht er in der Mitte zwischen den beiden Frauen und legt ihnen den Arm um die Schulter. Wie wir wissen, konnten sich beide noch sehr gut daran erinnern, weil seine braun geschminkten Hände Flecken auf ihren hellen Mänteln hinterlassen haben. Hinter Bowman und den beiden Frauen kommen ‹Mr. Palmer› und John Smith mit Margaret Bowman in der Mitte. John Binyon, der Hotelbesitzer, bildet das Schlußlicht. Er ist mitgegangen, um hinter allen abzuschließen. Aber wie wir festgestellt haben, läßt sich der Riegel an der Tür zur Dependance, wenn man von außen abschließt, von innen leicht öffnen. Und so dürfte es den Bowmans keine allzu großen Schwierigkeiten gemacht haben, nachdem sie eine gewisse Zeit abgewartet haben, ungesehen hinauszuschlüpfen. Sie holen sich ihren Wagen, den sie vermutlich irgendwo in Oxford – auf dem Parkplatz des Westgate-Centers oder sonstwo – abgestellt haben, und Tom fährt seine Margaret zurück nach Chipping Norton zum Charlbury Drive. Er ist vorausschauend genug gewesen, am Nachmittag beim Verlassen des Hauses im Wohnzimmer das Licht brennen zu lassen, so daß die Nachbarn den Eindruck gehabt haben müssen, die Bowmans seien die ganze Zeit über zu Hause gewesen. Vermutlich hat er dann seine Frau nur abgesetzt und ist gleich weitergefahren nach Norden, in dem Versuch, sich so ein Alibi zu verschaffen – für alle Fälle. Und um die erfundene Geschichte noch zu untermauern, gab es ja noch den Brief, in dem er behauptete, zusammen mit einer anderen Frau nach Schottland aufgebrochen zu sein. So, Lewis – dies wären die Ereignisse, wie ich sie rekonstruiert habe.»

Lewis hatte mit großem Interesse zugehört, und obwohl Morses Darstellung, abgesehen von der überraschenden Vermutung bezüglich der Tatzeit, keine besonders aufregenden Details enthielt, befriedigte sie doch insofern Lewis' Erwartung, als sich hier alle Widersprüche in einer plausiblen Theorie aufgehoben fanden. Ein oder zwei Schwächen glaubte er allerdings schon entdeckt zu haben.

«Sie sagten, ‹X› und Mrs. Bowman seien noch miteinander im Bett gewesen, aber unsere Beweisaufnahme hat nichts dergleichen ergeben.»

«Vielleicht haben sie's auf dem Fußboden getrieben – könnte doch sein. Und außerdem war sowieso alles, was ich gesagt habe, nur eine Vermutung.»

«Ich hätte da noch eine Frage, Sir. Ist es nicht üblich, daß so gegen 19 Uhr das Zimmermädchen kommt, um die Betten aufzudekken?»

«Die Betten aufdecken? Das *Haworth* ist doch nicht das *Waldorf Astoria*...»

«Trotzdem erscheint es mir reichlich gefährlich, den Toten die ganze Zeit dort liegen zu lassen, während sie sich bei der Dinner-Party vergnügen. Es hätte bloß zufällig jemand vom Personal hereinkommen müssen...»

«Die Hälfte der Angestellten war krank, Lewis, und der Rest war froh, irgendwie über die Runden zu kommen.»

«Aber das konnten die Bowmans nicht wissen!»

Morse nickte. «Das stimmt. Aber sie konnten mit einiger Sicherheit annehmen, daß sie ein ‹Bitte-nicht-stören›-Schild vorfinden würden, und das haben sie, wie wir wissen, ja auch tatsächlich herausgehängt.»

«Ziemlich riskant, so ein Schild an die Tür zu hängen, wenn alle wissen, daß man auf der Party ist.»

«Meine Güte, Lewis! Natürlich war es riskant – die ganze Sache war riskant!»

Lewis schien es, wie immer, wenn Morse gereizt war, am klügsten, zu schweigen. Ohnehin waren seine Fragen ja gar nicht böse gemeint gewesen. Morses Theorie erschien ihm insgesamt durchaus einleuchtend, nur daß er eben noch einige Fragen hatte, die diesen allerdings aus der Fassung zu bringen schienen.

«Wenn, wie Sie sagen, Bowman um sieben Uhr schon fix und fertig kostümiert war, wo hat er sich dann Ihrer Meinung nach umgezogen?»

«Was weiß ich! Vielleicht hat er die Hose, das Hemd und die Stiefel schon zu Hause angezogen und brauchte sich nur noch zu schminken und die Perücke aufzusetzen.»

«Und Sie glauben, daß er das in dem Zimmer getan hat, in dem er erst wenige Minuten vorher...»

«Möglich. Aber vielleicht ist er auch auf das Herrenklo neben dem Empfang gegangen.»

«Aber da hätte ihn Miss Jonstone doch sehen müssen!»

Morse seufzte. «Wir können sie ja fragen, Lewis, oder ich kann sie fragen. Das heißt, vielleicht fragen doch besser Sie – daran scheinen Sie ja großen Spaß zu haben.»

«Mir ist einfach manches noch unklar, das ist alles.»

«Ach, Lewis, nun seien Sie doch mal ehrlich: Sie denken doch in Wahrheit, daß alle meine Annahmen von hinten bis vorn falsch sind, oder?»

«Nein, im Gegenteil, Sir. Ich denke, daß Sie mit Ihrer Theorie ganz richtig liegen, nur daß sie eben noch einige Lücken aufweist.»

Kapitel Achtundzwanzig

MONTAG, 6. JANUAR

Was nützt das Laufen, wenn man nicht auf der richtigen Straße ist?
Deutsches Sprichwort

Es klopfte, und Judith, die schmale, hübsche Sekretärin der Amtsleiterin, trat ein und brachte auf einem Tablett Kaffee und Kekse.

«Miss Gibson dachte, daß Ihnen vielleicht eine Tasse Kaffee guttun würde.» Sie stellte das Tablett auf den Schreibtisch. «Falls Sie noch eine Frage an sie haben, sie ist im Moment unter 208 zu erreichen.»

«So gut werden wir im Präsidium nicht behandelt», stellte Lewis anerkennend fest, nachdem sie gegangen war.

«Hier herrschen eben andere Umgangsformen; das hier sind kultivierte Leute, die wissen, was sich gehört!»

«Na ja, aber schwarze Schafe gibt es hier anscheinend auch.»

«Sieht so aus, ja», sagte Morse und steckte sich ein Ingwerplätzchen in den Mund.

«Finden Sie nicht», sagte Lewis, nachdem er dankbar einen Schluck Kaffee genommen hatte, «daß wir alles viel zu kompliziert sehen?»

«Aber das Leben *ist* kompliziert, Lewis. Für Sie vielleicht nicht,

163

das mag schon sein, aber für die meisten anderen Menschen ist der ganze Tag eine Kette von Anstrengungen: vom Frühstück zum Mittagessen, vom Mittagessen zum Kaffee, vom Kaffee...»

Es klopfte erneut, und Miss Gibson betrat den Raum. «Ich habe gerade mit Mrs. Webster gesprochen, und sie sagte mir, daß Mrs. Bowman noch nicht wieder an ihren Platz zurückgekehrt sei, deshalb wollte ich einmal nachsehen, ob sie vielleicht wieder hier...»

Morse und Lewis sahen sich an.

«In der Kantine ist sie nicht?» fragte Morse.

«Nein.»

«Und auch nicht auf der Damentoilette?»

Miss Gibson schüttelte den Kopf.

«Wie viele Ausgänge gibt es hier?»

«Nur noch einen. Den hinteren haben wir aus Sicherheitsgründen geschlossen, weil es in letzter Zeit...»

Morse war schon aufgestanden und zog sich den Mantel an. Er dankte Miss Gibson und verließ, gefolgt von Lewis, eilig das Büro. Mit schnellen Schritten gingen sie den Flur hinunter zum Ausgang. Mr. Prior, der Sicherheitsbeamte, war früher im Strafvollzug tätig gewesen. Er war ein untersetzter Mann mit einem auffallend großflächigen Gesicht, in dem vor allem die wachen, intelligenten Augen beeindruckten. Als Morse nun ohne Umstände begann, eine ganze Batterie von Fragen abzufeuern, begriff er sofort, legte den Gerichtsteil des *Daily Telegraph* beiseite und sah Morse aufmerksam an.

«Ist Ihnen eine Mrs. Bowman bekannt?»

«Jawohl, Sir.»

«Wann hat sie das Grundstück verlassen?»

«Vor drei – nein, vier Minuten.»

«Mit dem Auto?»

«Jawohl, Sir. Brauner Metro 1300.»

«Wissen Sie die Nummer?»

«Nein, Sir.»

«Ist sie in der Banbury Road nach rechts oder links gefahren?»

«Das kann ich von hier aus nicht sehen, Sir.»

«Hatte sie einen Mantel an?»

«Jawohl, Sir, schwarz mit Pelzkragen – aber leichte Schuhe.»

«Was meinen Sie damit?»

«Um diese Jahreszeit und bei solchem Wetter kommen die meisten in Stiefeln und ziehen sich für die Zeit hier leichte Schuhe an. Wenn sie gehen, wechseln sie dann wieder in die Stiefel. Mrs. Bowman hatte eben noch ihre Pumps an – schwarze Lederpumps.»

Morse war überaus angetan von Priors genauer Beobachtung. Er hielt mit seiner Anerkennung nicht hinter dem Berg und erkundigte sich anschließend, ob ihm sonst noch irgend etwas aufgefallen sei?

«Nein – nein, außer vielleicht, daß sie ‹Adieu› gesagt hat.»

«Was sagt man denn hier sonst so?»

Prior dachte einen Moment nach. «Gewöhnlich sagen sie ‹Auf Wiedersehen›.»

Morse verließ die *Delegacy* mit nachdenklich gesenktem Kopf. Die flachen Stufen, die vom Parkplatz hinunterführten, waren bereits vom Schnee befreit, und eine bläßliche Sonne hatte auch den letzten Rest von Feuchtigkeit schon getrocknet. Die Meteorologen hatten weitere Erwärmung vorausgesagt, an schattigen Plätzen mußte man jedoch immer noch auf gefährliche Eisglätte gefaßt sein.

«Wohin?» fragte Lewis, als Morse neben ihm auf dem Beifahrersitz Platz genommen hatte.

«Ich weiß noch nicht», sagte Morse, während sie auf die schwarz-gelbe Schranke zurollten, die die Parkplatzeinfahrt gegen Ewert Place, eine schmale Sackgasse, die in die Banbury Road mündete, abgrenzte. Bob King, der stets zuvorkommende Parkplatzwächter, tippte freundlich grüßend an seinen Mützenschirm und drückte dann auf den Knopf, um die Schranke zu öffnen. Doch Morse bat Lewis anzuhalten, kurbelte das Seitenfenster herunter, winkte King heran und erkundigte sich, ob er vor ein paar Minuten einen braunen Metro habe hinausfahren sehen, und falls ja, ob der Wagen an der Banbury Road sich nach rechts oder links gewandt habe. King konnte sich zwar an den Metro – einen Metro 1300 – erinnern, hatte aber nicht darauf geachtet, welche Richtung er nach dem Einbiegen in die Banbury Road eingeschlagen hatte. An der Ecke Ewert Place/Banbury Road ließ Morse den Sergeant erneut anhalten. Links befand sich der *Straw Hat*, eine prosperierende Bäkkerei (‹Alles stündlich ofenfrisch›), gegenüber auf der rechten Seite das ausgedehnte Gebäude von *Allied Carpets*, dessen riesige Schaufensterfront über und über mit Plakaten beklebt war, die besagten, daß bei den gegenwärtigen Preisnachlässen die Teppiche fast geschenkt seien. Und zwischen der Bäckerei und dem Teppichgeschäft, nicht unähnlich Buridans Esel, stand das Polizeifahrzeug mit Morse und Lewis. Die Frage des Sergeant war nur allzu berechtigt gewesen – wohin in der Tat? Nach links in die City oder nach rechts Richtung Banbury – oder Chipping Norton?

«Chipping Norton», sagte Morse auf einmal, als gehorche er einer inneren Stimme, «fahren Sie so schnell Sie können.»

Mit eingeschaltetem Blaulicht und laut gellender Sirene raste der weiße Ford die Banbury Road hinauf, dann am Kreisel nach links den North Way entlang und über den Wolvercote Roundabout bis zur A 34. Lewis strahlte – solche Fahrten waren genau nach Lewis' Herzen.

«Glauben Sie, sie fährt geradewegs nach Hause?»

«Ich hoffe, ich hoffe», sagte Morse mit ungewohnter Bewegung.

Sie hatten den *Black Prince* bereits hinter sich gelassen und passierten gerade die Steigung hinter Woodstock, als Morse erneut das Wort ergriff.

«Um noch einmal darauf zurückzukommen, was Sie vorhin gesagt haben, Lewis – Sie haben sich die Bettwäsche genau angesehen, oder?»

«Ja, Sir. Bei beiden Betten.»

«Und daß Sie etwas übersehen haben, halten Sie für ausgeschlossen?»

«Ja, das glaube ich eigentlich nicht. Aber wenn, so ist das auch egal – ich habe die ganze Wäsche ins Labor geschickt.»

«Oh.»

Lewis nickte. «Ich hielt es für besser. Und wenn Sie meine Meinung hören wollen, Sir – wenn die beiden überhaupt miteinander geschlafen haben, dann jedenfalls nicht in den Betten.»

«Was das am Fenster stehende Bett angeht, können Sie das doch gar nicht mit Sicherheit sagen – das war doch völlig blutgetränkt.»

«Nein, das sah nur auf den ersten Blick so aus. Das Blut ist durch die Tagesdecke gedrungen und auch noch in die oberste der beiden Decken gesickert – aber das Laken war völlig sauber.»

«Sie glauben also nicht, daß sich in den beiden Betten irgend etwas abgespielt hat?» Es war mehr eine Feststellung als eine Frage.

Lewis war, was Mordermittlungen anging, ein alter Hase, und so manches, was er über die Jahre in und unter Schränken, in und unter Betten gefunden hatte, war derartig intim gewesen, daß er jedesmal versucht hatte, es so schnell wie möglich wieder zu vergessen. Er wußte genau, worauf Morse jetzt anspielte, und war sich seiner Antwort sicher: «Nein», sagte er sehr ernsthaft, «ich habe jedenfalls keinerlei Spuren einer physiologischen Körperflüssigkeit entdecken können.»

«Ich bewundere Ihre Fähigkeit, selbst anstößige Dinge noch mit einem Höchstmaß an Feingefühl zu benennen», sagte Morse, während Lewis, den Fuß auf dem Gas, an einer Reihe Lastzüge vorbeibrauste, deren Fahrer sich angesichts der Polizeipräsenz mit ungewohnter Gesetzestreue brav an die zugelassene Höchstgeschwindigkeit hielten. «Aber wenn Sie recht haben, so ist dies tatsächlich ein wichtiger Punkt. Falls sie sich nämlich nicht auf dem Kang gewälzt haben...»

«Nun ja, aber wie Sie schon sagten, Sir, sie können sich ja auch auf dem Fußboden geliebt haben.»

«Haben Sie das schon einmal versucht – vor allem im Winter?»

«Offen gestanden, nein, aber...»

«Das merkt man. Zentralheizung ist nämlich eine famose Sache, aber auch die beste Heizung der Welt kann nicht verhindern, daß es unter der Tür hindurch zieht, oder?»

«Das kann schon sein. Aber ich sagte ja schon, ich selbst habe nie auf dem Fußboden – also das entzieht sich einfach meiner Erfahrung.»

Bei dem Hinweisschild ‹Chipping Norton / Moreton-in-Marsh / Evesham› bogen sie nach links ab, und ein paar Minuten später hielt Lewis vor Charlbury Drive 6. Morse sah, wie sich die Gardine hinter den Wohnzimmerfensterscheiben von Nummer 5 sacht bewegte, aber das war auch das einzige Lebenszeichen; ansonsten lag die kleine Straße wie ausgestorben. Der braune Metro war nirgendwo zu sehen, weder vor dem Haus noch auf der abschüssigen Auffahrt zur Garage.

«Sehen wir uns mal um», sagte Morse.

Aber die Garage war leer, und als sie an der Haustür klingelten, sagte ihnen ihr Instinkt, daß das Haus verlassen sei.

Kapitel Neunundzwanzig

MONTAG, 6. JANUAR

Am Ende ist das einzige Vergnügen im Leben das Gefühl,
seine Pflicht getan zu haben.
William Hazlitt

Zwischen *Allied Carpets* und *Straw Hat*, dort, wo Morse sich entschieden hatte, nach rechts zu fahren, hatte Margaret Bowman sich nach links gewandt. Seit die Oxforder Verkehrsbehörden vor einiger Zeit dazu übergegangen waren, allen Autofahrern, die die in der Innenstadt zulässige Parkdauer von höchstens zwei Stunden überschritten (und sei es auch nur um eine Minute), eine saftige Geldstrafe zu verpassen, fand man in der belebten St. Giles' Street, selbst zur Hauptgeschäftszeit, immer noch ein paar freie Parkplätze. Und so brauchte auch Margaret Bowman an diesem Vormittag nicht lange zu suchen. Sie parkte den Metro unmittelbar vor der Tür des *Child and Eagle* und ging dann langsam, so als sei sie zu Tode erschöpft, die wenigen Schritte zum Parkscheinautomaten. Seit sie vor noch nicht einer Stunde im Zimmer der Amtsleiterin Platz genommen hatte, hatte eine Art Betäubung von ihr Besitz ergriffen, die immer noch anhielt, so daß ihr ihre verzweifelte und ausweglose Situation auf ganz merkwürdige Art und Weise nur wie von fern bewußt war. Sie hatte sich bei der Befragung durch die Polizeibeamten wesentlich besser in der Gewalt gehabt, als sie das zu hoffen gewagt hatte – auch wenn sie sich hier und da eine Entgleisung erlaubt hatte. Aber schließlich waren die Umstände einer solchen

168

Vernehmung derart, daß selbst Unschuldige mitunter die Nerven verloren. Hatten sie ihr geglaubt? Sie konnte es nicht sagen. Aber die Antwort war im Grunde auch nicht mehr wichtig. Dennoch wäre es falsch anzunehmen, daß Margaret bereits an dem Punkt angelangt war, ihrem Leben selbst ein Ende zu setzen. Natürlich hatte sie in den letzten Tagen immer wieder daran gedacht – seit dem vergangenen Dienstag waren ihre Tage nichts als Qual und ihre Nächte eine Hölle der Verzweiflung gewesen –, aber irgend etwas hielt sie zurück. Vor zwanzig Jahren hatte sie als Schülerin an der Gesamtschule von Chipping Norton einen Kurs ‹Griechische Literatur in Übersetzungen› belegt, und obwohl sie nur gerade so mitgekommen war, so daß man ihr auf dem Abgangszeugnis lediglich ein ‹Teilgenommen› attestiert hatte, konnte sie sich noch gut an jene Geschichte von Sokrates erinnern, der, bevor er den Schierlingsbecher trank, gesagt haben sollte, er heiße den Tod willkommen, vorausgesetzt, er gleiche einem langen, traumlosen Schlaf. Und genau das war es auch, was Margaret sich wünschte – ein Versinken in einen Zustand, da alle bedrohlichen Bilder ausgelöscht waren und aus dem es kein Erwachen mehr gab. Unvermittelt fiel ihr ihre Mutter ein, die mit Anfang Vierzig – sie selbst war damals gerade erst dreizehn gewesen – langsam an Krebs gestorben war. Kurz vor ihrem Tod hatte sie – erschöpft und hoffnungslos – gestanden, sie wünsche sich nichts als ein für allemal von ihren Schmerzen erlöst zu sein und nie wieder aufzuwachen...

Erst mit einiger Verzögerung bemerkte Margaret, daß sie schon direkt vor dem Parkautomaten stand, und begann, in ihrer Handtasche nach Zehn-Pence-Münzen zu suchen, doch obwohl sie mit ihren Fingern den letzten Winkel ertastete, förderte sie nicht mehr als fünf zu Tage – sie brauchte sechs. Sie blickte hilflos um sich, nicht unähnlich einem Kind, das, ohne nachzudenken, erwartet, daß man ihm hilft. Ungefähr dreißig Meter die Straße hinunter sah sie in Höhe des *Taylor Institute* eine Politesse auf sich zukommen. Und plötzlich kam ihr der Gedanke, daß es vielleicht überhaupt nicht von Bedeutung sei, ob man sie faßte, ja, daß sie vielleicht sogar gefaßt werden wollte. Konnte es sein, daß man, wenn alle Hoffnungen zunichte waren, irgendwann an einem Punkt anlangte, da man auch in Erwartung des Schlimmsten nur noch

Gleichgültigkeit empfand? Beim Anblick des Zettels (Hier kein Wechselgeld) an der Tür des *Eagle* wandte Margaret sich enttäuscht ab, doch dann kehrte sie um und trat entschlossen ein. Sie setzte sich an einen leeren Tisch und bestellte sich einen Orangensaft.

«Eis?»

«Wie?»

«Möchten Sie Eis reinhaben?»

«Ach so, Ja, äh – nein. Tut mir leid, ich habe Ihre Frage nicht gleich verstanden...»

Sie bezahlte mit einer Ein-Pfund-Münze und spürte, wie die Bedienung sie unfreundlich musterte, als sie ihr das Wechselgeld, ein Fünfzig-Pence- und ein Zehn-Pence-Stück herausgab. Aber das machte ihr nichts aus. Mit Genugtuung schloß sie ihre Hand um den kleinen Stapel von nunmehr sechs Münzen. Irgendwann stellte sie plötzlich fest, daß das Glas vor ihr leer war – sie hätte nicht sagen können, wie lange sie schon an ihrem Tisch neben dem Fenster gesessen hatte. Den kleinen Münzschatz warm in ihrer Hand, wagte sie sich wieder hinaus, und auf einmal wich die Betäubung, und sie wurde sich ihrer Umgebung bewußt und stellte mit Erstaunen fest, daß sie sich ja auf der St. Giles' Street befand. Sie überlegte, auf welchem Weg sie hergekommen war: sie mußte die Banbury Road hinuntergefahren sein, und das hieß – sie atmete tief durch – am *Hotel Haworth* vorbeigekommen sein – sie hatte es nicht gemerkt. Verlor sie allmählich den Verstand, oder litt sie an einer Art Bewußtseinsspaltung, so daß sie einerseits rein mechanisch irgendwelche Dinge tat, an die sie sich hinterher nicht mehr erinnern konnte, andererseits aber durchaus vernünftig und überlegt handelte, wie zum Beispiel jetzt, wo sie versuchte, vorsichtig aufzutreten, damit ihre schwarzen Pumps, die sie sich damals im November gekauft hatte, nicht mit den überall herumliegenden Resten von Schneematsch in Berührung kamen. Als sie ihren Metro erreichte, sah sie, daß unter dem rechten Scheibenwischer ein Strafmandat steckte. Die Politesse stand zwei Wagen weiter, den Block schon wieder gezückt – offenbar hatte sie einen weiteren Parksünder ausfindig gemacht.

Margaret trat auf sie zu und deutete mit der Hand hinter sich auf ihren Wagen.

«Wieso haben Sie mich aufgeschrieben?»

«Ist das Ihr Wagen?»

«Ja.»

«Sie haben keinen Parkschein.»

«Ja, ich weiß. Ich mußte mir erst das passende Kleingeld besorgen.» Sie öffnete ihre Hand und zeigte wie zum Beweis die sechs Zehn-Pence-Münzen.

Die Politesse zuckte gleichgültig mit den Achseln. «Tut mir leid, meine Dame, aber auf dem Schild dort steht, daß Sie nur parken dürfen, wenn Sie einen Schein haben. Wenn Ihnen die nötigen Münzen fehlen, dann dürfen Sie sich eben hier nicht hinstellen.»

Einen Moment lang blickten sich die beiden Frauen beinahe feindselig an. Doch als Margaret dann sprach, war ihre Stimme völlig emotionslos und unaggressiv.

«Macht Ihnen denn so etwas Spaß?»

«Darum geht es nicht», sagte die andere nicht ohne Würde, «ob es uns Spaß macht oder nicht, ist völlig egal; es ist einfach eine Arbeit, die getan werden muß.»

Margaret Bowman drehte sich ohne ein weiteres Wort um und ging die Straße hinunter in Richtung *Martyrs' Memorial* davon; die Antwort der Frau hatte sie getroffen. Diese sah ihr erstaunt nach: Gewöhnlich hatten Leute, die ein Strafmandat erhalten hatten, egal ob es sich um einen Mann oder eine Frau handelte, nichts Eiligeres zu tun als sich in ihr Auto zu setzen und mit Vollgas davonzubrausen. Aber diese Frau eben hatte so ganz anders reagiert... Margaret hatte die Cornmarket Street bereits hinter sich gelassen und Carfax, Oxfords zentrale Straßenkreuzung, erreicht, ehe die Politesse sich schließlich abwandte, um, nun doch sehr nachdenklich, wieder ihren Pflichten nachzugehen.

Kapitel Dreißig

MONTAG, 6. JANUAR

Da führte ihn der Teufel mit sich in die heilige Stadt und stellte ihn auf die Zinnen des Tempels.
Matth. 4, 5

Margaret Bowman stand am Fuß des Carfax Tower, des mächtigen, alten Stadtturms an der Ecke von Queen und Cornmarket Street, dessen Ostseite zur High Street hin lag. Weiße Schrift auf oxfordblauem Grund informierte potentielle Besucher, daß die Aussichtsplattform einen weiten Blick über Oxford und Umgebung gestatte, Eintritt: 50 p. Geöffnet Montag bis Samstag von 10 bis 18 Uhr. Wie sie so dastand und an dem wuchtig-blaßgelben Gemäuer zur zinnenbewehrten Balustrade emporsah, brach ihr auf einmal der Schweiß aus. Die Balustrade war vergleichsweise niedrig, und in der Vergangenheit hatte sie des öfteren, wenn sie im Vorübergehen einen Blick nach oben geworfen hatte, mit einem beinahe an Panik grenzenden Gefühl beobachtet, wie Leute auf der Plattform sich weit vornübergebeugt hatten, um ihren Angehörigen oder Freunden unten zuzuwinken. Sie litt jedoch nicht eigentlich unter Höhenangst – wie zum Beispiel Morse, dem schon schwindelte, sobald er seinen Fuß auf eine Haushaltsleiter setzte –, sie hatte vielmehr Angst, gestoßen zu werden. Diese Angst rührte aus ihrer Kindheit, als während eines Schulausflugs zum Snowdon, dem mit über 1800 Metern höchsten Berg in Wales, einer ihrer Mitschüler aus Übermut so getan hatte, als ob er sie schubsen wolle, und sie sich für den Bruchteil einer Sekunde schon über die nur eine Handbreit entfernte Kante in den gähnenden Abgrund hatte stürzen sehen. Ihr fiel ein, daß sie einmal gehört hatte, bevor man sterbe, würden Bilder aus Kindheit und Jugend noch einmal gegenwärtig. Damals hatte sie es nicht geglaubt, ob es vielleicht doch stimmte? In der letzten Stunde hatte sie gleich zwei-, nein dreimal an Dinge gedacht, die weit zurückreichten in die Zeit vor dem Erwachsenwerden. Eine vierte, bereits vergessen geglaubte Erinnerung kam ihr in den Sinn, Worte ihres Vaters, wenn sie irgend etwas hatte hinausschieben wollen – die Beantwortung eines Briefes etwa oder die Erledigung der Hausaufgaben. Bei solchen Gelegenheiten hatte er sie stets gemahnt: «Je länger man etwas hinausschiebt, um so schwerer wird es, mein Kind!» Hatte dieser Rat auch jetzt Gültigkeit – oder sollte sie doch lieber noch etwas abwarten und sich die Entscheidung, die, wenn sie einmal getroffen war, nicht mehr rückgängig gemacht werden konnte, noch einmal überlegen? Nein! Mit neuer Entschlossenheit ging sie auf den Turm zu und versuchte, die Eingangstür aufzudrücken – ohne Erfolg. Offenbar verschlossen. Mit einem Gefühl, gemischt aus Verzweiflung und Enttäuschung, wandte sie sich ab. Schon im Weggehen fiel ihr Blick noch einmal auf das blaue Schild. Sie mußte die letzte Zeile vorhin übersehen haben. Dort stand: *Vom 1. November bis zum 20. März geschlossen.*

Sie schritt die High Street hinunter genau auf St. Mary the Virgin zu, den Blick unverwandt auf den hohen, schlanken Kirchturm gerichtet. Doch am Eingang zum *Mitre Hotel* hielt sie inne und trat nach einem Moment des Überlegens ein. Sie ging in die Lounge-Bar und bestellte sich einen doppelten Whisky.

«Bell, wenn Sie haben.» (Wie oft hatte sie ihren Mann genau dieselben Worte sagen hören!)

Das junge Mädchen hinter dem Tresen füllte das Glas und sah sie fragend an.

«Eis?»

«Wie?»

«Möchten Sie ihn mit Eis?»

«Äh – nein. Oder doch – ja. Entschuldigen Sie, ich war mit meinen Gedanken woanders...»

Während sie vorsichtig an ihrem Whisky nippte, spürte sie in der linken Schläfe plötzlich ein nervöses Pochen, und doch schien ihr auf einmal alles sehr viel erträglicher als noch vor einer Stunde in der *Delegacy*. Sie trank den Whisky in kleinen Schlucken, als sei er eine Medizin – und in gewisser Weise war er das tatsächlich. Sie bestellte sich noch ein Glas.

Eine Viertelstunde später stand sie auf dem Radcliffe Square, und als sie die Nordseite von St. Mary emporblickte, erfaßte sie ein nie gekanntes Gefühl – Schwäche und Entschlossenheit zugleich. Auf halber Höhe, gerade eben noch sichtbar über dem schmalen Band in

Stein gehauener Ornamente, das die Grenzlinie zwischen Kirchturm und Kirchturmspitze markierte, konnte sie Kopf und Schultern eines jungen Mannes in einem Dufflecoat ausmachen, der, ein
Fernglas vor den Augen, das nördliche Oxford betrachtete. Der
Turm mußte demnach geöffnet sein! Sie ging ein paar Stufen hinunter auf das Hauptportal der Kirche zu, doch bevor sie eintrat, drehte
sie sich, einem plötzlichen Impuls folgend, noch einmal um und
warf einen gleichsam abschiednehmenden Blick auf die Kuppel der
Radcliffe Camera hinter ihr. Wie sie so um sich schaute, bemerkte
sie auf der obersten der Stufen, die sie gerade heruntergekommen
war, eine Inschrift, die sie vorher noch nie wahrgenommen hatte:
Dominus custodiat introitum tuum et exitum tuum. Da sie nie Latein
gelernt hatte, konnte sie sich die Worte nicht übersetzen, und erst
recht nicht wurde ihr die mögliche Doppeldeutigkeit angesichts ihrer eigenen Absicht bewußt. Gleich innen hinter der Tür, neben
einem Tisch, der unter Ansichtskarten, Stadtplänen, Führern und
einem reichlichen Angebot christlicher Literatur fast verschwand,
saß eine unscheinbare Frau in mittleren Jahren, die wie selbstverständlich anzunehmen schien, daß Margaret den Turm besteigen
wollte, denn sie hielt ihr unaufgefordert eine Eintrittskarte entgegen. Vom Vorraum aus führten überraschend großzügig geschnit-
tene Treppen zu einem geräumigen Absatz, von dem eine schwere
Eichentür abging. An der Tür hing ein Zettel, der den Besucher
aufklärte, daß er sich hier vor der Old Library befände, der ersten
zur Universität gehörigen Bibliothek, deren Bücherbestand derart
wertvoll sei, daß man es für nötig erachtet hätte, jeden der Bände
buchstäblich an die Kette zu legen. Margaret mußte unwillkürlich
lächeln, und obwohl sie geschichtsträchtigem Gemäuer oder Geschichte überhaupt nie viel hatte abgewinnen können, zog sie jetzt
doch das Informationsblatt, das sie unten erhalten hatte, aus der
Tasche und begann zu lesen.

...als Mary Königin von England wurde und das Land zum Ka-
tholizismus zurückkehrte, wurden Erzbischof Cranmer von Can-
terbury sowie die Bischöfe Latimer und Ridley in der Kirche St.
Mary the Virgin zu Oxford der Ketzerei beschuldigt. Latimer und

*Ridley starben auf dem Scheiterhaufen. Cranmer wurde, nachdem
er mehrfach widerrufen hatte, erneut nach St. Mary gebracht und
zum Tode verurteilt. Er starb auf einem Scheiterhaufen, den man
im Stadtgraben unweit des Balliol College errichtet hatte, die rechte
Hand, die Hand, mit der er seinen Widerruf unterschrieben hatte,
entschlossen in die Flammen haltend . . .*

Unwillkürlich wanderte Margarets Blick zu ihrer eigenen Hand,
und ein Schauder überlief sie, als sie an die qualvolle Sühne dachte,
die Cranmer sich für seine Schwäche auferlegt hatte. Sie merkte auf
einmal, daß sie angefangen hatte zu weinen, und zog rasch ein Taschentuch hervor, um sich die Tränen abzuwischen.

Die Treppe war jetzt nicht länger aus Holz, sondern aus Eisen, sie
war steiler und schmaler und reichte auch nicht mehr wie vorher
von Wand zu Wand. Durch ein schmales Fenster sah sie unter sich
das Dach der Marienkapelle. Leichtfüßig kletterte sie weiter, so als
ob die nach oben hin immer kälter werdende Luft sie beflügelte. In
der Glockenstube traf sie auf den jungen Mann im Dufflecoat, der
gerade eben die steinerne Wendeltreppe, die zur Spitze führte, heruntergekommen war. Die Haare zerzaust, das Gesicht vom Wind
gerötet, rief er ihr fröhlich zu:

«Gleich haben Sie's geschafft, viel höher geht's nicht. Aber passen Sie auf, da oben ist es ziemlich glatt!»

Mit dem Gefühl, endlich am Ziel zu sein, trat sie aufatmend ins
Freie. Kaum hatte sie über die Brüstung nach unten gesehen, spürte
sie, wie ihr beim Anblick des schwarzen eisernen Ringes, der das
vergoldete Zifferblatt der Turmuhr unmittelbar zu ihren Füßen ein-
faßte, schwindlig wurde. Doch sie erholte sich rasch und betrachtete entzückt die Kuppel der Radcliffe Camera sowie die Collegege-
bäude von All Souls und Hertford entlang der Catte Street. Ihr
Blick wanderte nach links zum Balliol College, vor dessen Mauern
Thomas Cranmer, wie sie jetzt wußte, auf dem Scheiterhaufen hin-
gerichtet worden war. Nördlich davon begann die St. Giles' Street,
und sie konnte deutlich die Gabelung erkennen, an der sie sich nach
links in die Woodstock und nach rechts in die Banbury Road teilte.
Die Banbury Road . . . Ihre Augen fuhren suchend die Straße ab, bis

sie ihn entdeckt hatte, den hohen gelben Kran hinter dem *Hotel Haworth.* Sie atmete tief durch. Und plötzlich war ihr, als weiche eine Last von ihrer Seele. Wieder traten ihr Tränen in die Augen, doch diesmal aus einem Gefühl der Freude; und während sie den Kopf zurücklegte, um den Wind auf ihrem Gesicht zu genießen, erwachte in ihr wieder jenes überschäumende Glücksgefühl, wie sie es damals als junges Mädchen verspürt hatte, wenn sie, einen Schirm verschmähend, ihr stupsnasiges Gesicht dem Regen entgegengehalten hatte.

Sie hatte sich gerade zum Gehen gewandt, als sie auf ihren hochhackigen Pumps plötzlich ausglitt. Haltsuchend streckte sie die Hände nach vorn. Der alte Stadtstreicher am Fuß des Turmes staunte nicht schlecht, als er plötzlich einen schwarzen Gegenstand durch die Luft segeln und mit einem satten ‹Plopp› neben sich im tiefen Schnee landen sah. Es war, wie sich herausstellte, eine Handtasche, und der Zufall hatte es gefügt, daß sie beim Aufprall mit dem Schloß nach oben aufrecht steckenblieb, so als hätte sie jemand mit Absicht dort hingestellt.

Kapitel Einunddreißig

MONTAG, 6. JANUAR

Alles kommt zu dem, der wartet – nicht zu vergessen der Tod.
F. H. Bradley

Morse und Lewis hatten sich, nachdem klar war, daß Margaret Bowman noch nicht zurückgekehrt war, vor dem Haus ins Auto gesetzt, um zu warten – vielleicht käme sie ja doch noch. Doch die Minuten verstrichen, und es war deutlich zu merken, daß Morse zunehmend unruhiger wurde; er trommelte nervös mit den Fingern auf der Ablage und holte ab und zu tief Luft, als leide er unter Atemnot.

«Glauben Sie, daß sie noch auftaucht?» fragte der Sergeant.

«Keine Ahnung.»

«Wie lange wollen wir warten?»

«Woher soll ich das wissen!»

«War ja nur 'ne Frage.»

Sie schwiegen. «Eines steht jedenfalls fest, Lewis», begann Morse nach einer Weile, «ich habe die ganze Sache gründlich vermasselt.»

«Also der Meinung bin ich nicht, Sir.»

«Aber Lewis, denken Sie doch mal einen Augenblick nach: Wir hätten sie unter keinen Umständen aus den Augen lassen dürfen.»

Lewis nickte, sagte aber nichts. Eine Viertelstunde verging, und von Margaret Bowman noch immer keine Spur.

«Was sollen wir tun, Lewis?» fragte Morse schließlich ratlos.

«Ich finde, wir sollten zu Bowmans Dienststelle gehen und dort fragen, ob sie einen Brief oder irgend etwas anderes Handschriftliches von ihm haben – müßten sie doch eigentlich. Und außerdem könnten wir uns bei seinen Kollegen erkundigen, ob er vielleicht einem von ihnen gesagt hat, was er vorhatte.»

«Und dann möchten Sie vermutlich noch, daß einer von ihnen mitkommt, um sich die Leiche anzusehen, stimmt's? Seien Sie ehrlich. Lewis, Sie denken doch, daß es sich bei dem Toten um Bowman handelt, oder?»

«Ich würde nur gern Gewißheit haben», sagte Lewis. «Wir haben bisher noch keinen einzigen Schritt unternommen, um herauszubekommen, wer der Tote eigentlich ist.»

«Und Sie denken, es sei verdammt noch mal höchste Zeit, das nachzuholen?»

«Ja.»

«Na schön. Wie Sie meinen. Ich halte es für reine Zeitverschwendung, aber bitte...» Sein Ton war derartig bissig, daß Lewis ihn erstaunt ansah.

«Geht es Ihnen nicht gut, Sir?»

«Dumme Frage. Mir fehlt eine Zigarette – das sieht ja wohl ein Blinder.»

Der Besuch im Postamt förderte wenig Neues zutage. Tom Bowman hatte am Donnerstag, Freitag und Samstag nach Weihnachten gearbeitet und war dann wie vereinbart für eine Woche in Urlaub gegangen. Man hatte ihn heute zurückerwartet, aber er war nicht erschienen und hatte sich auch nicht entschuldigt. Er arbeitete seit sechs Jahren bei der Post und galt als ruhiger, pünktlicher und zuverlässiger Mann. Von seiner Frau Margaret wußte man nur wenig, außer daß sie irgendwo in Oxford tätig sei und großen Wert auf eine gepflegte Erscheinung lege. In der Personalakte Bowmans fanden sich zwei handgeschriebene Briefe: der eine sein damaliges Bewerbungsschreiben und mithin schon über sechs Jahre alt, der andere jüngeren Datums, ein Antrag, dem Pensionsfonds der Post beizutreten. Bowmans Schrift war über die Jahre gleich geblieben – sie schien identisch mit der in den beiden Briefen, die Margaret Bowman Lewis gezeigt hatte. Mr. Jeacock, der ebenso hilfsbereite wie tüchtige Dienststellenleiter, bedauerte, ihm nicht besser helfen zu können; um so bereitwilliger stimmte er zu, als Morse ihn bat, ihm einen von Bowmans Kollegen freizustellen – um in Oxford eine bisher nicht identifizierte männliche Leiche anzusehen, wie er sagte.

«Ich hoffe zu Gott, daß es nicht Tom ist», sagte Jeacock, als Morse und Lewis sich verabschiedeten.

«Ich glaube, da brauchen Sie keine Angst zu haben», antwortete Morse.

Wie immer waren die Autos, die das Pech hatten, hinter dem Polizeifahrzeug zu fahren, notgedrungen mit ihrer Geschwindigkeit auf die gesetzlich festgelegte Höchstgrenze hinuntergegangen, und als sich der weiße Ford, gefolgt von einem roten Postauto mit Mr. Frederick Norris, Sortierer im Postdienst Ihrer Majestät der Königin, kurz hinter Blenheim Palace die Schnellstraße erreichte, hatte sich ein veritabler Rückstau gebildet. Morse hatte Lewis aufgefordert, mit Rücksicht auf Mr. Norris nicht allzu sehr zu rasen, und Lewis war deshalb für seine Verhältnisse ungewöhnlich langsam gefahren. Am oberen Ende der Woodstock Road bog er nach links ab in eine kleine Straße, die zum Radcliffe-Krankenhaus führte. Ein Schild mit der Aufschrift *Nur für Krankenwagen* großzügig ignorierend, hielt er direkt vor dem Eingang zur Leichenhalle. Mr. Norris parkte hinter ihm.

«Wollen Sie nicht mitkommen?» fragte Lewis, als er sah, daß Morse keine Anstalten machte auszusteigen.

Morse schüttelte nur stumm den Kopf.

Fred Norris stand ein paar Sekunden wie versteinert, dann begann er zu Lewis' Verwirrung langsam zu nicken. Man hätte nicht sagen können, wessen Gesicht bleicher war: das von Norris oder das des Toten; die Blässe des letzteren wirkte allerdings durch die stellenweise blau-rote Verfärbung der Haut infolge der Verletzungen besonders gespenstisch. Auf Lewis' Wink hin deckte der Leichenhallenwärter den Toten rasch wieder zu. Den Arm um seine Schultern gelegt, geleitete Lewis den erschütterten Norris hinaus in den kalten Wintertag.

Unmittelbar vor dem Polizeifahrzeug stand jetzt ein Krankenwagen geparkt, und Lewis sah, während er sich noch mit Norris unterhielt, um einen Termin für dessen Aussage zu vereinbaren, wie der Fahrer ohne ersichtliche Hast ausstieg und sich zum Eingang der Unfall-Ambulanz begab, wo er ein Gespräch mit einem der Pfleger begann. Der augenfällige Mangel an Eile und die Tatsache, daß die hinteren Türen des Wagens noch geschlossen waren, ließen Lewis vermuten, daß der Fahrer möglicherweise einen älteren Patienten transportiert hatte, der zum Aussteigen etwas Zeit brauchte. Doch als die Türen sich schließlich öffneten, sah er, daß seine Annahme falsch gewesen war. Auf der Bahre drinnen lag, in eine Decke gehüllt, eine Leiche. Nur die Füße waren zu sehen, nylon-bestrumpfte Füße ohne Schuhe. Lewis spürte, wie ihm der Schweiß ausbrach, als er auf die beiden Krankenträger zutrat, gerade als sie sich daranmachten, die Bahre herauszuheben.

«Wen haben Sie da?» fragte er heiser.

«Sind Sie...?» erkundigte sich einer der Träger und deutete mit dem Daumen hinter sich auf den Polizeiwagen.

Lewis nickte.

«Ein Unfall. Sie wurde zufällig gefunden...»

«Wie alt?»

Der Mann zuckte die Achseln. «So um die Vierzig, würde ich sagen.»

«Wissen Sie schon, wer sie ist?»

Der Träger schüttelte den Kopf. «Nein. Sie hatte nichts bei sich. Keine Handtasche, kein Portemonnaie, nichts.»

Lewis gab sich einen Ruck und schlug mit klopfendem Herzen die Decke zurück. War eingetreten, was Morse befürchtet hatte?

Er sah der Toten ins Gesicht und atmete erleichtert auf. Er hatte sie noch nie vorher gesehen. Wer immer sie war – sie war nicht Margaret Bowman.

Ebenfalls um die Mittagszeit, ungefähr eine Stunde bevor Norris den Toten in der Leichenhalle unzweifelhaft als seinen Kollegen Tom Bowman identifizierte, machte sich Ronald Armitage, ein heruntergekommener, stets hungriger, stets angetrunkener, ungefähr sechzigjähriger Penner, daran, die schwarze Handtasche, die quasi vom Himmel gefallen war, einer genauen Untersuchung zu unterziehen. Er hatte die vergangene Nacht und den größten Teil des folgenden Morgens auf einer der Bänke in der Passage zwischen Radcliffe Square und High Street verbracht, eingehüllt in einen knöchellangen Wintermantel, seinen kostbarsten Besitz, der allerdings nicht ausreichte, auch seine vor Kälte schon gefühllosen Füße zu wärmen, eine Flasche Apfelwein Marke ‹Bulmer› neben sich. Als die Tasche unmittelbar in seiner Nähe in den Schnee plumpste, hatte er gerade Kasse gemacht: Er besaß noch genau fünf Pfund und dreißig Pence. Ohne einen Moment zu überlegen, hatte er sich umgesehen, ob jemand etwas bemerkt hatte. Doch der Platz vor der Kirche war völlig leer gewesen. Er hatte die Tasche entschlossen gepackt, unter seinen Mantel gestopft und sich dann in Richtung Brasenose Lane davongemacht, einer kleinen, wenig belebten Straße, die auf die Turl Street führt. Von seinen Kumpanen war zum Glück keiner zu sehen, und so hatte er sich, nicht unähnlich einem Wolf, der sich außer Reichweite der gierigen Artgenossen, abseits vom Rudel, über seine Beute hermacht, in eine Toreinfahrt gehockt und begonnen, die Tasche zu plündern. Der Lippenstift, die Puderdose, der Kamm, das Feuerzeug, die Papiertaschentücher, das Informationsblatt über St. Mary, die Nagelschere, die Auto- und auch die beiden Hausschlüssel hatte er allerdings gleich wieder zurückgepackt. Die Kreditkarten – von *Visa, Access* und *Lloyds* – interessierten ihn ebenfalls nicht. Aber da war auch noch ein Portemonnaie... Mit häßlichem Grinsen entnahm er ihm die beiden Zehn-Pfund-Noten, grapschte sich die drei Ein-Pfund-Stücke und ließ Scheine wie Münzen in seiner schmutzigen Manteltasche verschwinden.

Am frühen Nachmittag wanderte er langsam die High Street hinauf zum Carfax und bog dann nach links in die St. Aldate's Street. Die Polizeistation lag ein Stück weit die Straße hinunter auf der linken Seite.

«Wo hast du sie gefunden?» fragte der diensttuende Sergeant.

«Irgend jemand muß sie fallen gelassen haben...»

«Dann sagst du mir am besten jetzt deinen Namen...»

«Nee, nich so gern.»

«Vielleicht ist eine Belohnung für dich drin!»

«Nich nötig! Tschüs denn!»

Kapitel Zweiunddreißig

MONTAG, 6. JANUAR

In seinem autobiographischen Gedicht ‹The Prelude› erinnert sich Wordsworth, daß ihn nichts mehr beruhigt hatte, als das Rauschen des Derwent zu hören, wie er sich zwischen den wiesenbedeckten Ufern hindurchschlängelte.
Literary Landscapes of the British Isles

Es kam nur selten vor, daß Morse um mehr Leute bat; er war der Meinung, je weniger, desto besser. Das mochte daran liegen, daß er, wann immer er im Fernsehen Bilder sah, wie ein Riesenaufgebot an uniformierten Beamten, in Reihen gestaffelt, Heideflächen oder Waldstücke durchkämmte, er immer den Eindruck hatte, daß diese Bilder in den Augen der Öffentlichkeit nur lächerlich wirken mußten. Seine Abneigung mochte aber überdies auch damit zu tun haben, daß er selbst vor einigen Jahren einmal in Nord-Staffordshire bei einer solchen Suchaktion eingesetzt war, und, nachdem er stundenlang im Nieselregen über Felder und Wiesen gestapft war, nichts vorzuweisen gehabt hatte außer einer leeren Packung Kondome der Marke *Featherlite Durex*, einer verbeulten Bierdose sowie – am nächsten Morgen – einem Hexenschuß.

Doch am Nachmittag des 6. forderte er Verstärkung an (wenn auch nur drei Leute), und besonders Lewis war froh, daß er jetzt die Last der Ermittlung mit Sergeant Phillips sowie zwei Detective Constables teilen konnte.

Merkwürdigerweise (aber wer Morse kannte, den wunderte so schnell nichts mehr) hatte der Chief Inspector, als er hörte, daß der Tote von Norris als Tom Bowman identifiziert worden sei, völlig emotionslos reagiert – weder enttäuscht noch überrascht. Lewis' Mitteilung dagegen, daß sich im Krankenwagen eine weibliche Leiche befunden hätte, bei der es sich jedoch nicht um Margaret Bowman gehandelt habe, hatte er mit einem erleichterten Lächeln aufgenommen. Alles in allem schien er Lewis, als sie sich jetzt im *Royal Oak*, nur einen Steinwurf weit vom Krankenhaus entfernt, gegenübersaßen, wieder ganz der alte zu sein, was vermutlich vor allem daran lag, daß er, nachdem er über Weihnachten und Neujahr mit aller Gewalt versucht hatte, sich das Rauchen abzugewöhnen, vor einer halben Stunde entnervt klein beigegeben und sich wieder eine Schachtel Zigaretten gekauft hatte. Um halb drei Uhr machten sie sich erneut auf den Weg nach Chipping Norton; diesmal in der Absicht, sich das Haus von innen anzusehen. Die Tatsache, daß der Tote Tom Bowman war, hatte Charlbury Drive Nr. 6 schlagartig in den Mittelpunkt ihres Interesses gerückt.

«Sollen wir vorn oder lieber hinten einbrechen?» fragte Morse, während hinter den Fenstern der Nachbarhäuser neugierige Gesichter auftauchten, um zu sehen, was das neuerliche Erscheinen der Polizei zu bedeuten hätte. Doch jegliche Gewaltanwendung erwies sich als überflüssig. Lewis äußerte die Vermutung, daß wohl einer der Nachbarn einen Schlüssel haben werde (‹Meine Frau läßt immer einen Ersatzschlüssel bei der Familie über uns – für Notfälle›), und genau dies traf auch zu. Die Frau in Nr. 5, eine schon etwas gebrechlich wirkende ältere Dame, förderte auf ihre Frage sogleich zwei Schlüssel – ‹Dieser hier ist für die Haustür und der andere für die Küchentür hinten› – zutage.

Die unteren Räume enthielten nichts von Interesse, und so ging Lewis nach oben. Er traf Morse in einem der beiden Schlafzimmer, das offenbar nur selten benutzt wurde, denn es enthielt lediglich einen klobigen Mahagonischrank sowie einen alten, abgenutzten Sessel. Morse war gerade dabei, den Schrank zu durchsuchen.

«Haben Sie schon etwas gefunden, Sir?»

Morse schüttelte den Kopf. «Bis jetzt nur Schuhe – er hat eine Unmenge Schuhe gehabt.»

«Also hier auch Fehlanzeige?»

«Scheint so.»

Plötzlich krauste Lewis die Nase und begann aufgeregt zu schnuppern. «Riechen Sie nichts, Sir?»

«Was soll ich denn riechen?»

«Whisky!» sagte Lewis.

Morse sog prüfend die Luft ein, und auf einmal verklärte ein Lächeln sein Gesicht.

«Ich glaube, Sie haben recht, Lewis.»

In der linken hinteren Schrankecke stand ein Stapel Schuhkartons, und in der dritten Schachtel von unten entdeckten sie eine halbe Flasche Whisky der Marke *Bell*.

«Glauben Sie, er war ein heimlicher Trinker?» fragte Lewis.

«Na und? Ich selbst bin ebenfalls ein heimlicher Trinker – Sie etwa nicht?»

«Nein, Sir. Ich käme damit auch nicht durch – meine Frau putzt alle Schuhe.»

Es gab noch einen zweiten unbenutzten Raum, bedeutend kleiner als der erste, aber ebenso spärlich möbliert. Der Boden dort war mit Zeitungen bedeckt, auf denen, säuberlich in Reihen hintereinander, mehrere Dutzend grüne Kochäpfel ausgebreitet lagen. «Typisch *Sun*», sagte Lewis, nachdem sein Blick zufällig auf die Abbildung einer leichtbekleideten Schönen gefallen war, die sich provozierend nach vorn beugte, um ihre ohnehin nicht gerade kleinen Brüste noch voller erscheinen zu lassen. «Glauben Sie, daß er vielleicht auch ein heimlicher Porno-Fan ist?»

«Ich bin auch ein heimlicher...» begann Morse energisch, dann bemerkte er Lewis' Grinsen und lächelte etwas verlegen zurück.

Das geschmackvoll eingerichtete eheliche Schlafzimmer schien auf den ersten Blick für ihre Ermittlungen genauso unergiebig zu sein wie die übrigen Räume des Hauses. Morse stellte mit Interesse fest, daß sie in getrennt stehenden Betten geschlafen hatten – wenn auch der Abstand kaum mehr als eine Handbreit betragen hatte. Auf jedem der beiden Betten lag eine Tagesdecke, deren olivgrüne Farbe, wie Morse fand, gut zum hellen Holz der Gestelle paßte. Neben jedem der Betten befand sich ein Nachttisch; ein Parfum-Flakon sowie ein Paar Ohr-Clips legten den Schluß nahe, daß Margaret in dem Bett am Fenster geschlafen hatte. Rechts von der Tür stand ein riesiger Kleiderschrank, der, wie sich herausstellte, nur Kleidung von Margaret enthielt; die Kommode auf der linken Seite schien dagegen Toms Sachen vorbehalten zu sein. Da Margaret ungefähr dreimal soviel Garderobe besaß wie ihr Mann, war Morse sofort einverstanden, als Lewis erklärte, sich den Schrank vornehmen zu wollen, und begann sogleich, sich die einzelnen Kommodenschubladen durchzusehen. Sie enthielten jedoch nichts außer Kleidungsstücken, und so wandte er sich bald dem nur aus zwei Brettern bestehenden Bücherbord zu. Vier dicke Bände von Jackie Collins zeugten davon, daß zumindest einer der beiden Bowmans offensichtlich zur Fan-Gemeinde der Bestsellerautorin zählte, während Waughs ‹Wiedersehen mit Brideshead› sowie Forsters ‹Auf der Suche nach Indien› offenbar nicht viel Interesse gefunden hatten – sie sahen noch völlig ungelesen aus. Neben diesen *Penguins* stand ein großer Fotoband mit Bildern von Marilyn Monroe, rechts davon ein uraltes Exemplar des *Concise Oxford Dictionary*, und den Abschluß bildete ein Titel aus der Reihe ‹Die Großen von Hollywood›, der sich mit Robert Redford befaßte, ein Name, der anders als der Name ‹Monroe› dem eher kinoscheuen Morse nicht viel sagte. Auf gleicher Höhe mit dem oberen Brett hingen zwei offenbar aus einer Sportzeitschrift ausgeschnittene Fotografien. Die eine zeigte Steve Cram, den überragenden Mittelstreckenläufer, die andere den Cricket-Nationalspieler Ian Terence Botham, dessen blonde Locken bis auf sein Trikot hinabreichten. Auf dem zweiten Bücherbrett entdeckte Morses geübtes Auge sofort ein Buch mit dem Titel ‹Sexparties›. Er nahm es heraus und schlug es wahllos irgendwo in der Mitte auf.

*Ihre Hand glitt über den Schalthebel und berührte seinen nackten Ober-
schenkel. ‹Laß uns zu mir fahren – schnell›, drängte sie.
‹Wie könnte ich dazu Nein sagen›, antwortete er mit vor Erregung hei-
serer Stimme, während der Maserati in die Kurve jagte ...
Als sie am nächsten Morgen nebeneinander aufwachten ...*

Derartig zahme Pornos waren nichts für Morse, und er wollte das
Buch gerade wieder enttäuscht an seinen Platz zurückstellen, als er
bemerkte, daß die Seiten des großformatigen Bandes daneben,
eines Werkes mit dem Titel ‹Häkeln leicht gemacht. Hundert
Ideen für Anfänger und Fortgeschrittene› etwas auseinanderklaff-
ten. Neugierig geworden, zog er das Buch hervor, schlug es auf
und entdeckte eine Ansichtskarte. Sie war an Mrs. Margaret Bowman adressiert und im Sommer letzten Jahres, genauer gesagt am
29. Juli in Derwentwater im Lake District, zur Post gegeben worden. Der Gruß umfaßte nur wenige Zeilen:

> *Ich fühle mich hier wie im ‹Wiedergewonnenen Paradies›. Ich
> wünschte, Du könntest auch hier sein!*
>
> *Edwina*

Morse drehte die Karte um und warf einen wehmütigen Blick auf
den tiefblauen See und die ihn umgebenden blaßgrünen Berg-
hänge, dann legte er sie zurück ins Buch. Ein ungewöhnlicher
Ort, um seine Post aufzubewahren, dachte er. Das heißt, vielleicht
auch nicht. Das Häkelbuch war eindeutig Margarets Buch –
Morse konnte sich nicht vorstellen, daß Bowman Interesse an Hä-
kelarbeiten gehabt hatte – und diese Edwina war genauso eindeutig *Margarets* Freundin, sonst hätte sie Tom Bowman zumindest
grüßen lassen. Vermutlich eine Nachbarin oder vielleicht auch eine
Arbeitskollegin, überlegte er. Damit war die Sache für ihn erledigt.

Lewis war schon seit geraumer Weile wieder ins Erdgeschoß zurückgekehrt und hatte begonnen, die mit Papieren vollgestopften

Schubladen eines Eckschrankes durchzusehen und wichtige Unterlagen wie die jährliche Strom- und Wasserabrechnung, den Hypothekenbrief für das Haus, Ratenkaufverträge, Bankauszüge und die Versicherungs-Police für das Auto auszusortieren. Morse warf nur einen kurzen Blick auf das Durcheinander, dann setzte er sich in einen Sessel und zündete sich eine Zigarette an.

«Wie sie hier noch durchgefunden haben, ist mir ein Rätsel», sagte Lewis mißbilligend.

Morse nickte. «Mhm.»

«Sieht schlimmer aus als nach einem Einbruch – als ob gerade alles durchwühlt worden wäre.»

Morse schoß wie angestochen hoch. «Lewis, Lewis! Sie sind ein Genie! Natürlich! Und die Zeitung!»

Lewis blickte Morse verständnislos an. «In der Küche liegt ein Stapel Zeitungen», erklärte Morse, «und wenn mich nicht alles täuscht, dann war die oberste von heute – mir ist nur vorhin nicht aufgegangen, was das bedeutet.»

Lewis spürte, wie ihn eine Gänsehaut überlief, als er Morse in die Küche folgte und dieser triumphierend eine *Sun* in die Höhe hielt. Sie trug das Datum Montag, 6. Januar.

«Das heißt, sie muß hier gewesen sein», bemerkte Lewis.

Morse nickte. «Ja. Fragt sich nur, wann. Die Zeitung hat wie immer auf der Matte gelegen, und sie hat sie aus Gewohnheit mit hineingenommen.»

«Ob eine der Nachbarinnen sie gesehen hat?»

«Vermutlich. Fragen Sie doch mal ein bißchen rum, Lewis.»

Bereits zwei Minuten später, Morse war erst auf Seite drei des Bowmanschen Abonnement-Blattes angelangt, war Lewis schon wieder zurück. Die Frau von gegenüber hatte gesehen, wie Margaret gegen Mittag in einem Taxi vorgefahren war.

«In einem Taxi?»

«Ja. So gegen halb zwei Uhr.»

«Als wir uns gerade mit Bowmans Chef unterhielten.»

«Aber was hat sie hier gewollt?»

«Ich nehme an, sie hat sich ihr Sparbuch geholt oder so etwas – vermutlich braucht sie Geld. Darum sehen auch die Schubladen so durchwühlt aus – sie hat es eilig gehabt.»

«Soll ich versuchen herauszufinden, bei welcher Sparkasse oder Bank sie ihr Konto hat?» fragte Lewis.

«Sie meinen, eine ähnliche Aktion wie bei den Schönheits-Salons?» sagte Morse mit freundlichem Spott. «Nein, nein, mein Lieber, damit sollen sich mal Phillips und die beiden Constables rumärgern... Ich wüßte allerdings gern, warum sie sich ein Taxi genommen hat. Sie hatte doch den Wagen.»

«Dann kann Sergeant Phillips auch gleich noch die Taxifahrer befragen», feixte Lewis, während er mit Bedacht die Tür von Nummer sechs ins Schloß zog. Im Haus war es kalt gewesen, und so waren sie beide froh wegzukommen.

Am selben Tag entdeckte ein Streifenpolizist gegen Viertel vor fünf Uhr in der St. Giles' Street den Metro der Bowmans und verständigte das Präsidium in Kidlington. Doch der Taschenschirm, die Dose Anti-Frost-Spray sowie acht ‹Scrabble›-Kärtchen mit einer Esso-Reklame auf der Rückseite halfen Morse auch nicht viel weiter.

Erst am nächsten Morgen war ein Teilerfolg zu vermelden. Da erhielt Morse einen Anruf von dem Revier in der St. Aldate's Street, und ein Sergeant Vickers teilte ihm mit, daß Margaret Bowmans Handtasche abgegeben worden sei. Der Mann klang ja so merkwürdig bedrückt, dachte Morse, als er den Hörer auflegte. Er ahnte nicht, daß niemand anderer als er selbst mit seiner Ankündigung, nach Oxford kommen zu wollen, um sich die Tasche anzusehen, der Auslöser für Vickers' Niedergeschlagenheit gewesen war.

Kapitel Dreiunddreißig

DIENSTAG, 7. JANUAR

JACK (in ernstem Ton): In einer Handtasche.
LADY BRACKNELL: Einer Handtasche?
Oscar Wilde, *The Importance of Being Earnest*

«Waa...?»

Wenn Morse tödlich verwundet worden wäre, so hätte sein Schrei kaum markerschütternder sein können, und Lewis empfand schon im voraus Mitleid mit dem armen Kerl von Kollegen, der gestern an der Fundannahme in St. Aldate's Dienst getan hatte.

«Wir kriegen jeden Tag einen ganzen Haufen von Handtaschen – und Schirmen, und Portemonnaies, und Brillen, und...» sagte Vickers entschuldigend.

«Aber nicht alle sind mögliches Beweisstück bei einer Morduntersuchung, oder, Sergeant?» unterbrach ihn Morse in grobem Tonfall. «Einer Morduntersuchung zudem, über die gerade dieses Revier bestens informiert sein müßte, da gestern Sergeant Phillips sowie zwei andere Constables von hier abgestellt worden sind, um bei eben dieser Untersuchung Unterstützung zu leisten.»

Sergeant Vickers, bleich wie der Tod, nickte eifrig.

«Und hiermit erteile ich Ihnen, Ihnen ganz persönlich, Sergeant», fuhr Morse fort, «den Auftrag, Ihren Trottel von Kollegen zu finden, der gestern die Sache hier verbockt hat, und ihm auszurichten, daß ich ihn zu sehen wünsche – und zwar sofort! Meine Güte! So etwas ist mir wirklich noch nicht vorgekommen! Es gibt doch schließlich Regeln, oder, Sergeant? Und die besagen – und zwar zwingend, Sergeant –, daß, wenn eine Fundsache abgegeben wird, eine Karte anzulegen ist, auf der der diensttuende Beamte Namen, Adresse und Beruf des Finders zu notieren hat sowie wann, wo und unter welchen Umständen dieser den Gegenstand gefunden hat. Und haben wir nun diese Angaben? Nein, *nein!* Es *existiert* ja nicht einmal eine Karte! Und so wissen wir nun weder, wer die Handtasche gefunden hat, noch, wo und wann sie gefunden wurde. Wir wissen rein gar nichts.»

Während Morse lautstark seinem Unmut Luft machte, hatte ein Constable den Raum betreten, der offenbar darauf wartete, ihm etwas mitzuteilen. Als er sah, daß Morse jetzt offenbar mit seiner Schimpftirade am Ende war, trat er auf ihn zu, um ihm zu sagen, daß er am Telefon erwartet werde.

Nachdem Morse gegangen war, blickte Lewis Vickers, den er schon lange kannte und den er sehr schätzte, teilnahmsvoll an.

«Warst du derjenige, welcher, Sam?» erkundigte er sich.

Vickers nickte.

«Mach dir mal keine allzu großen Sorgen, der kriegt sich auch wieder ein.»

«Das schlimme ist, er hat recht», sagte Vickers unglücklich. «Jedem, aber auch jedem, der hier anfängt, sage ich als erstes, er soll sich an die Regeln halten und die Formulare korrekt ausfüllen. Und ich selber...»

«Kannst du dich erinnern, wer die Tasche gebracht hat?»

«Ja, einer von den Pennern. Ich weiß aber nicht, wie er heißt. Vermutlich haben wir sogar eine Akte über ihn; die meisten von ihnen sind ja irgendwann bei einem Diebstahl erwischt worden. Arme Schweine, die Penner... Aber wenn sie hier auftauchen, halten sie den ganzen Laden auf, und meistens ist auch nichts Vernünftiges aus ihnen herauszubringen. Deshalb sind wir immer froh, wenn sie bald wieder verschwinden. Ich nehme an, daß er sich das Geld, das in dem Portemonnaie war, unter den Nagel gerissen und die Tasche nur abgegeben hat, um sein schlechtes Gewissen zu beruhigen. Ich habe ihn natürlich gefragt, wo er die Tasche gefunden hat, aber er wollte es offenbar nicht sagen, und ich habe nicht darauf bestanden. Mit seinem Namen war es dasselbe. Ich habe gedacht, Hauptsache, er hat die Tasche abgegeben, alles andere ist nicht so wichtig...»

«Morse wird dich schon nicht umbringen, Sam!»

«Sagst du! Ich glaube übrigens nicht, daß euch die Sachen, die sie in der Tasche hatte, viel weiterhelfen werden – scheint nur so das Übliche zu sein.»

«Laß mich mal sehen», sagte Lewis. Vickers reichte ihm die Tasche, und Lewis sah sie prüfend an. «Die war nicht billig», bemerkte er. Er öffnete sie und sah hinein. Vickers schien recht zu haben: Sie enthielt auf den ersten Blick nichts, was für ihre Ermittlungen von Interesse sein konnte. Er zog das Portemonnaie hervor und leerte es aus. Drei Kreditkarten, zwei Briefmarken, ein Reklamezettel mit Namen und Telefonnummer eines indischen Restaurants in der Walton Street in Oxford sowie Margarets Hausausweis für die *Delegacy*. Lewis sah sich eins nach dem anderen sorgfältig an und wollte gerade alles wieder zurückpacken, als er auf der Rückseite der Restaurant-Werbung eine handschriftliche Notiz entdeckte.

M. Ich liebe Dich, mein Schatz! T.

Offenbar eine Erinnerung an glücklichere Zeiten, vielleicht an ihren ersten gemeinsamen Restaurant-Besuch, dachte Lewis, und stellte sich vor, wie Margaret und Tom Bowman, händchenhaltend nebeneinander sitzend, Bombay Curry gegessen und sich tief in die Augen geschaut hatten.

Als Morse zurückkehrte, schien er deutlich besser gelaunt. Der Anrufer war Sergeant Phillips gewesen, der, ebenso hartnäckig wie umsichtig, offenbar inzwischen herausgefunden hatte, daß Margaret Bowman gestern gegen zwei Uhr in der Filiale der *Oxfordshire Building Society* in Chipping Norton erschienen war und bis auf zehn Pfund – die Mindestsumme, die stehenbleiben mußte – alles verfügbare Geld von ihrem Konto abgehoben hatte – insgesamt zweihundertneunzig Pfund.

«Es paßt alles zusammen, Lewis», sagte Morse strahlend. «Sie ist also gestern mittag wirklich zurückgekehrt, um sich ihr Sparbuch zu holen, genau wie ich vermutet habe. Und die Sache mit dem Taxi ist ja nun auch klar.» Er zeigte auf die Handtasche. «Ich wette, da sind ihre Autoschlüssel drin, oder?»

Lewis nickte. «Ja, und auch die Schlüssel für das Haus.»

«Dann muß sie wohl irgendwo noch einen Ersatz-Schlüssel gehabt haben...», sagte Morse. «Erinnern Sie mich daran, Lewis, daß ich Phillips meine Anerkennung ausspreche, wenn ich ihn sehe – das mit dem Konto hat er wirklich schnell herausgekriegt.»

Lewis vertrug es nicht gut, wenn Morse jemand anderen lobte, und begann etwas abrupt: «Was ich noch erwähnen wollte, Sir...

ich habe in Mrs. Bowmans Tasche ein Informationsblatt von St. Mary the Virgin gefunden. Sah noch ziemlich sauber und glatt aus, sie kann es noch nicht lange mit sich herumgetragen haben. Ich weiß noch, daß, als ich ein Junge war, einmal eine Frau oben vom Turm heruntergesprungen ist, und ich dachte, daß vielleicht Mrs. Bowman dieselbe Absicht...!»

«Unsinn, Lewis», sagte Morse sofort abwehrend. «Heutzutage springt man doch nicht mehr von Kirchtürmen! Man nimmt Schlaftabletten oder so etwas. Ist doch viel einfacher, nicht wahr, Sergeant – wie war doch Ihr Name?»

«Vickers, Sir. Und was. ich noch sagen wollte, Sir, wegen der Handtasche, Sir – ich habe Ihnen da eben nicht ganz die Wahrheit gesagt.»

Aber Morse hörte ihm gar nicht zu. Er starrte auf den Inhalt von Margaret Bowmans Portemonnaie: den Hausausweis, die Briefmarken und den Zettel mit der Restaurant-Reklame – die Rückseite nach oben...

«Was ist denn *das* hier?» fragte er. In seiner Stimme lag soviel untergründige Anspannung, daß Vickers spürte, wie sich ihm die Nackenhaare sträubten.

Die beiden Sergeants sahen sich ratlos an – sie wußten nicht, worauf er anspielte, und verstanden nicht, wo der triumphierende Ausdruck in seinen Augen plötzlich herkam.

Morse warf einen kurzen Blick in die Tasche, doch die anderen Dinge waren uninteressant. Er wandte sich zu Vickers: «Ich danke Ihnen für Ihre Unterstützung, Sergeant. Und das mit dem ‹Trottel von Kollegen›, das bleibt unter uns – einverstanden?»

«Wohin jetzt, Sir?» fragte Lewis, als sie wieder draußen im Wagen saßen.

«Nach Chipping Norton natürlich, wohin denn sonst.»

Als sie durch Woodstock kamen, sah Lewis auf die Uhr. Es war genau ein Viertel vor zwölf.

«Haben wir Zeit für ein Bier?» erkundigte er sich.

Morse sah ihn überrascht an. «Was ist denn mit Ihnen los, Lewis? Sie entwickeln sich doch nicht etwa zum Alkoholiker?»

Lewis grinste nur.

«Falls ja, sollten Sie sich lieber an mir orientieren. Ich bin ein Dipsomane, das heißt, ich trinke nur anfallsweise.»

«Scheint kein großer Unterschied zu sein zwischen einem Alkoholiker und einem Dipsomanen, oder?» sagte Lewis.

«Und ob», entgegnete Morse. «Und ob. Der Alkoholiker versucht immer, mit dem Trinken Schluß zu machen.»

«Ein Gedanke, der Ihnen noch nie gekommen ist», bemerkte Lewis mit seltener Ironie.

«Richtig», sagte Morse und verfiel danach in Schweigen wie meistens, wenn er neben Lewis im Auto saß.

Kurz vor der Abzweigung nach Chipping Norton kam ihnen auf der A 34 eine Frau in einem uralten Ford Anglia entgegen. Sie war vor einer guten Stunde in Birmingham aufgebrochen, und ihr Ziel war Oxford, genauer gesagt das *Hotel Haworth*. Sie wollte, jetzt, da die Straßenverhältnisse wieder besser waren, endlich nachholen, was sie über Silvester versäumt hatte.

Kapitel Vierunddreißig

DIENSTAG, 7. JANUAR

Ein gewisses Dokument von höchster Wichtigkeit ist entwendet worden.
Edgar Allan Poe, *Der stibitzte Brief*

«Da soll doch verdammt noch mal...» Morse stand vor dem Bücherbord im Bowmanschen Schlafzimmer, das Große Häkelbuch aufgeschlagen in der Hand, und schüttelte ungläubig den Kopf.

«Sie ist weg, Lewis.»

«*Wer* ist weg?»

«Die Karte, die ich Ihnen gestern gezeigt habe – die aus dem Lake District mit der Unterschrift ‹Edwina›.»

«Die habe ich nie gesehen», protestierte Lewis.

«Ach so... dann muß ich es wohl vergessen haben. Der Punkt ist: Die Handschrift auf dieser Karte war identisch mit der Handschrift auf der Rückseite des Restaurant-Zettels, da gehe ich jede Wette ein. Vorne auf der Karte war irgendein See abgebildet – Ullswater oder Loweswater, ich weiß nicht mehr genau... Aber an den Text kann ich mich noch erinnern: ‹Ich fühle mich hier wie im ‹Wiedergewonnenen Paradies›. Ich wünschte, Du könntest auch hier sein!› Und die Unterschrift lautete ‹Edwina›. Die Sache ist völlig klar, Lewis: Diese Karte stammt von niemand anderem als Margaret Bowmans Geliebtem.»

«Na, wenn die Karte weg ist, dann nützt sie uns ja doch nichts mehr», sagte Lewis trübe.

«Aber natürlich nützt sie uns! Allein die Tatsache, daß Margaret Bowman extra noch ein zweites Mal zurückgekommen ist, bloß um sie zu holen, zeigt doch, wie wichtig sie ist. Ich glaube, ich kann mich sogar noch erinnern, wann sie abgestempelt worden ist – es muß so Ende August gewesen sein. Mit anderen Worten, Lewis, wir suchen einen Mann, der Ende August im Lake District Ferien gemacht hat.»

«Und wenn die Karte nun schon im August vor zwei Jahren geschrieben worden ist?» erkundigte sich Lewis.

«Nun seien Sie doch nicht immer so pessimistisch, Lewis!» knurrte Morse wütend.

«Ich bin nicht pessimistisch, ich bin realistisch», verteidigte sich Lewis, dem die fehlgeschlagene Aktion mit den Schönheitssalons noch in schmerzhafter Erinnerung war. «Millionen von Menschen fahren jährlich im Sommer in den Lake District. Zu versuchen, einen einzelnen Mann zu identifizieren, ist da völlig aussichtslos. Und wieso, wenn die Karte von ihrem Geliebten ist, lautet die Unterschrift ‹Edwina›? Das ist doch ein weiblicher Vorname...»

«Ja, natürlich ist er das, Lewis», sagte Morse beruhigend. «Das mit dem Namen war eine Vorsichtsmaßnahme, falls die Karte durch Zufall Tom Bowman in die Hände fallen sollte. ‹X› – ich bin übrigens fest davon überzeugt, daß wir in ihm den Mörder vor uns haben – ist eben ein cleverer Mann. Und offenbar nicht ohne Witz. Er wählte nämlich zur Tarnung nicht irgendeinen Namen, sondern die weibliche Form seines eigenen Namens – das denke ich jedenfalls. Die Notiz auf der Rückseite des Restaurant-Zettels hat er mit dem Anfangsbuchstaben seines Namens beziehungsweise der Kurzform seines Namens unterschrieben – ‹T›. Theoretisch könnte dieses ‹T› natürlich für ‹Tom› stehen, aber ich glaube, es steht für ‹Ted›. Und ‹Ted› ist, wie Sie wissen, eine Abkürzung für ‹Edward›, ein Name, dessen weibliche Form...»

«...‹Edwina› lautet», vervollständigte Lewis.

«Genau», sagte Morse. «Um übrigens noch einmal auf Ihren Einwand eben zurückzukommen: Ich weiß sehr genau, daß jeden Sommer Millionen von Menschen in den Lake District einfallen, weil sie selbst noch den Regen, der in Grasmere oder Windermere oder Ambleside auf das Dach ihres Caravans trommelt, für romantisch halten. Aber nicht alle tragen den Namen ‹Edward›, und von denen, die so heißen, ist vermutlich die Hälfte zu jung oder zu alt, als daß einer von ihnen als Margarets Geliebter in Betracht käme. Darüber hinaus wissen wir, daß der Mann, den wir suchen, vermutlich in Oxford wohnt oder jedenfalls ganz in der Nähe. Und wenn er sich einen Urlaub im Lake District leisten kann, dann wird es sich bei ihm vermutlich nicht um einen Arbeitslosen handeln, was die Zahl der in Frage kommenden Männer noch einmal erheblich verringert.»

«Aber...»

«Und weiter deutet die Tatsache – lassen Sie mich gerade eben noch zu Ende reden, Lewis – deutet also die Tatsache, daß er auf der Karte so en passant einen Titel von Milton zitiert hat, daraufhin, daß er eine überdurchschnittliche Bildung besitzt. So etwas ist heutzutage alles andere als selbstverständlich und deutet meiner Meinung nach daraufhin, daß er eine Grammar School besucht haben muß.»

«Aber es gibt doch schon seit Ewigkeiten nur noch Gesamtschulen!» wandte Lewis ein.

«Na ja, dann eben den gymnasialen Zug der Gesamtschule, nun seien Sie doch nicht so pingelig. Auf jeden Fall rangiert er, was seinen IQ angeht, unter den obersten fünfundzwanzig Prozent.»

«Na, dann haben wir ihn ja praktisch schon», bemerkte Lewis trocken.

«Ich sehe für Ihren Sarkasmus keinen Anlaß», sagte Morse beleidigt.

«Es tut mir leid, Sir, aber...»

«Ich bin noch nicht fertig. Welche Haarfarbe hatte Bowman?»

«Blond.»

«Richtig. Und jetzt sagen Sie mir auch noch, was Robert Redford, Steve Cram und Ian Botham gemeinsam haben?»

«Daß ihnen die Frauen zu Füßen liegen.»

«Nein, ich meine, was ihr Aussehen angeht.»

Lewis sah ihn verwirrt an. Dann ging ein Strahlen der Erleuchtung über sein Gesicht: «Sie meinen, sie sind alle blond!»

Morse nickte. «Und wenn Margaret Bowman ihrem Geschmack treu geblieben ist, dann ist ihr neuer Typ auch blond. Und da nur ein Viertel unserer Landsleute blond sind...»

«Vielleicht ist er Schwede», gab Lewis zu bedenken.

«Ein Schwede, der einen Titel von Milton zitiert? Das glauben Sie doch wohl selbst nicht.»

Lewis erschienen Morses Mutmaßungen von Minute zu Minute unwahrscheinlicher, und dennoch war er, beinahe gegen seinen Willen, auch von ihnen fasziniert. Mal angenommen, Morse hatte recht: Wie viele Männer mochte es geben, blond, mit Vornamen Edward, Alter zwischen dreißig und vierzig, wohnhaft in Oxford oder Umgebung, die ihren Urlaub im letzten Jahr im Lake District verbracht hatten? Nicht sehr viele vermutlich, gestand Lewis ehrlich ein. Und schließlich, hatte er selbst nicht auch so seine Ideen, unwahrscheinliche Ideen, die er aber trotzdem nicht so einfach beiseite schieben konnte?

«Ich weiß, es klingt verrückt, Sir, aber ich muß in letzter Zeit dauernd an diesen Kran denken, der hinter dem *Hotel Haworth* stand.»

«Was ist damit?» fragte Morse interessiert.

«Ich weiß nicht, ob Sie wissen, daß so ein Kran in der Lage ist, wenn nötig, das Ende eines Trägers senkrecht, genau in der Mitte, auf ein Sixpence-Stück zu setzen; diese Präzisionsleistung ist erforderlich, weil ja mitunter einzelne Bauteile genau ineinander passen müssen. Und in diesem Zusammenhang ist mir so ein Gedanke gekommen, Sir,... Könnte es sein, daß Bowman gar nicht in der Dependance umgebracht worden ist, sondern im Hauptgebäude? Der Mörder könnte die Leiche nach der Tat in eine Kiste gepackt haben, die er mit Hilfe des Krans direkt vor das Fenster von Zimmer drei schwenkte, wo sie dann von einem Komplizen in Empfang genommen wurde. Auf den Mörder würde so nicht einmal der Schatten eines Verdachts fallen, da er ja am vermeintlichen Tatort gar nicht aufgetaucht ist. So ein Kran arbeitet natürlich nicht völlig geräuschlos, aber ich denke, daß der Lärm der Silvester-Party alles andere übertönt haben wird... Es kann natürlich durchaus sein, daß alles, was ich mir jetzt hier so zurechtgelegt habe, kompletter Blödsinn ist, aber wenn meine Überlegungen stimmen, dann könnten wir uns erneut unter den Hotelgästen umsehen. Und das wäre dann doch wenigstens eine handfeste Aufgabe – ‹X› ist ja bisher nicht viel mehr als ein Phantom.»

Morse, der ihm aufmerksam zugehört hatte, schüttelte langsam den Kopf. Sein Gesichtsausdruck schwankte zwischen Verblüffung und Amusement: «Sie vermuten also, wenn ich Sie recht verstanden habe, Lewis, daß der Mörder Kranführer ist.»

«War ja nur so ein Gedanke», sagte Lewis verlegen.

«Jetzt machen Sie mal nicht gleich wieder einen Rückzieher... Ihre Annahme engt den Kreis der Personen, die als Täter in Frage kommen, natürlich noch einmal erheblich ein. Wir suchen jetzt also einen Mann mit Vornamen Ted, blond, Alter zwischen dreißig und vierzig Jahren, wohnhaft in Oxford oder Umgebung, von dem wir jetzt auch noch wissen, daß er Kranführer ist...» Plötzlich begann Morse zu lachen. «Mir scheint, Sie sind, was Hypothesen angeht, keinen Deut besser als ich, Lewis – eher noch schlimmer.»

Vom Apparat der Bowmans aus rief Morse im Präsidium an, und bat um zusätzliche Leute, die Lewis helfen sollten, das Haus von oben bis unten gründlich zu durchsuchen.

Er selbst machte sich auf den Rückweg in Richtung Oxford.

Kapitel Fündunddreißig
DIENSTAG, 7. JANUAR

*Die einzigen Worte, die jemals zwischen Hardy und Louisa
Harding gewechselt wurden, waren ein gemurmeltes ‹Guten
Abend›.*
The Early Life of Thomas Hardy

Morse hatte eigentlich vorgehabt, sich endlich einmal wieder in
Kidlington im Präsidium blicken zu lassen, doch unterwegs ent-
schied er sich anders und fuhr statt dessen nach Summertown zur
Delegacy. Er erfuhr, die Amtsleiterin sei im Hause und in wenigen
Minuten für ihn zu sprechen.

Während er im Foyer wartete, bewunderte er einmal mehr die
harmonische Architektur und die geschmackvolle Innenausstat-
tung des Gebäudes und versuchte es zu datieren. Es war nach 1950
gebaut worden, da war er sich sicher. 1960 vielleicht – oder sogar
erst 1970? Aber bevor er mit seinen Überlegungen zu Ende war, bat
ihn die Amtsleiterin herein. Er nahm im selben roten Ledersessel
Platz wie beim erstenmal.

«Ein hübsches Gebäude», begann er das Gespräch.

«Ja, was das Aussehen angeht, haben wir Glück gehabt», sagte
sie.

«Wann ist es eigentlich fertiggestellt worden?»

«1965.»

«Wenn ich so an die anderen Zeugnisse der Nachkriegsarchitek-
tur hier in Oxford denke...»

«Ja, das stimmt, es gibt wesentlich scheußlichere Gebäude. Aber
wir sind hier auch nicht hundertprozentig zufrieden...»

«Und warum nicht?»

«Sobald es regnet, steht zentimeterhoch Wasser im Keller, und
dann haben wir so gut wie ständig Ärger wegen des Daches. Einem
Architekten, der ein Gebäude dieser Größe mit einem Flachdach
ausstattet – noch dazu hier in England –, gehört meiner Meinung
nach die Erlaubnis zur Berufsausübung entzogen!»

Morse war über die Heftigkeit ihres Tones überrascht. «Haben

Sie sehr viel Unannehmlichkeiten mit dem Dach gehabt?» erkundigte er sich teilnahmsvoll.

«Gehabt? Wir haben sie *noch*, und wir werden sie auch in Zukunft haben, davon bin ich überzeugt. Im Dezember haben wir die letzte Rechnung für die Arbeiten im Sommer bezahlt – die dritte vollständige Dacherneuerung in nicht einmal zwanzig Jahren! Ich bin gespannt, wie lange es diesmal hält.»

Morse nickte höflich, während sie ihm zu schildern begann, welche Katastrophen das undichte Dach in der Vergangenheit ausgelöst hatte, doch konnte er die Erregung der Amtsleiterin verständlicherweise nur bedingt teilen, und versuchte deshalb, das Gespräch vorsichtig auf den eigentlichen Zweck seines Besuches zu lenken. Er erzählte ihr unter dem Siegel der Verschwiegenheit, was er über die häuslichen Verhältnisse der Bowmans herausgefunden hatte, ließ durchblicken, daß er Margaret für selbstmordgefährdet halte, und erkundigte sich, ob ihr eventuell Gerüchte über Männerbekanntschaften Margarets zu Ohren gekommen seien. Sie verneinte, und so fragte er, ob vielleicht Margaret mit einer ihrer Kolleginnen nähere Bekanntschaft geschlossen habe...

So kam es, daß Mrs. Gladys Taylor ins Zimmer der Amtsleiterin gerufen wurde. Sie verneinte vehement, über Margarets eheliches Leben, geschweige denn irgendwelche Affären, informiert zu sein, und gab an, nicht zu wissen, wo Margaret sich gegenwärtig aufhalte. Morse ließ sie bereits nach wenigen Minuten wieder gehen. Es hatte ihn nicht überrascht, daß sie nicht mehr sagen konnte – Margaret war vermutlich eine verschwiegene Person –, und die Tatsache, daß Gladys bei der Beantwortung seiner Fragen auffallend nervös geworden war, schrieb er dem, wie er wußte, bisweilen etwas barschen Ton seiner Fragen zu. Doch da überschätzte er seine Wirkung. Gladys Taylors Aufregung rührte einzig und allein daher, daß Margaret, nachdem sie bereits das ganze letzte Wochenende in Gladys' Haus in Nord-Oxford verbracht hatte, am späten Montagabend plötzlich erneut bei ihr aufgetaucht war und sie geradezu angefleht hatte, sie aufzunehmen. Vor allem hatte Gladys ihr versprechen müssen, niemandem zu sagen, wo sie war.

Mr. Prior, der Sicherheitsbeamte, legte die Zeitung beiseite, als Morse auf ihn zutrat, um ihm den Besucherausweis zurückzugeben – eine Plastikhülle mit Metallclip, in dem sich eine braune Karte mit der Aufschrift BESUCHER befand und darunter mit Filzstift: *Chief Inspector Morse.*

Morses Blick fiel auf eine Anzahl Postsäcke, die neben der Tür zur Abholung bereitstanden, und in Anspielung auf Priors frühere Tätigkeit als Gefängnisbeamter sagte er lächelnd: «Na, die Säcke da müßten doch eigentlich heimatliche Gefühle in Ihnen wecken.»

Prior nickte. «Ja, das stimmt. Ich kann immer noch bei jedem sagen, wo er hergestellt worden ist – ich habe die Markierungen alle noch im Kopf.»

«Ach ja?» sagte Morse etwas ungläubig. Für ihn sahen alle Säcke gleich aus.

Prior stand auf und betrachtete einen Moment prüfend den zunächst stehenden Sack. «Dieser hier zum Beispiel ist aus Wandsworth», sagte er nicht ohne Stolz.

«Wieso wird hier eigentlich ein Sicherheitsbeamter gebraucht?» erkundigte sich Morse.

«Na ja, weil ab und zu doch immer mal jemand den Versuch unternimmt, an die Prüfungsunterlagen heranzukommen – vor der Prüfung, versteht sich.»

«Und um das zu verhindern, sind Sie da.»

Prior nickte. «Ja. Man kann heutzutage wirklich nicht vorsichtig genug sein. Und bei den vielen Menschen, die hier täglich ein und aus gehen, ich meine jetzt nicht die Angestellten, sondern Handwerker, Lieferanten und so weiter...»

«Und die kriegen alle einen Besucherausweis – so wie ich?»

«Ja. Das heißt, wenn sie regelmäßig kommen, dann bekommen sie einen Dauerausweis. Der ist mit Bild – das macht die Sache einfacher.»

«Ich verstehe», sagte Morse.

Als Morse im Präsidium eintraf, erwartete ihn dort ein Brief. Er steckte in einem einfachen weißen Umschlag und war in London abgestempelt. Unter der fehlerfrei getippten Adresse stand der Vermerk: Vertraulich. Ein Absender fehlte. Morse nahm an, daß der

Brief eine Mitteilung bezüglich des Mordfalles enthielte, doch er hatte sich getäuscht. Der Brief lautete:

> *Dies ist ein Liebesbrief, aber Sie brauchen keinen Schrecken zu bekommen; er ist im Grunde ganz belanglos, da er ohne Konsequenzen bleiben wird. Sie sind zur Zeit mit der Untersuchung eines Mordes befaßt, und es war anläßlich Ihrer Ermittlungsarbeit, daß wir uns begegnet sind. Ich weiß selbst nicht, wie es passieren konnte, daß ich mich so einfach in Sie verliebt habe – aber genau das ist geschehen!*
>
> *Ich hätte Ihnen diesen Brief nie geschrieben, wenn ich nicht gerade zufällig eine Hardy-Biographie lesen würde, in der geschildert wird, wie der Dichter sein Leben lang das Gesicht eines Mädchens nicht vergessen konnte, das ihm einen Moment lang zugelächelt hatte, während er an ihr vorüber ritt. Und obwohl Hardy den Namen des Mädchens wußte und sie sogar ganz in seiner Nähe wohnte, lernten sie sich nie kennen, noch wechselten sie jemals auch nur ein einziges Wort miteinander. Nachdem ich das gelesen habe, weiß ich, daß ich Glück gehabt habe: Ich habe wenigstens mit Ihnen gesprochen.*
>
> *Sie können diesen Brief jetzt zerreißen; mir war es nur wichtig, einmal auszudrücken, was ich fühle. Manchmal wünsche ich mir, ich zählte zu den Verdächtigen . . . Wer weiß, vielleicht bin ich ja die Mörderin? Ich ließe mich gerne von Ihnen verhaften . . .*

Der Brief trug weder eine Anrede noch war er unterschrieben. Morses Gefühl beim Lesen schwankte zwischen Befremden und Faszination. Doch wie sie ganz richtig schrieb, der Brief war im Grunde ganz belanglos, da er ohne Konsequenzen bleiben würde. Und doch machte er sich natürlich Gedanken (welcher Mann hätte das nicht getan!), wer sie wohl sein mochte. Der Ton des Briefes hatte ihm eigentlich gefallen, und er mußte zugeben, daß sie zumindest Mut besaß – außerdem hatte sie nur einen einzigen orthographischen Fehler gemacht!

Um zehn nach fünf riß ihn ein Anruf von Lewis jäh aus seinen Träumen. Der Sergeant war völlig aus dem Häuschen.

Kapitel Sechsunddreißig

DIENSTAG, 7. JANUAR

Wenn du das Wesen eines Autors begriffen hast, kommt das Verständnis seiner Werke von selbst.
Longfellow

Lewis entdeckte den fotokopierten Brief in der Brusttasche eines alten Sportsakkos, und er brauchte nicht mehr als die erste Seite zu lesen, um zu wissen, daß dieser Brief genau das Beweisstück war, das Morse sich erhofft hatte. Sein Anruf im Präsidium fiel entsprechend überschwenglich aus. Morses Freude war fast noch größer als die des Sergeant, und als er eine halbe Stunde später endlich die vier Bögen in der Hand hielt, betrachtete er sie mit einer Andacht, nicht unähnlich der eines Bibelforschers, dem man gestattet hat, den *Codex Vaticanus* einzusehen.

Du bist ein egoistisches Biest, aber wenn Du denkst, Du kannst Dich jetzt so ohne weiteres zurückziehen, wie es Dir paßt, dann mach Dich auf Ärger gefaßt, vielleicht habe ich da auch noch ein Wörtchen mitzureden. Wenn Du vorhast, mich wie ein Stück Dreck zu behandeln, dann mach Dir am besten gleich klar, daß ich es Dir heimzahlen werde. Und ich warne Dich: Ich kann ganz schön gemein sein, wenn ich will, so gemein wie Du jedenfalls allemal. Und wie gern hast Du doch alles genommen, was ich Dir geben konnte, und die Tatsache, daß ich es Dir auch geben wollte, heißt noch lange nicht, daß wir jetzt quitt wären und Du so mir nichts, dir nichts alles hinschmeißen und so tun kannst, als sei nichts gewesen. Nun, der Zweck dieses Briefes ist, Dich eines Besseren zu belehren. Und gib Dich keinen falschen Hoffnungen hin – ich meine es ernst. Du hast immer behauptet, Du könntest im Büro nicht frei sprechen, aber diesen Eindruck hatte ich am vergangenen Montag ganz und gar nicht – ich fand Deine Worte mehr als eindeutig! Nein, diese Woche hättest Du keine Zeit, nächste Woche auch nicht, und in der Woche darauf seist Du ebenfalls sehr beschäftigt! Ich weiß, daß Du mir, was das Alter angeht, drei Jahre voraus bist, aber glaub bloß nicht, daß Du deshalb klüger bist. Du solltest inzwischen gelernt haben, daß man mich nicht an der Nase herumführen kann – Du auch nicht. Du hast am Telefon gesagt, Du würdest Dich im nächsten Semester nicht wieder für einen Abendkurs einschreiben, dabei weißt Du genau, daß dies die einzige Möglichkeit war, einmal länger zusammen zu sein. Wenn Du denkst, ich würde diese Entscheidung so einfach hinnehmen, dann kennst Du mich offenbar noch nicht richtig. Ich bestehe jedenfalls darauf, Dich wiederzusehen – und sei es nur zu einer letzten Aussprache. Wenn Du auch nur ein wenig Gerechtigkeitsgefühl hast, wirst Du einsehen, daß diese Forderung nur gerecht ist. Aber selbst wenn nicht, sollte Dich zumindest Dein gesunder Menschenverstand veranlassen, darauf einzugehen; Du weißt, ich kann Dir, wenn ich will, jede Menge Schwierigkeiten machen. Treib mich also nicht zum Äußersten! Niemand weiß bisher von unserer Beziehung, und wenn es nach mir geht, braucht auch in Zukunft niemand davon zu erfahren. Ich habe mich in Anwesenheit Dritter Dir gegenüber immer sehr zurückhaltend gegeben, so zurückhaltend, daß bis zum Schluß keine Deiner Kolleginnen auch nur das Geringste geahnt hat – und zwar auf Deinen Wunsch hin. Mir selber wäre es völlig egal gewesen, ob die Leute etwas mitbekommen hätten oder nicht, Du warst immer diejenige, die Angst hatte, daß etwas herauskäme – das solltest Du bei Deiner Entscheidung bedenken. Ich schlage vor, wir treffen uns am nächsten Montag. Sag Deiner Chefin, du müßtest zum Zahnarzt, oder laß Dir irgend etwas anderes einfallen. Ich werde wie immer um zehn vor eins mit dem Auto vor der Summertown-Bücherei stehen. Dann haben wir vierzig Minuten Zeit. Nicht viel, aber besser als nichts. Sieh zu, daß Du kommen kannst – in unser beider Interesse. Vielleicht hätte ich damit rechnen sollen, daß sich Deine Gefühle im Laufe der Zeit etwas abkühlen werden... Während meiner Schulzeit habe ich irgendwo einmal gelesen, daß jede Liebesbeziehung ungleichgewichtig sei: einer gebe immer die Küsse, und einer halte immer nur die Wange hin. Wenn ich in unserer Beziehung derjenige bin, der küßt, so macht mir das nichts – Hauptsache, ich kann Dich sehen. Ich kann mich allerdings noch sehr gut an Zeiten erinnern, wo Du es warst, die darauf drängte, daß wir uns trafen, und so *manches Mal konnte es Dir mit dem Ausziehen gar nicht schnell genug gehen, und das lag nicht allein daran, daß unsere Zeit so knapp war. Ich rechne also am Montag mit Dir und hoffe für Dich, daß Du es möglich machst. Beim Durchlesen des Briefes fällt mir gerade auf, daß manche Sätze bei Dir den Eindruck erwecken könnten, als wollte ich Dir drohen. Ich hoffe, du glaubst mir, wenn ich Dir sage, daß Dich in Angst und Schrecken zu sehen das letzte ist, was ich will. Es ist nicht meine Art, viele Worte um meine Gefühle zu machen – vielleicht ist das ein Fehler! Ich kann nur sagen, daß ich Dich liebe seit dem Moment, als ich zum erstenmal Deine Haare golden in der Sonne leuchten sah. Also bis Montag – denk dran, daß ich warte!*

Morse las den Brief langsam durch; ab und zu huschte ein befriedigtes Lächeln über seine Züge, so, als gehe ihm ein Licht auf.

Kaum hatte er den Brief beiseitegelegt, platzte Lewis heraus: «Was halten Sie davon, Sir?»

Morse lehnte sich bedächtig in seinem Sessel zurück. Die Ellenbogen auf die Armlehnen gestützt, die Fingerspitzen aneinandergelegt, sagte er nachdenklich: «Was halten *Sie* denn von dem Brief, Lewis? Was sagt er Ihnen, schießen Sie mal los!»

Gewöhnlich haßte Lewis Momente wie diesen. Aber da er sich diese Frage nach der Lektüre des Briefes bereits selbst gestellt hatte, geriet er nicht allzu sehr ins Schleudern, sondern begann zügig mit seiner Analyse – er hoffte nur, daß Morse sie billigen würde.

«Also zunächst einmal beweist der Brief meiner Meinung nach eindeutig, daß Margaret Bowman ihrem Mann untreu gewesen ist. Und zwar schon seit längerer Zeit, denn ihr Liebhaber erwähnt in seinem Brief einen Abendkurs, der ihr offensichtlich als Alibi gedient hat, ihn zu treffen. Ich nehme an, daß es sich um einen Kurs im letzten Herbstsemester gehandelt hat, und die Kurse beginnen im September. Kennengelernt haben sie sich aber vermutlich schon früher, denke ich, weil er zum Schluß schreibt, daß er ihre Haare in der Sonne golden habe leuchten sehen.» Lewis' Ton ließ durchblicken, daß er von derlei Schmeicheleien nicht viel hielt. «Soviel zu Punkt eins. Das zweite ist sein Alter. Es heißt in dem Brief, sie habe ihm drei Jahre voraus; ich habe daraufhin einmal bei der *Delegacy* angerufen und mir Margaret Bowmans Geburtsdatum geben lassen. Sie ist letzten September sechsunddreißig geworden, das bedeutet, ‹X› ist circa dreiunddreißig.» (Lewis merkte, wie er zunehmend sicherer wurde, und war sehr mit sich zufrieden.) «Und dann ist mir noch eine dritte Sache aufgefallen, Sir», fuhr er fort. «‹X› schlägt Margaret vor, ihn um zehn vor eins an der Summertown-Bücherei zu treffen, das ist eine realistische Zeit, denn die Mittagspause bei den *Locals* beginnt um 12.45 Uhr, und der Weg vom Ewert Place zur South Parade ist, wenn man sich beeilt, in fünf Minuten gerade zu schaffen. Und nun ist mir noch etwas aufgefallen, Sir. Die Mittagspause beträgt sechzig Minuten. Rechnet man davon zehn Minuten ab, fünf Minuten für den Weg hin und fünf Minuten für den Weg zurück, so bleiben immer noch *fünfzig* Minuten. Unser ‹X› schreibt aber etwas von *vierzig* Minuten, die sie Zeit hätten. Ich denke, daß er noch mal jeweils fünf Minuten Fahrzeit abgerechnet hat, die sie brauchen, um zu seiner Wohnung zu kommen. Das läßt vermuten, daß er irgendwo im Westen von Oxford wohnt, zum Beispiel in einer Nebenstraße der Woodstock Road – wenn er in einem der Stadtteile im Osten lebte, gäbe es sonst sicher günstigere Punkte, um sich zu verabreden.»

Morse hatte, während Lewis seine Vermutungen äußerte, ab und zu zustimmend genickt und setzte gerade an, seinen Sergeant zu dessen scharfsinnigen Schlußfolgerungen zu beglückwünschen, als dieser schon wieder weiterredete, und es hatte fast den Anschein, als komme er erst jetzt so richtig in Schwung.

«Wenn wir nun diese neuen Fakten dem hinzufügen, was wir bereits wissen, Sir, dann denke ich, daß wir unseren Mann schon so gut wie ausfindig gemacht haben. Wir wissen erstens, daß er höchstens fünf Autominuten von Summertown entfernt wohnt, und zweitens, daß er circa dreiunddreißig Jahre alt ist. Und wenn es bei uns so etwas wie eine computerisierte Personenkartei gäbe, dann hätten wir ihn schon. Aber ich glaube, es gibt auch noch eine andere Möglichkeit, hinter seine Identität zu kommen: Wir könnten die Teilnehmerinnen von Margaret Bowmans Abendkurs befragen. Sie ausfindig zu machen, dürfte kein allzu großes Problem sein, und bestimmt hat die eine oder die andere irgend etwas bemerkt, das uns weiterhilft. Mir scheint, es wäre ein sehr sinnvolles Unternehmen; wenn Sie einverstanden sind, kann ich gleich anfangen.»

Morse schwieg eine Weile, dann sagte er: «Ja, ich glaube, das wäre eine Möglichkeit.»

Lewis, der, was die Äußerungen des Chief Inspectors anging, mit einer Art sechstem Sinn ausgestattet war, meinte in Morses Stimme einen Unterton von Beunruhigung vernommen zu haben und fragte besorgt: «Ist irgendwas, Sir?»

«Nein. Nein, was soll denn sein. Ich dachte nur gerade – also es würde mich wirklich interessieren, Lewis, was Sie von dem Brief *als ganzem* halten. Was für ein Mann ist er Ihrer Meinung nach?»

«Na ja, also das ist nicht so einfach zu sagen. Ich glaube, er ist sehr widersprüchlich. Nach dem, was er ihr schreibt, scheint es ja so, als ob er Margaret tatsächlich liebte, aber gleichzeitig wird er an manchen Stellen sehr unangenehm. Ich glaube, er ist jemand, der unter Umständen rücksichtslos und sogar brutal sein kann. Wenn er Margaret liebt, dann vermutlich auf eine sehr egoistische und besitzergreifende Art und Weise. Ich stelle ihn mir vor als jemanden, der, wenn es darum geht, sie zu behalten, notfalls zum Äußersten bereit wäre.»

Morse nickte. «Ja, das denke ich auch. Und mehr noch. Ich denke, daß wir genug Anhaltspunkte haben, um sagen zu können, daß er das Äußerste tatsächlich getan hat – wenn man Mord als das Äußerste bezeichnen will.»

«Haben Sie eine Vorstellung davon, was wirklich passiert ist?» fragte Lewis.

«Ja, schon – aber ich weiß natürlich nicht, wieweit sie wirklich zutrifft. Unzweifelhaft scheint mir, daß Bowman diesen Brief, der uns jetzt hier vorliegt, eines Tages zufällig entdeckt haben und ihm klar geworden sein muß, daß seine Frau ihn betrog. Die meisten Männer hätten diese Tatsache vermutlich irgendwie hingenommen, auch wenn so etwas natürlich eine riesige Kränkung ist. Aber Bowman hat offenbar anders reagiert. Er liebte und brauchte seine Frau wohl sehr viel mehr, als er selbst vielleicht bis dahin gewußt hatte, und so richteten sich seine Wut und sein Zorn nicht gegen Margaret, sondern gegen den anderen Mann. Ich denke, er wird sie über seine Entdeckung ziemlich bald informiert haben und auch darüber, daß er vorhabe, ihr zu helfen, indem er den anderen – ihren Geliebten, seinen Nebenbuhler – beseitigte. Daß eine solche Tat darüber hinaus ihm auch Genugtuung für seinen verletzten Stolz verschaffen würde, wird er dabei unerwähnt gelassen haben. Wir beide, Lewis, arbeiten nun schon seit Jahren zusammen und haben, ich weiß nicht wie viele, Geständnisse gehört, aber die Motive lassen sich im Grunde an den Fingern einer Hand abzählen: Haß, Eifersucht, Rache, Gier – manchmal Angst. Und was immer es auch hier gewesen sein mag, wir können, glaube ich, in jedem Fall davon ausgehen, daß Bowman offenbar seine Frau dazu bewegen konnte, ihm für die Ausführung der Tat ihre Hilfe zuzusagen. Wie dieser Plan genau aussah, werden wir vermutlich nie erfahren, es sei denn, Margaret Bowman entschließt sich, es uns zu erzählen. Das einzige, was wir wissen, ist, daß Bowman einen Brief schrieb, der sie für den Fall, daß sie nach dem Mord an ‹X› in Verdacht gerieten, entlasten sollte, damit Margaret als betrogene Ehefrau erschien, die eigentlich das Mitleid ihrer Umwelt verdient hätte, und darüber hinaus den Eindruck erweckte, er selbst sei zur Tatzeit Hunderte von Kilometern vom Schauplatz des Mordes entfernt gewesen.»

«Aber das wußten wir doch alles schon längst...» wandte Lewis ein.

«Lassen Sie mich ausreden, Lewis, ich bin noch nicht fertig. Das Wichtigste kommt erst noch. Irgendwann nämlich erfuhr Bowmans Plan eine Änderung. Und die einzige, die diese Änderung bewerkstelligen konnte, war Margaret Bowman, die offenbar inzwischen zu dem Entschluß gekommen war, daß, wenn sie sich schon zwischen beiden Männern entscheiden mußte, sie doch in Zukunft lieber mit ihrem Geliebten als mit ihrem Ehemann leben wollte. Soweit alles klar, Lewis? Die Einzelheiten sollen uns im Moment nicht interessieren, das Entscheidende ist: der ursprüngliche Plan, den störenden Geliebten zu beseitigen, wird ersetzt durch einen anderen, der vorsieht, den lästigen Ehemann um die Ecke zu bringen.»

«Aber nützt uns dann der Brief, den ich gefunden habe, überhaupt?» fragte Lewis. Der Schwung und das Selbstvertrauen von vorhin waren schon beinahe wieder verschwunden.

«Ja, natürlich! Und Ihre Analyse des Briefes, Lewis, war großartig. Ein Muster an Logik und Klarsicht, nur leider...»

Lewis spürte einen Stich in der Herzgegend. Er wußte, was Morse sagen wollte, und da sagte er es schon lieber selbst.

«Nur, daß ich leider irgendwo einen wichtigen Hinweis übersehen habe, oder?»

Morse wartete einen Moment, dann sagte er mit einem, wie er hoffte, mitfühlenden Lächeln: «Nein, Lewis, nicht einen, *zwei.*»

Kapitel Siebenunddreißig

DIENSTAG, 7. JANUAR

Stell an den höchsten Treppenabsatz dich –
Stütz dich auf einen Gartenkrug –
Web, web dir in dein Haar das Sonnenlicht
T. S. Eliot, *La Figlia che Piange*

«Die Schlußfolgerungen, die Sie aus dem Brief gezogen haben, Lewis, sind, wie ich schon sagte, ein Muster an Logik und Klarsicht, allerdings sind Ihnen zwei wichtige Punkte, die Ihnen hätten auffallen können, entgangen. Punkt eins (Morse überflog den Brief, bis er die entsprechende Stelle gefunden hatte), er schreibt: ‹Ich habe mich in Anwesenheit Dritter Dir gegenüber immer sehr zurückhaltend gegeben, so zurückhaltend, daß bis zum Schluß keine Deiner Kolleginnen auch nur das Geringste geahnt hat.› Ich finde diesen Satz ausgesprochen aufschlußreich, denn er impliziert, daß der Schreiber des Briefes, unser ‹X› also, Margaret Bowman, wenn er nur gewollt hätte, sehr wohl hätte kompromittieren können. Und das setzt voraus, daß er zumindest eine Zeitlang in Margarets näherer Umgebung gewesen ist, und zwar, da von ihren Kolleginnen die Rede ist, an ihrem Arbeitsplatz, das heißt, in der *Delegacy*. Wie ich vorhin von Miss Gibson, der Amtsleiterin, zufällig erfahren habe, hatten sie dort im vergangenen Jahr Ärger mit dem Dach gehabt

207

und den ganzen Sommer über, von Mai bis September, war mindestens ein Dutzend Handwerker mit der Erneuerung beschäftigt.»

Lewis pfiff leise durch die Zähne. Wenn das, was Morse da gesagt hatte, tatsächlich stimmte...

«Aber es gibt noch einen zweiten Punkt», fuhr Morse fort, «der noch eindeutiger ist. Ganz am Ende des Briefes, in den letzten Zeilen, wird er regelrecht poetisch – ein wirklich schönes Bild übrigens, das er da benutzt: ‹Ich kann nur sagen, daß ich Dich liebe seit dem Moment, als ich zum erstenmal Deine Haare golden in der Sonne leuchten sah.› Sie hatten durchaus recht, Lewis, als Sie aus diesem Satz schlossen, daß sie sich vermutlich irgendwann im letzten Sommer kennengelernt haben. Aber der Satz sagt noch mehr und wesentlich Wichtigeres aus. Er verrät uns nämlich, aus welchem Blickwinkel er sie gesehen hatte, als ihm die Schönheit ihrer Haare aufgefallen war: er sah sie *von oben*!»

Lewis dachte einen Moment nach, dann sagte er: «Sie meinen also, wenn ich Sie recht verstanden habe, daß er sie vom Dach aus gesehen hat?»

«Möglich, ja», sagte Morse mit einem geheimnisvollen und gleichzeitig irritierend selbstzufriedenen Lächeln. «Ja, er könnte auf dem Dach gewesen sein. Aber vielleicht auch noch höher...»

«Noch höher?» fragte Lewis verständnislos.

«Ja. Wie ich Ihnen eben schon sagte, mußte im letzten Sommer das Dach der *Delegacy* repariert werden. Und das heißt, daß eine Menge Lasten nach oben zu transportieren waren...»

«Ein Kran!» rief Lewis triumphierend.

«Wäre denkbar, oder?»

«Ja, hatten sie nun einen Kran oder nicht?»

«Keine Ahnung.»

«Erinnern Sie sich, daß ich neulich schon vermutete, unser ‹X› könnte ein Kranführer sein?»

«So?» fragte Morse und grinste.

«Aber ja! Wissen Sie nicht mehr, wie...?»

«Sie haben vielleicht die richtige Vermutung gehabt, Lewis, aber wenn, dann aus den falschen Gründen. Und dafür können Sie nun wirklich keine Anerkennung beanspruchen.»

208

Lewis grinste ebenfalls. «Soll ich Miss Gibson anrufen und sie fragen?»

«Glauben Sie, daß Sie die jetzt noch erreichen? Es ist schon nach halb sechs.»

«Manche Leute bleiben, wenn es notwendig ist, länger – so wie ich zum Beispiel.»

Die Amtsleiterin war tatsächlich noch da. Ja, bei den Dacherneuerungsarbeiten sei ein Kran eingesetzt gewesen – ein riesiges, gelbes Ungetüm. Soweit sie sich erinnere, sei er gleich zu Beginn der Arbeiten im Mai aufgestellt worden und erst mit Beendigung der Reparatur im Oktober wieder verschwunden... Nein, sie habe nichts dagegen, daß Morse und er die alten Hausausweise durchsähen; sie könnten, wenn sie wollten, gleich kommen.

Morse stand auf und zog sich seinen Mantel an. «Jetzt bin ich ja mal wirklich gespannt, Lewis. Der Sicherheitsbeamte hat mir heute nachmittag erklärt, daß Handwerker, Lieferanten und so weiter, die regelmäßig zur *Delegacy* kommen, genau wie die Angestellten eine Art Dauerausweis erhalten, damit nicht jedesmal extra ein Besucherausweis ausgestellt werden muß. Und das heißt, daß eigentlich auch die Arbeiter, die letzten Sommer und Herbst das Dach repariert haben, einen Hausausweis bekommen haben müßten – und Hausausweise, die nicht mehr gebraucht werden, werden an die *Delegacy* zurückgegeben... Wenn ich mir vorstelle: Da haben wir hier gesessen und uns das Hirn zermartert, wie wir ‹X› finden könnten, dabei hätten wir bloß dort die Kartei mit den alten Ausweisen durchsehen müssen – die haben sogar ein Foto drauf! Wenn mir vor einer Stunde einer gesagt hätte, daß die Lösung des Falles so dicht bevorstünde, dann hätte ich ihn ausgelacht... Kommen Sie, Lewis, was ist mit Ihnen? Wir wollen los!»

Doch Lewis machte keine Anstalten, sich zu erheben, und schüttelte nur müde den Kopf. Auf seinem großflächigen, ehrlichen Gesicht lag ein Ausdruck von Trauer: «Ach, wissen Sie, Sir, ich finde es schon schade. Da haben wir uns, wie Sie eben sagten, das Hirn zermartert und wissen sogar schon seinen Vornamen... Und früher oder später hätten wir auch herausgekriegt, wo er wohnt, und wenn wir erst einmal seine Adresse gehabt hätten, dann hätten wir

auf die Hausausweise pfeifen können – ob mit oder ohne Foto...
dann hätten wir nämlich den Fall allein durch *Nachdenken* gelöst.»

Morse hatte sich, während er Lewis zuhörte, auf die Schreib-
tischecke gesetzt. Als der Sergeant fertig war, nickte er nachdenklich. «Ja, irgendwie ist es schon schade, da stimme ich Ihnen zu.
Und es ist in der Tat erstaunlich, zu welch großartigen Ergebnissen
der Mensch mittels seines Verstandes gelangen kann. Aber immer
wieder gibt es auch bestimmte Dinge, wie zum Beispiel mensch-
liche Leidenschaft, die sich den Gesetzen der Logik entziehen, und
da kann es einem passieren, daß man sich eine schöne Theorie zurechtgelegt hat und plötzlich feststellen muß, daß die Annahmen
bei näherer Prüfung nicht standhalten, weil man von falschen Vor-
aussetzungen ausgegangen ist.»

Morses Stimme hatte merkwürdig ernst geklungen, und Lewis
bemerkte auf einmal, wie abgespannt sein Chef aussah. «Denken
Sie, daß uns das hier passieren könnte – daß unsere Annahmen einer
näheren Prüfung nicht standhalten?» fragte er besorgt.

«Ich hoffe nicht. Aber viel wichtiger ist mir, ehrlich gesagt, daß
wir Margaret Bowman retten können – vor allem vor sich selbst.
Eine hübsche Frau, und sie hat so schöne Haare...»

«Das fand ‹X› ja auch», sagte Lewis, stand auf und zog sich den
Mantel an.

An der Wand links neben der Tür hing ein großer Stadtplan von
Oxford, und Morse, obwohl im Begriff zu gehen, blieb einen Moment davor stehen und betrachtete nachdenklich das enge Netz der
Straßen. «Was meinen Sie, Lewis?» Er deutete auf eine davon,
ziemlich weit im Norden. «Dies ist South Parade, wo sie sich getroffen haben. Wenn unsere Annahme stimmt, daß er irgendwo
hier im Umkreis von fünf Autominuten wohnt, dann muß er in
diesem Gebiet stecken», Morse fuhr mit dem Finger eine imaginäre
Kreislinie nach. «Und die Frage ist dann vor allem: Lebt er mehr
Richtung City oder etwas außerhalb? Hier», er wies auf den süd-
lichen Abschnitt der Woodstock Road, «lebt er sicher nicht – da
stehen vor allem Villen. Aber hier», er tippte auf ein Gewirr kleiner
Straßen südlich des Sportgeländes von St. John, hier in Jericho
könnte er wohnen; das ist gut möglich.» Er sah Lewis fragend an,

doch der schüttelte den Kopf. Aus irgendeinem nicht näher erklärbaren Grund war er fest davon überzeugt, ‹X› sei weiter nördlich zu suchen. In Upper Wolvercote, zwischen der Eisenbahnlinie und dem Kanal. Die Straßennamen waren so klein gedruckt, daß er dicht an die Karte herantreten mußte, um sie entziffern zu können: St. Peter's Road, Ulfgar Road, Pixey Place, Diamond Close... Die Häuser dort gehörten, soweit Lewis wußte, alle der Stadt, oder hatten ihr zumindest gehört, ehe die Konservativen sich Anfang der Achtziger plötzlich an das alte Versprechen Anthony Edens erinnert, Großbritannien zu einer Demokratie der Besitzenden zu machen, und begonnen hatte, sie den Mietern zum Kauf anzubieten.

Kapitel Achtunddreißig

DIENSTAG, 7. JANUAR

> *Ich habe sechs ehrliche Diener*
> *(Sie lehrten mich alles, was ich weiß):*
> *Sie heißen ‹Was›, ‹Warum› und ‹Wann›*
> *Und ‹Wie› und ‹Wo› und ‹Wer›.*
> Rudyard Kipling

Die neuen Besitzer hatten sogleich eine Reihe von Veränderungen an den roten Backsteinhäusern vorgenommen; dies wirkte besonders augenfällig bei den Fenstern und den Türen. Letztere waren früher aus schlichtem Fichtenholz gewesen, das einheitlich blau lakkiert worden war. Jetzt sah man überall wuchtige Eichentüren, oder die Bewohner hatten zumindest das alte Hellblau mit einer Farbe eigener Wahl übergestrichen. Die Fenster, vor Jahren bescheidene, schmale Rechtecke, durch hölzerne Sprossen vielfach unterteilt, waren ersetzt worden und bestanden jetzt aus einer einzigen Riesenscheibe; mit einem Rahmen aus Edelstahl. Die ganze Gegend, das war deutlich zu sehen, war «im Kommen», und auch Diamond Close Nummer siebzehn fügte sich nahtlos in den Trend. Der Eingang war überdacht und an den Seiten verglast, und ein Teil des kleinen Vorgartens war betoniert worden, offenbar, um Platz zu schaffen für den hellgrünen Metro, der jetzt dort geparkt stand. Kein Laut war zu hören; unter dem orangefarbenen Licht der Laternen wirkte die Straße wie ausgestorben.

Die beiden Polizeiautos kamen langsam die St. Peter's Road hinaufgefahren; an der Kreuzung St. Peter's Road und Diamond Close hielten sie an. Im vorderen Wagen saßen Morse, Lewis und Sergeant Phillips, in dem Fahrzeug dahinter zwei Constables in Uniform und ein Beamter in Zivil. Sowohl Phillips als auch der Beamte in Zivil waren bewaffnet, und sie waren es denn auch, die wie vereinbart als erste ausstiegen. Nachdem sie, jedes Geräusch sorgfältig vermeidend, die Autotüren hinter sich geschlossen hatten, gingen sie rasch und lautlos die Straße hinunter bis zur Nummer siebzehn. Während Phillips klingelte, zog der Beamte in Zivil seinen Revolver aus der Tasche und hielt ihn, die Mündung nach oben, in der Hand, bereit, um falls nötig sofort zu schießen. Nach ein paar Sekunden wurde es hinten im Haus hell, dann ging die Außenbeleuchtung an, und die Tür wurde geöffnet. Dies war der kritische Moment, und Morse und Lewis hielten sekundenlang die Luft an, um dann erleichtert aufzuatmen: der Mann schien keine Schwierigkeiten zu machen.

Es zeigte sich, daß er sogar auffallend entgegenkommend war. Er hatte gefragt, ob er noch zu Ende essen dürfe (Nein), seine Zigaretten mitnehmen könne (Ja), ob es möglich sei, ihn in seinem eigenen Wagen fahren zu lassen (wiederum Nein) und gebeten, sich seinen Dufflecoat anziehen und einen Schal umbinden zu dürfen, dies war ihm gestattet worden. Er hatte sich mit keinem Wort beschwert, weder verlangt, einen Haftbefehl zu sehen, noch seinen Anwalt zu sprechen, nicht auf sein Recht als freier Bürger eines freien Landes gepocht und auch Lord Longford nicht erwähnt. Morse begann sich insgeheim zu schämen für die reichlich melodramatische Inszenierung, die er da in Gang gesetzt hatte. Aber schließlich – es hätte ja auch ganz anders kommen können.

Zurück im Präsidium, begann Lewis mit der Vernehmung.

«Sie heißen Edward Wilkins?»

«Ja. Edward James Wilkins.»

«Wann sind Sie geboren?»

«Am 20. September 1953.»

«Wo?»

«In Oxford. Diamond Close siebzehn.»

«Also in dem Haus, in dem Sie jetzt leben?»

«Ja, ich habe hier schon mit meiner Mutter gewohnt.»

«Welche Schule haben Sie besucht?»

«Ich habe angefangen auf der Hobson Road-Grundschule.»

«Und danach?»

«Danach bin ich zur Oxford Boys' School gegangen.»

«Wurde dort eine Aufnahmeprüfung verlangt?»

«Ja.»

«Wann sind Sie dort abgegangen?»

«1969.»

«Haben Sie irgendwelche Fächer mit Examen abgeschlossen?»

«Ja. Mathematik, Physik und Technisches Zeichnen.»

«Hatten Sie keinen Kurs in Englischer Literatur?»

«Doch, aber ich habe keinen Abschluß geschafft.»

«Wurde in dem Kurs auch Milton gelesen?» schaltete sich Morse ein.

«Ja. *Comus.*»

«Was haben Sie nach der Schule gemacht?» Es war wieder Lewis, der fragte.

«Ich habe bei der Eisengießerei Lucy in Jericho eine Lehre begonnen.»

«Und danach?»

«Ich habe sie nicht beendet. Nach achtzehn Monaten bin ich gegangen; die Baufirma Mackenzie hatte mir ein Angebot gemacht.»

«Sie arbeiten noch immer bei Mackenzie?»

«Ja.»

«Und was genau tun Sie da?»

«Ich bin Kranführer.»

«Heißt das, Sie sitzen im Führerhaus und schwenken die Lasten durch die Gegend?»

«Wenn Sie es so ausdrücken wollen – ja.»

«Ihre Firma hat letztes Jahr bei der *University of Oxford Delegacy of*

Local Examinations, ich glaube, *Oxford Locals* ist der gebräuchliche Ausdruck, das Dach erneuert, oder?»

«Ja. Die Arbeiten dauerten von Mai bis Oktober.»

«Waren Sie die ganze Zeit dabei?»

«Ja.»

«Wirklich die *ganze* Zeit?»

«Wie?»

«Hatten Sie keine Ferien?»

«O doch, natürlich. Vierzehn Tage. Tut mir leid, daran hatte ich im Moment nicht gedacht.»

«Und wann?»

«Von Ende Juli bis Anfang August.»

«Sind Sie weggefahren?»

«Ja.»

«Wohin?»

«Rauf in den Norden.»

«Könnten Sie uns das vielleicht ein bißchen genauer sagen?»

«In den Lake District.»

«Der Lake District ist groß...»

«Ich war in Derwentwater.»

«Haben Sie Ansichtskarten verschickt?»

«Ja – ein paar.»

«An Freunde – hier in Oxford vielleicht?»

«An wen sonst?»

«Das müssen Sie besser wissen als ich, Mr. Wilkins – ich habe keine Ahnung, wem Sie schreiben, sonst hätte ich Sie ja wohl kaum gefragt, oder?»

Es war das erste Mal während der Vernehmung, daß in dem nüchternen, ziemlich kalten Raum an der Rückseite des Präsidiums so etwas wie Spannung spürbar wurde. Um so spürbarer, als Lewis jetzt absichtsvoll schwieg (wie Morse es ihm vorher für Gelegenheiten wie diese empfohlen hatte), so daß die Spannung sich bis ins beinahe Unerträgliche zu steigern schien.

Sergeant Phillips, der sich auf Morses Geheiß neben der Tür hatte postieren müssen, hatte noch nie vorher einem Verhör beigewohnt und spürte, je länger das Schweigen anhielt, wachsendes Unbehagen. Er beobachtete, wie Wilkins, offensichtlich unter Druck, zweimal, wohl um seine Zigaretten herauszunehmen, nach seiner Gesäßtasche faßte, sich aber im letzten Moment jedesmal wieder beherrschte. Er war ein grobknochiger, blonder Mann mit offenen Gesichtszügen. Phillips fand ihn sympathisch; er konnte sich nur schwer vorstellen, daß dieser Mann tatsächlich ein Mörder sein sollte, wußte aber auch, daß sowohl Morse als auch Lewis große Erfahrung hatten, was Mordfälle anging, und so hörte er, kaum daß Lewis erneut zu fragen begonnen hatte, wieder gebannt zu.

«Wann sind Sie Margaret Bowman zum erstenmal begegnet?»

«Sie wissen, daß Margaret und ich uns kennen?»

«Wie Sie hören, ja!»

«Wir haben uns letzten Sommer kennengelernt, als ich bei den Dacharbeiten in der *Delegacy* eingesetzt war. Wir durften, wenn wir wollten, in der Kantine essen, und dort habe ich Margaret eines Mittags angesprochen.»

«Und wann haben Sie sich zum erstenmal außerhalb der Arbeitszeit getroffen?»

«Irgendwann im Juni. Sie besuchte einen Abendkurs an der Volkshochschule; ich habe sie anschließend abgeholt, und wir sind zusammen etwas trinken gegangen.»

«Haben Sie sie regelmäßig abgeholt?»

«Nach einiger Zeit ja.»

«Und irgendwann haben Sie sie gefragt, ob sie mit zu Ihnen nach Hause käme?»

«Ja.»

«Haben Sie miteinander geschlafen?»

«Ja.»

«Aber irgendwann hat sie dann die Lust verloren und wollte die Beziehung beenden – ist das richtig?»

«Nein, das ist *nicht* richtig!»

«Liebten Sie sie?»

«Ja.»

«Und Sie lieben sie noch immer?»

«Ja.»

«Und sie liebt Sie auch?» (Morse lauschte erstaunt und entzückt, mit welcher Souveränität sein Sergeant Fragen zum Thema ‹Lieben› zu variieren verstand.)

«Glauben Sie etwa, ich hätte sie gezwungen?» Es klang aggressiv, aber man spürte seine Unsicherheit. Und jetzt auf einmal wurde auch ein gewisser ordinärer Unterton hörbar, der vorher verborgen gewesen war.

«Stammt der von Ihnen?» Lewis gab Wilkins den fotokopierten Brief, den er in der Tasche von Bowmans Sakko gefunden hatte.

«Ja, den habe ich geschrieben.»

«Und da wollen Sie wirklich behaupten, Sie hätten sie nicht gezwungen?»

«Ich wollte sie wiedersehen, das war alles.»

«Um mit ihr zu schlafen?»

«Nicht nur deswegen – nein.»

«Haben Sie sich an dem besagten Montag getroffen?»

«Ja.»

«Und Sie haben sie mit zu sich nach Hause genommen?»

«Ja.»

«Haben Sie bemerkt, daß Ihnen jemand gefolgt ist – in einem Wagen?»

«Wie kommen Sie denn darauf?»

«Mr. Bowman war über Sie im Bilde – diese Fotokopie Ihres Briefes fanden wir in einem seiner Jacketts.»

Wilkins schüttelte langsam, scheinbar bedauernd, den Kopf. «Das habe ich nicht gewußt – wirklich nicht. Ich habe Margaret immer gesagt, daß ich auf keinen Fall wolle, daß irgend jemand – nun, ... *verletzt* würde.»

«Sie wollen also behaupten, Ihnen sei nicht bekannt gewesen, daß Mr. Bowman Bescheid wußte?»

«Ja.»

«Mrs. Bowman hat Ihnen demnach nichts erzählt?»

«Nein. Wir haben an jenem Montag miteinander Schluß gemacht. Sie sagte, sie könne die Belastung, zwei Männer gleichzeitig zu lieben, nicht länger aushalten und habe sich entschieden, bei ihrem Mann zu bleiben. Es war ein ziemlicher Schlag für mich, aber ich habe versucht, ihren Entschluß zu akzeptieren – etwas anderes blieb mir ja auch schließlich nicht übrig.»

«Und haben Sie sie danach noch einmal gesehen?»

Wilkins' Mund verzog sich zu einem schwachen Lächeln. Er

hatte regelmäßige Zähne, die allerdings durch Nikotin unschön verfärbt waren. «Ja, ja ich habe sie noch einmal gesehen.» Er blickte auf seine Uhr. «Vor etwas über einer Stunde, um genau zu sein. Sie ist kurz vor Ihnen gekommen und war noch bei mir, als Sie plötzlich auftauchten, um mich abzuholen.»

Morse schloß die Augen wie jemand, der einen unerträglichen Schmerz verspürt, während Lewis Wilkins einen Moment lang fassungslos anstarrte, bis er schließlich hervorbrachte: «Soll das heißen...»

«Sie kam, wie ich schon sagte, kurz vor Ihnen – ungefähr eine halbe Stunde früher, würde ich sagen, so gegen Viertel vor sechs. Sie sagte, sie wisse sich keinen Rat mehr; sie brauche Hilfe.»

«Wollte sie Geld?»

«Nein. Davon hat sie jedenfalls nichts gesagt. Es hätte aber auch keinen Zweck, mich zu fragen – das weiß sie auch.»

«Hat sie gesagt, was sie vorhat?»

«Nicht genau. Aber ich glaube, daß sie versucht hat, sich mit ihrer Schwester in Verbindung zu setzen.»

«Wo lebt diese Schwester?»

«Irgendwo in der Nähe von Newcastle.»

«Haben Sie ihr angeboten, daß sie bei Ihnen bleiben könnte?»

«Das erschien mir nicht ratsam.»

«Denken Sie, daß sie jetzt noch bei Ihnen ist?»

«Nein, bestimmt nicht. Sie wird, nachdem wir gegangen sind, zugesehen haben, so schnell wie möglich wegzukommen.»

(Morse winkte Sergeant Phillips heran und flüsterte ihm etwas zu, woraufhin dieser eilig den Raum verließ.)

«Sie glauben also, sie ist auf dem Weg nach Norden?» fragte Lewis.

«Ich weiß es nicht, ich kann es wirklich nicht sagen. Ich habe ihr geraten, das Land zu verlassen, per Schiff oder wie auch immer, aber sie sagte, das ginge nicht.»

«Wieso?»

«Ihr Paß ist offenbar abgelaufen, und sie hatte Angst, einen neuen zu beantragen, da sie wüßte, daß man versuchte, sie zu finden.»

«Haben Sie darüber gesprochen, daß wir auch versuchen würden, *Sie* zu finden?»

«Nein, natürlich nicht; wie kommen Sie zu einer solchen Vermutung?»

«Sie haben noch gar nicht gefragt, warum wir Sie hier vernehmen – ich nehme an, das liegt daran, daß Sie sich den Grund denken können», sagte Lewis und sah Wilkins scharf an.

Dieser zuckte in gespielter Gleichgültigkeit die Achseln. «Nein, da irren Sie sich», sagte er. «Ich bin, ehrlich gesagt, immer noch überrascht, daß Sie glauben, sich mit mir befassen zu müssen.»

«Ach wirklich? Mrs. Bowman wäre sicherlich kein bißchen überrascht; sie hat es nämlich erwartet. Deshalb ist sie auch, obwohl sie wußte, daß sie ein Risiko lief, von uns gestellt zu werden, noch einmal in ihr Haus nach Chipping Norton zurückgekehrt, um etwas zu holen, das uns möglicherweise auf Ihre Spur hätte bringen können – ich spreche von der Ansichtskarte, die Sie ihr aus dem Lake District geschickt haben.»

Es war plötzlich totenstill im Raum, so als hätten alle gleichzeitig einen tiefen Atemzug getan und dann die Luft angehalten.

In die Stille hinein sagte Lewis mit ernster Stimme: «Hiermit erkläre ich Sie wegen Mordes an Thomas Bowman für verhaftet!»

Wilkins sackte plötzlich in sich zusammen. Mit aschfahlem Gesicht stammelte er heiser: «Sie machen da einen schrecklichen Fehler!»

Kapitel Neununddreißig

DIENSTAG, 7. JANUAR

Wenn du ärgerlich bist, zähl bis vier; bist du wütend,
dann fluche!
Mark Twain

«Habe ich alles richtig gemacht, Sir?» erkundigte sich Lewis etwas
unsicher, als er fünf Minuten später mit Morse in der Kantine saß.

«Ja, sehr gut – ausgezeichnet sogar», antwortete Morse lächelnd.
«Aber wir müssen uns jetzt genau überlegen, wie wir weitermachen, weil wir nicht viel in der Hand haben und es uns bei ein oder
zwei Dingen schwerfallen dürfte, sie tatsächlich zu beweisen. Ich
schlage vor, wir gehen den ganzen Fall noch einmal durch; lassen
Sie uns mit dem anfangen, was ich der Einfachheit halber einmal
Plan eins nennen möchte. Also: Es hat damit begonnen, daß Bowman den Brief fand, den Wilkins an Margaret geschrieben hatte,
und den beiden an jenem Montag zum Diamond Close folgte.
Nachdem Margaret von dem Treffen zurück war, hat er sie vermutlich mit der Tatsache konfrontiert, daß er im Bilde sei, und ihr seinen Plan bezüglich Wilkins' Ermordung enthüllt. Und Margaret,
ohnehin durch Wilkins in Bedrängnis, erklärte sich zunächst bereit
mitzumachen. Der erste Punkt laut Plan war nun, daß Margaret
Wilkins darüber informierte, daß ihr Mann über Silvester wegen
eines Weiterbildungskursus verreist sei, und ihn fragte, ob er, Wilkins, nicht Lust habe, Silvester und Neujahr mit ihr in einem Hotel
zu verbringen. Bowman ging wohl, nicht ganz zu Unrecht, wie ich
meine, davon aus, daß sich Wilkins nicht zweimal würde bitten
lassen. So. Der nächste Schritt sah dann vor, daß Margaret mit ihrem Geliebten vereinbarte, ihn am Nachmittag des Silvestertages,
sobald sie den Zimmerschlüssel hätte, anzurufen und ihm die Zimmernummer mitzuteilen, so daß er, ohne gesehen zu werden, zu ihr
kommen konnte. Nach seiner Ankunft hätten Margaret und Wilkins dann zunächst noch ein Schäferstündchen miteinander verbringen dürfen. Gegen sechs Uhr aber hätten sie anfangen müssen,
sich zu verkleiden – Voraussetzung für das Ganze war übrigens, daß

Wilkins recht frühzeitig seine Bereitschaft erklärte, sich auch tatsächlich kostümieren zu wollen. Um sieben Uhr dann hätte Margaret unter einem Vorwand hinausgehen sollen, um ihrem Mann, der – genau wie Wilkins als Rasta verkleidet – schon draußen wartete, den Zimmerschlüssel zu geben. Nun ist Wilkins, wie wir wissen, sehr viel kräftiger als Bowman, und diese Tatsache dürfte letzterem, als er Margaret und Wilkins zusammen gesehen hat, wohl ebenfalls aufgefallen sein. Ich nehme deshalb an, daß Bowman es nicht auf einen Kampf Mann gegen Mann ankommen lassen wollte und vorhatte, sich zu bewaffnen – mit einem Messer vielleicht oder auch mit einer Pistole. Nach dem Mord dann sollte das große Täuschungsmanöver über die Bühne gehen. Bowman hätte natürlich in seinem Plan auch einfach eine Flucht vorsehen können, aber das war ihm wohl zu riskant: er konnte ja nicht ausschließen, daß einer der Hotelangestellten bemerken würde, daß die ‹Ballards› nicht zur Silvesterparty erschienen waren, und auf die Idee kommen, einmal in ihrem Zimmer nachzusehen – und dann wäre die Leiche natürlich sofort entdeckt worden. Da schien der große Mummenschanz schon sicherer. Und das wäre er wohl auch tatsächlich gewesen: wer hätte die beiden schon wiedererkennen sollen? Ihn, mittels brauner Schminke bis zur Unkenntlichkeit verändert, und sie eingehüllt in ihren Tschador? Der einzige kritische Moment, der eine spätere Identifizierung ermöglicht hätte, war die Anmeldung am Empfang. Aber erstens war vorherzusehen, daß am Silvestertag sehr viel zu tun sein würde – und viel Arbeit heißt immer, daß die Aufmerksamkeit der Angestellten reduziert ist –, und zweitens würde es dank des winterlichen Wetters überhaupt nicht auffallen, wenn man dick vermummt, in Schal und Mütze und was weiß ich noch allem, im Foyer erschien.»

Lewis nickte.

«Soweit also der ursprüngliche Plan. Es ist natürlich nur eine Rekonstruktion; aber so, oder zumindest ganz ähnlich muß er ausgesehen haben, anders lassen sich bestimmte Dinge, wie zum Beispiel Bowmans vorsichtshalber geschriebener Entlastungsbrief, nicht erklären. Der Plan war an und für sich auch gar nicht schlecht – bis auf einen, allerdings wesentlichen Punkt. Bowman wußte zwar eine Menge über Wilkins, aber bei weitem nicht genug; vor allem dürfte ihm nicht im entferntesten klar gewesen sein, wie groß Wilkins' Einfluß auf Margaret war – letztlich ja so groß, daß sie sich, vor die Entscheidung gestellt, zwischen ihrem Mann und ihrem Geliebten zu wählen, für letzteren entschied, wie wir wissen. Möglicherweise hat dabei auch eine Rolle gespielt, daß ihr Bowman durch seinen Mordplan widerwärtig geworden war – aber das ist nur eine Vermutung. Wie auch immer, eins steht fest: irgendwann ging Margaret zu Wilkins und offenbarte ihm den gegen ihn gerichteten Plan. Man braucht kein Genie zu sein – und Wilkins wirkt auf mich nicht, als sei er ein besonders großes Licht –, um sofort zu sehen, welche Chance sich da eröffnete: die ganze Sache konnte genau so vonstatten gehen, wie Bowman sie geplant hatte – mit einem wesentlichen Unterschied: Wilkins würde nicht das Opfer sein, sondern der Täter, der mit einer Flasche in der Hand hinter der Tür warten und Bowman bei seinem Eintreten mit einem wuchtigen Schlag den Hinterkopf zerschmettern würde.»

«Der Schlag wurde gegen das Gesicht geführt, Sir», sagte Lewis leise; er war immer dafür, sich, wenn möglich, korrekt auszudrükken.

«Ja, ja, ich weiß», murmelte Morse ungeduldig, «aber das ist in diesem Zusammenhang jetzt wirklich völlig egal. Nach dem Mord nun», fuhr er fort, «kam Plan zwei, wie ich ihn nennen will, zur Ausführung: Wilkins, genauso ausstaffiert wie der Tote in Zimmer drei, erschien zusammen mit Margaret Bowman auf der Silvesterparty und versuchte, so gut es ging, den Eindruck zu erwecken, daß er sich großartig amüsiere. Bowman und Wilkins waren etwa gleich groß, und man kann sich leicht ausrechnen, daß die Gäste und Angestellten, wenn sie irgendwann am nächsten Tag erfahren hätten, daß ein Toter im Rasta-Kostüm gefunden worden sei, annehmen würden, daß es sich um denselben Mann handele, der am Abend zuvor für ein ebensolches Kostüm den ersten Preis bekommen hatte. Und genau das war ja auch beabsichtigt. Auf diese Weise hofften Margaret und Wilkins, uns über die tatsächliche Tatzeit täuschen zu können. Denn wenn der Mann auf der Party und der Tote ein und dieselbe Person waren, dann konnte der Mord erst nach Mitternacht begangen worden sein. Entscheidend war natürlich, daß die Leiche nicht zu früh gefunden wurde; was diesen Punkt angeht, hatten die beiden jedoch, wie wir wissen, Glück. Und um ganz sicherzugehen, daß nicht doch noch durch ein gerichtsmedizinisches Gutachten die *tatsächliche* Todeszeit festgestellt wurde, drehte Wilkins vorsichtshalber die Heizung ab und öffnete das Fenster, so daß sich Max in der Tat nicht in der Lage sah, sich auf eine genaue Zeit festzulegen. Ich bin mir im übrigen nicht sicher, ob es nicht sogar klüger gewesen wäre, die Heizung, statt sie abzustellen, voll aufzudrehen und das Fenster zu schließen, aber egal. Wichtig ist allein, daß Wilkins den Eindruck erwecken wollte, die Tat sei nach Mitternacht begangen worden. Soweit einverstanden, Lewis?»

Doch der schüttelte den Kopf. «Nein, Sir, ehrlich gesagt, ich verstehe nicht, warum ihm das so wichtig gewesen sein soll.»

«Sie brauchen jetzt im Augenblick auch noch gar nichts zu verstehen, Hauptsache, Sie glauben mir.»

Aber Lewis blickte ihn eher skeptisch an. «Mir wird das Ganze allmählich zu kompliziert, Sir. Ich weiß schon bald gar nicht mehr, wer als was verkleidet war und wer wem umgebracht hat.»

«*Wen*, Lewis, wer *wen* umgebracht hat», berichtigte Morse sanft.

«Und sind Sie wirklich sicher, daß tatsächlich Wilkins der Mörder ist?»

«Aber Lewis! So glauben Sie mir doch endlich: der Fall ist gelöst. Zwei oder drei Einzelheiten bleiben noch zu klären, aber . . .»

«Hätten Sie etwas dagegen, wenn ich Ihnen ein paar Fragen stellte?»

«Ich dachte eigentlich, ich hätte alles deutlich genug erklärt, aber bitte . . .» sagte Morse ungnädig.

«Sie haben gesagt, Sir, daß Wilkins uns weismachen wollte, der Mord sei erst nach Mitternacht begangen worden. Aber ich verstehe wirklich nicht, warum. Wenn dadurch sein Alibi sicherer würde, dann wäre das etwas anderes. Aber so? Ob Bowman nun um sieben oder um acht oder nach zwölf ermordet worden ist – es ist doch alles einerlei. Wilkins und Margaret waren doch ohnehin ständig am Tatort.»

«Ja. Aber wer redet denn auch von einem Alibi? Ich jedenfalls nicht. Ich habe einzig und allein gesagt, daß er wollte, daß es so aussah, als ob der Mord erst nach Mitternacht passiert sei. Und daß er das wollte, ist ja wohl offensichtlich, oder?»

«Hm», sagte Lewis. Es klang wenig überzeugt. «Da wäre noch etwas, Sir – Bowmans ursprünglicher Plan, Plan eins, wie Sie ihn genannt haben... Wäre es nicht viel vernünftiger gewesen, den Mord zu begehen, den Mord an Wilkins meine ich, und dann so schnell wie möglich zu verschwinden? Selbst wenn die Leiche noch am selben Abend gefunden worden wäre – na und? Wer wäre denn schon auf die Idee gekommen, ein unauffälliges, harmloses Ehepaar aus Chipping Norton zu verdächtigen?»

Morse nickte müde. Lewis' Einwände schienen ihn zu frustrieren.

«Ich gebe Ihnen ja recht. Aber irgendwie müssen wir schließlich erklären, wie der tote Bowman in genau demselben Kostüm aufgefunden worden ist, das auch Wilkins auf der Silvesterparty getragen hat. Verstehen Sie doch, Lewis», sagte er fast flehentlich, «unsere Aufgabe ist es, die Fakten zu erklären, und genau das habe ich versucht. Und das Ergebnis ist meine Theorie, die ich eben vor Ihnen ausgebreitet habe. Und sie paßt – es sei denn, irgend jemand würde behaupten, daß Bowman erst nach seinem Tod in das Kostüm gesteckt wurde. Aber das halte ich nun wirklich für absolut unwahrscheinlich!»

«Ja», stimmte Lewis zu, «das kann ich mir eigentlich auch nicht vorstellen. Übrigens – es gibt da noch einen Punkt, auf den ich Sie aufmerksam machen wollte, Sir.»

«Ja?» sagte Morse. Es klang nicht sehr erfreut.

«Im Autopsiebericht stand, daß Bowman vor seinem Tod Forelle, Erdbeerkuchen und Käse gegessen habe, also genau das, was es auch beim Silvester-Menü im Hotel *Haworth* gab – sie hatten allerdings noch ein paar Gänge mehr.»

«Na und?»

«Glauben Sie, es war Zufall, daß Bowman dasselbe gegessen hat?»

«Nein, Margaret Bowman muß vorher herausbekommen haben, wie das Silvester-Menü aussehen würde, und da hat sie sich zu Hause hingestellt und ihrem Mann dasselbe gekocht – sehr einfach.»

«Aber wie hat sie in Erfahrung gebracht, was es geben würde?»

«Keine Ahnung. Sie *hat* es eben in Erfahrung gebracht. Warum

223

können Sie eine Tatsache nicht einfach so akzeptieren», sagte Morse gereizt.

«War nur eine Frage, Sir», sagte Lewis besänftigend, «kein Grund, sich aufzuregen!»

«Ich rege mich ja gar nicht auf. Ich versuche nur, Ihnen klarzumachen, daß, wenn eine Ehefrau und ihr Geliebter beschließen, den störenden Dritten, sprich Ehemann, aus dem Weg zu räumen, und zu diesem Zweck einen komplizierten Plan aushecken, unsere Theorie bezüglich der Tat notwendigerweise ebenfalls kompliziert ausfallen muß. Ich hoffe, das leuchtet Ihnen ein!»

Lewis nickte vorsichtig. «Ja, schon, aber ich möchte trotzdem noch einmal auf meinen Einwand von vorhin zurückkommen, Sir. Es ist auch wirklich das letzte Mal, daß ich davon spreche, darauf können Sie sich verlassen... Also der Punkt ist: Mir will nicht einleuchten, daß sie nach der Tat dageblieben sind. Ich stelle mir vor, wie sie innerlich gezittert haben müssen – und ich begreife nicht, warum sie nicht zugesehen haben, daß sie wegkamen. Ich kann einfach keinen plausiblen Grund erkennen, warum sie sich so verhalten haben. Wenn sie sich wenigstens dadurch ein Alibi verschafft hätten...»

«Können Sie nicht endlich einmal von etwas anderem reden, Lewis?» sagte Morse genervt. «Die beiden haben kein Alibi. Stimmt. Aber so was soll ja schließlich vorkommen, oder?»

Die beiden Männer schwiegen.

Nach einer Weile sah Lewis Morse an und fragte in versöhnlichem Ton: «Möchten Sie noch eine Tasse Kaffee, Sir?»

«Ja – nein. Doch! Ach, ich muß mich bei Ihnen, glaube ich, entschuldigen, Lewis. Es ist nur... Sie machen mir meine ganze Theorie kaputt.»

«Hauptsache ist, wir haben den Mörder, Sir. Das ist das einzige, was zählt.»

Morse nickte.

«Und Sie sind sich doch auch absolut sicher, daß es der richtige Mann ist, oder?»

«Also *absolut* sicher – das ist vielleicht dann doch ein bißchen übertrieben», antwortete Morse.

Kapitel Vierzig
DIENSTAG, 7. JANUAR

Alibi (lat. alibi, anderswo);
Nachweis der Abwesenheit
vom Tatort zur Tatzeit.
Konversationslexikon

Erst nach einer Unterbrechung von gut einer Stunde wurde die Vernehmung von Wilkins fortgeführt. Morse hatte in der Zwischenzeit mit Max, dem Pathologen, telefoniert, aber er hatte sich nicht sehr entgegenkommend verhalten: Wenn er, Morse, der Pathologie Leichen anschleppe, die bereits mehr als vierundzwanzig Stunden alt seien, so müsse er, Max, was die genaue Todeszeit angehe, leider passen; er sei schließlich Gerichtsmediziner und nicht Wahrsager. Auch Lewis war nicht untätig gewesen. Er hatte sich mit dem *Hotel Haworth* in Verbindung gesetzt und erfahren, daß tatsächlich am Nachmittag des Silvestertages von Zimmer drei aus ein Telefongespräch geführt worden sei, wohin, könne man ihm jedoch leider nicht sagen, Phillips, den Morse zum Diamond Close geschickt hatte, um nachzusehen, ob Margaret Bowman sich vielleicht doch noch dort aufhalte, war inzwischen zurückgekehrt (er hatte Margaret erwartungsgemäß nicht mehr angetroffen), um wieder an der Tür des Vernehmungszimmers Posten zu beziehen. Während er sich unauffällig anlehnte, um seine schmerzenden Füße zu entlasten, glitt sein Blick wachsam durch den kahlen Raum, streifte den einfachen Holztisch mit den beiden leeren Plastiktassen und dem Aschenbecher, der stetig voller wurde, und blieb schließlich an der Gestalt des Mannes hängen, den Morse und Lewis verdächtigten, einen Mord begangen zu haben – er wirkte so sehr viel gelassener, als Phillips in so einem Fall erwartet hätte.

«Wie wir wissen, Mr. Wilkins, verbrachten Sie den Silvesterabend im *Hotel Haworth*. Wann genau sind Sie dort eingetroffen?»

«Wie bitte?»

«Wann genau Sie Silvester im *Hotel Haworth* eingetroffen sind?»

«Ich war Silvester in keinem Hotel.»

«Aber Mr. Wilkins... Sie waren Silvester im *Hotel Haworth* und sind vermutlich so gegen...»

«Ich kenne dieses *Hotel Haworth* nicht. Ich habe dort noch nie gespielt.»

«Gespielt? Wieso gespielt? Ich weiß nicht ganz, wovon Sie reden, Mr. Wilkins.»

«Wir treten mit unserer Band meistens in Pubs auf, wir spielen so gut wie nie in Hotels.»

«Sie spielen also, wenn ich Sie recht verstehe, in einer Pop-Gruppe?»

«Nein – keine Pop-Gruppe, eine Jazz-Gruppe. Ich spiele Tenorsaxophon.»

«Und?»

«Hören Sie, Sergeant: Sie sagen, Sie wüßten nicht, wovon ich rede. Ehrlich gesagt – das geht mir umgekehrt genauso.»

«Wir wissen, daß Sie den Nachmittag und den Abend des 31. im *Hotel Haworth* verbracht haben. Was ich von Ihnen erfahren möchte, ist, wann genau Sie dort eingetroffen sind.»

«Ich war am Silvesterabend im *Friar* in Nord-Oxford.»

«Ach, tatsächlich?»

«Ja, tatsächlich!»

«Können Sie das beweisen?»

«So auf Anhieb nicht, aber ich denke...»

«Würde sich der Wirt an Sie erinnern?»

«Natürlich. Er hat mich ja schließlich engagiert.»

«Ihre Band hat also Silvester im *Friar* gespielt?»

«Ja.»

«Und Sie behaupten, den ganzen Abend dort gewesen zu sein?»

«Bis ungefähr zwei Uhr morgens – ja.»

«Wie viele gehören außer Ihnen noch zu der Band?»

«Vier.»

«Und wie viele Gäste waren am Silvesterabend im *Friar*?»

«So sechzig, siebzig Leute – es war ein ständiges Kommen und Gehen.»

«In welchem der beiden Räume haben Sie gespielt?»

«In der Lounge-Bar.»

«Und Sie haben den Raum den ganzen Abend nicht verlassen?»

«Also gegen halb zehn Uhr bin ich mal rausgegangen, um etwas zu essen; die Wirtin hatte uns Steak und Chips gemacht.»

«Haben Sie allein oder mit den anderen zusammen gegessen?»

«Mit den anderen zusammen, *und* dem Wirt *und* der Wirtin.»

«Wir reden beide vom gleichen Tag – von Silvester?» erkundigte sich Lewis vorsichtig.

«Also, Sergeant, ich sitze hier nun schon einige Stunden. Vielleicht könnten Sie sich einmal die Mühe machen und im *Friar* anrufen, damit jemand kommt und meine Angaben bestätigt. Oder rufen Sie einen von der Gruppe an. Ich werde allmählich wirklich müde – der Abend war reichlich anstrengend für mich, das werden Sie wohl zugeben müssen.»

Im Raum herrschte Schweigen – ein Schweigen, das sich geradezu spürbar aufzuladen schien, als den Anwesenden allmählich die Bedeutung von Wilkins' Worten klar wurde.

«Wie nennt sich Ihre Gruppe, Mr. Wilkins?» wollte Morse wissen. Es war seine erste Frage.

«*Oxford Blues*», sagte Wilkins mit einem Unterton von Verachtung.

Charlie Freeman (unter Kollegen bekannt als ‹Fingers› Freeman) war nicht schlecht überrascht, noch so spät am Abend Besuch von einem Constable zu bekommen. Ja, die Gruppe habe am Silvesterabend im *Friar* gespielt, und Ted Wilkins sei von Anfang bis Ende dabeigewesen – so fünf, sechs Stunden ungefähr. Und selbstverständlich sei er bereit, eine diesbezügliche Aussage zu machen. Ja, auch im Präsidium, es sei ja nicht weit, praktisch gleich um die Ecke.

Nachdem man Edward Wilkins gegen 21.30 Uhr aus dem Polizeigewahrsam entlassen hatte, durfte auch Sergeant Phillips endlich Feierabend machen, und so saßen nur noch Morse und Lewis im Büro des Chief Inspectors. Der Sergeant war todmüde und grübelte deprimiert, an welchem Punkt es angefangen hatte, falsch zu laufen... Aber im Grunde hatte er es ja schon seit langem geahnt (und hatte es auch angesprochen) – Morses ganze Theorie war einfach viel zu kompliziert. Einem normalen Sterblichen mußte ja schwindelig werden, wenn er sich das überlegte: Da sollte also ein Mann im Rasta-Kostüm ermordet worden sein, und sein Mörder, ebenfalls als Karibe verkleidet, sollte anschließend unter der Identität seines Opfers an einer Silvesterparty teilgenommen haben. Dies alles zu glauben war wirklich reichlich viel verlangt, vor allem, weil es eine sehr viel näherliegende Erklärung gab: daß nämlich immer nur ein Rasta existiert hatte – Tom Bowman. Er, und niemand anderer als er, war auf der Party gewesen, und hinterher hatte irgend jemand ihn umgebracht. Auch diese Version zu beweisen würde schwierig genug sein, und verglichen mit der Aufgabe, Wilkins' Alibi zu erschüttern – ein Alibi, für das er mehr als sechzig absolut vertrauenswürdige Leute als Zeugen hatte –, geradezu ein Kinderspiel. In seinem sanftesten Ton und sehr vorsichtig versuchte Lewis, Morse an den Gedanken zu gewöhnen, daß sie den Fall noch einmal ganz neu durchdenken mußten. «Ja, ich fürchte, Sie haben recht, Lewis», gab Morse mit leiser Stimme zu. Grau vor Erschöpfung saß er zusammengesunken in seinem Ledersessel, sich ab und zu mit der linken Hand die müden Augen reibend. «Aber nicht mehr heute, Lewis. Ich kann keinen klaren Gedanken mehr fassen. Und vor allem brauche ich jetzt erst einmal einen Drink. Kommen Sie mit?»

«Nein, ich denke, ich fahre besser gleich nach Hause. Es ist schon spät, und meine Frau hat mir wahrscheinlich etwas Warmes zu essen gemacht und wartet auf mich.»

«Ja, das wird sie wohl – so wie ich Ihre Frau kenne.»

«Sie sehen schrecklich müde aus, Sir. Soll ich Sie noch ein Stück mitnehmen?»

Morse nickte. «Ja. Wenn Sie mich dann am *Friar* absetzen würden...»

Morse steuerte geradewegs auf den Vordereingang zu, als er plötzlich stehenblieb. Durch die Fenster der Lounge-Bar drangen grellbunte Lichtblitze nach draußen, und der Raum schien unter dem lauten Dröhnen der Musik förmlich zu beben; offenbar hatten sie wieder eine Live-Gruppe engagiert. Er überlegte einen Moment, dann ging er zum Seiteneingang. Verglichen mit dem Lärm in der Lounge-Bar war es hier geradezu idyllisch ruhig. Er trank zwei

Halbe Bitter und sah ab und zu zum Billard-Tisch hinüber, wo sich zwei ältere, grenzenlos ungeschickte Spieler abmühten, so zu tun, als sei jeder von ihnen ein Steve Davis. An der Wand neben der Darts-Scheibe hing ein handgeschriebenes Plakat:

Dienstag, 7. Januar

von 19–23 Uhr

LIVE MUSIC

Eintritt frei!!

Es spielt die berühmte

CALYPSO STEEL BAND

Morse überlegte, ob er noch ein drittes Bier trinken sollte, aber es war schon kurz vor elf, und so beschloß er, sich auf den Heimweg zu machen. Zum Glück hatte er es ja nicht weit – die Carlton Road bis zur Ecke und dann ein paar hundert Meter rechts die Banbury Road hinunter… Doch plötzlich bekam er doch noch Lust auf ein drittes Glas und bestellte sich auch gleich noch einen Whisky (Marke *Bell*) sowie ein Päckchen Kartoffel-Chips dazu.

Um zwanzig nach elf waren bis auf ihn alle Gäste gegangen, und der Barmann, schon ein Weilchen damit beschäftigt, Tische abzuwischen und Stühle hochzustellen, forderte ihn auf, auszutrinken und zu gehen. Gerade an Abenden mit Live Music käme es nämlich mitunter vor, belehrte er den erstaunten Morse, daß die Polizei noch einmal vorbeischaue, und die Beamten könnten sehr ungemütlich werden, wenn sie nach der Sperrstunde noch Betrunkene aufgreifen müßten.

Als Morse den Pub verließ, sah er am Straßenrand ein paar farbig gekleidete Gestalten, offenbar Mitglieder der *Calypso Steel Band*, die gerade dabei waren, ihre aus Ölfässern gebauten Trommeln sowie verschiedene andere Instrumente im Heck eines alten, schon reichlich verbeulten Wohnmobils zu verstauen. Er war schon fast an ihnen vorüber, als er plötzlich wie angewurzelt stehenblieb. Das gab es doch gar nicht! Wie gebannt starrte er den Mann an, der gerade die Hecktür geschlossen hatte und sich jetzt langsam, mit spielerischen Tanzschritten, um den Wagen herum auf die Fahrertür zubewegte. Obwohl Frost herrschte, trug er nichts als ein rotes Hemd, eine helle Hose und eine Mütze – eine schwarz-weiß karierte Ballonmütze, unter der unzählige Dreadlocks hervorquollen, die Morse irgendwie an die Schlangen erinnerten, die um das Haupt der todbringenden Gorgo züngelten.

«Alles in Ordnung, Bruder?» erkundigte sich der farbige Musiker. In einer Geste übertriebener Besorgnis streckte er Morse die Hände entgegen, und dieser stellte überrascht fest, daß deren Innenseiten hell waren.

«Alles in Ordnung?» wiederholte der Mann.

Morse nickte, und ein Lächeln erschien auf seinem Gesicht, ein Lächeln, so verklärt, wie es bei ihm sonst nur das Liebesduett aus dem Ersten Akt der *Walküre* hervorzuzaubern imstande war.

Morse hätte eigentlich (und das wußte er auch!) gleich handeln müssen. Aber auf dem Weg zu seiner Wohnung hatte er Mühe, überhaupt die Augen offen zu halten, und ungeachtet seiner euphorischen Stimmung verspürte er weder Energie noch Lust, an diesem Abend noch irgend etwas in Gang zu setzen. Doch bevor er sich erschöpft aufs Bett sinken ließ, raffte er sich noch auf, wenigstens Lewis Bescheid zu sagen. Es kostete ein wenig Überredung, die widerstrebende Mrs. Lewis dazu zu bringen, ihren Mann, der schon seit etwa einer Stunde fest schlief, noch einmal zu wecken. Doch Lewis hätte ihr nie verziehen, wenn sie ihn hätte schlafen lassen. Denn als er nach einer Minute, dem kürzesten Telefongespräch, das er und Morse je geführt hatten, den Hörer auflegte, wußte er endlich, wer jener Mann war, der Helen Smith und Philippa Palmer in der Silvesternacht zur Dependance begleitet hatte.

Kapitel Einundvierzig
MITTWOCH, 8. JANUAR

Die Ehe ist ein Geschäft, und wie bei jedem Geschäft
zieht immer einer den kürzeren.
Helen Rowland

Sarah Jonstone begrüßte Lewis, als er sich gleich am nächsten Morgen, Morses Anweisung folgend, im *Hotel Haworth* einfand, überaus herzlich, so als freue sie sich, ihn zu sehen. Und dies war auch tatsächlich der Fall, denn endlich hatte sie sich wieder an jene Einzelheit erinnern können, die ihr all die Tage trotz angestrengten Grübelns nicht hatte einfallen wollen. So früh am Morgen war Sarah noch frisch und ausgeruht; die Brille war noch nicht ins Rutschen geraten. Sie schien nur wenig zu tun zu haben, und Lewis hatte amüsiert bemerkt, wie sie bei seinem Eintritt versucht hatte, ein dickes Buch, in das sie offenbar gerade vertieft gewesen war, unauffällig unter einem Stapel Geschäftspapiere verschwinden zu lassen.

Er brauche für ein paar Dinge noch einmal eine Bestätigung, hatte er ihr erklärt, und sie hatte gleich bereitwillig genickt. Ja, natürlich könne sie sich noch an den Mann erinnern und daran, wie er an jenem Abend, kurz bevor das Essen beginnen sollte, aus der Herrentoilette getreten war; und jetzt, wo er es erwähne, habe sie beinahe auch selbst den Eindruck, als habe das Braun auf der Innenfläche seiner Hände irgendwie weniger echt ausgesehen als am übrigen Körper – im Gesicht etwa oder am Hals. Ja, es stimme, daß ‹Mr. und Mrs. Ballard› sich den größten Teil des Abends vor allem mit sich selbst beschäftigt hätten – bis etwa gegen 23 Uhr, würde sie sagen. Zu diesem Zeitpunkt seien alle Gäste schon sehr ausgelassen gewesen, der Alkohol und Volkstänze zu acht oder mehr hätten die Stimmung angeheizt, so daß selbst eher schüchterne Leute ihre Hemmungen vergessen hätten und aus sich herausgegangen seien. Irgendwann zu vorgerückter Stunde habe ‹Mr. Ballard› sie zum Tanzen aufgefordert, und dabei habe sie dann auch etwas von seiner Schminke abbekommen, und zwar an den Händen und auf der

Bluse. Ob sie sich dessen ganz sicher sei? Aber selbstverständlich! Sie habe erst am nächsten Morgen bei Tageslicht entdeckt, daß sie das Zeug an den Händen hatte, und habe sich daraufhin auch gleich ihre Bluse angesehen.

Ein Ehepaar in mittleren Jahren war an den Empfang getreten und verlangte die Rechnung. Als Sarah nach hinten ging, um die Unterlagen zu holen, zog Lewis verstohlen das Buch hervor, das sie vorhin so eilig weggesteckt hatte, und las neugierig den Titel: Millgate *Thomas Hardy – Eine Biographie.*

Nachdem das Ehepaar bezahlt hatte, wandte Sarah sich erneut Lewis zu. Ihr sei da noch etwas eingefallen, eine Kleinigkeit nur – aber irgendwie merkwürdig. Es sei am Montag davor gewesen, am 30. also. Eine Frau habe angerufen und sich nach dem Silvester-Menü erkundigt.

Da er wußte, daß Morse viel daran liegen würde, eine Bestätigung für seine Vermutung zu bekommen, wollte er Sarah gerade bitten, die Sache förmlich zu Protokoll zu geben, als er, den Blick zur Seite wendend, neben sich eine außergewöhnlich attraktive, dunkelhaarige Frau stehen sah, die ungeduldig von einem Bein aufs andere trat.

«Könnte ich bitte schnell meine Rechnung haben?» sagte sie. Obwohl ihr Birmingham-Akzent nun wirklich alles andere als lieblich klang, starrte Lewis sie an wie eine Erscheinung.

Ein kaum hörbares Flüstern in seinem Rücken ließ ihn erschrokken zusammenfahren. «Zügeln Sie Ihre lüsternen Blicke, Lewis!»

«Vielen Dank und gute Reise, Miss Arkwright», sagte Sarah Jonstone. Die Frau nickte lächelnd und bedachte im Gehen den hinter ihr stehenden Mann, der gerade erst hereingekommen war, mit einem kurzen, aber intensiven Blick.

«Guten Morgen, Miss Jonstone», sagte Morse aufgeräumt. «O hallo!» erwiderte sie in unpersönlichem Ton.

«War das Miss *Doris* Arkwright?» erkundigte sich Morse und wies mit dem Kopf in Richtung auf die hinauseilende Schöne.

«Ja», sagte sie knapp.

«Dieselbe Miss Arkwright, die eigentlich schon Silvester herkommen wollte?»

«Ja.»

232

«Wie man sich doch irren kann...», sagte Morse mit breitem Grinsen, so als sei er mit sich und der Welt zufrieden und der Anblick von Doris Arkwright noch ein zusätzliches Geschenk.

«Würden Sie wohl die Freundlichkeit haben, Miss Jonstone, Mrs. Binyon Bescheid zu sagen, daß ich sie sprechen möchte?» sagte er und strahlte sie an.

«Das tut mir leid, aber sie ist nicht da. Sie ist bei ihren Eltern in Leeds. Eigentlich hatte sie vorgehabt, schon vor Silvester hochzufahren, aber...»

«Ach? Das ist ja interessant! Vielen Dank auch, Miss Jonstone. Kommen Sie, Lewis, wir haben noch eine Menge Arbeit vor uns.»

«Miss Jonstone ist in der Zwischenzeit etwas eingefallen, das...» begann Lewis.

«Das kann warten! Wir haben jetzt wichtigere Sorgen! Auf Wiedersehen, Miss Jonstone!»

Morse und Lewis verließen das Hotel – der Mund des Chief Inspectors war noch immer zu einem breiten Lächeln verzogen.

Eine Stunde später wurde in seinem Haus in Rose Hill im Südosten Oxfords ein Mann festgenommen. Diesmal hatte Morse auf bewaffnete Begleitung verzichtet, und diese Entscheidung erwies sich im nachhinein als richtig, denn der Mann folgte Lewis, nachdem dieser die ominösen Worte der Verhaftungsformel gesprochen hatte, gänzlich ohne Widerstand – wie ein Lamm.

Kapitel Zweiundvierzig

MITTWOCH, 8. JANUAR

*Liebhaber von Luftreisen genießen offenbar den Schwebezu-
stand zwischen der Illusion von der Unsterblichkeit auf der einen
und der Tatsache des Todes auf der anderen Seite.*
Alexander Chase

Die Boeing 737, planmäßiger Abflug von Gatwick 12.05 Uhr, war
bis auf vier oder fünf freie Plätze vollständig belegt. Einem auf-
merksamen Beobachter wäre vermutlich aufgefallen, daß die Passagiere den vor dem Abflug üblichen, pantomimisch unterstützten
Erläuterungen der Stewardessen, wie die Sauerstoffmasken und die
aufblasbaren Schwimmwesten zu handhaben seien, sehr viel mehr
Beachtung schenkten als früher. Eine Reihe von tragischen Flug-
zeugabstürzen in den letzten Monaten hatte zu einer Art kollektiver
Flugangst geführt; im Flughafenbereich war der Absatz von Tran-
quilizern und Alkohol dramatisch in die Höhe geschnellt. Doch zumindest zwei Personen an Bord lauschten den Erklärungen der Stewardessen nur mit halbem Ohr – wenn überhaupt. Für die eine war
das Einchecken einem Alptraum gleichgekommen, und ihr wurde
erst nachträglich bewußt, daß ihre Furcht unnötig gewesen war.
Die Meldung am Abflugschalter, das Abgeben des Gepäcks und das
Vorzeigen des Passes – es war alles wider Erwarten glatt über die
Bühne gegangen. Die zweite unaufmerksame Person unter den
Passagieren hatte ebenfalls in den letzten Stunden einige Angst aus-
gestanden; doch jetzt allmählich begann der Mann, sich zu entspan-
nen. Während er von seinem Platz am Fenster wie beiläufig auf die
nasse Rollbahn hinunterblickte, faßte er mit der Linken in seine
Anoraktasche, zog verstohlen eine Halbliterflasche Cognac hervor
und versuchte, sie so unauffällig wie möglich aufzuschrauben.
Seine Sorge, eventuell Anstoß zu erregen, war jedoch völlig überflüssig. Die anderen Passagiere folgten noch immer wie gebannt
den Ausführungen der beiden Stewardessen, und niemand merkte,
wie er sich zweimal hintereinander den mitgebrachten Plastikbe-
cher füllte. Gleich darauf fühlte er sich besser! Es war verdammt

knapp gewesen, aber die Hauptsache war, er hatte es geschafft! Über ihm leuchtete eine rote Schrift auf und bedeutete den Passagieren, ihre Gurte anzulegen und das Rauchen einstweilen einzustellen. Der Rumpf des Flugzeugs begann zu vibrieren, und die Stewardessen nahmen, mit dem Rücken zum Cockpit, vorn in der Maschine Platz und lächelten den Passagieren beruhigend zu. Die Boeing rollte in einer Neunzig-Grad-Kurve zum Startplatz, wo sie zwei, drei Minuten stand und, nicht unähnlich einem Weitspringer vor dem Anlauf, Kraft sammelte, ehe sie mit sich rapide steigernder Geschwindigkeit die Startbahn hinunterjagen würde. Der Mann am Fenster wußte, daß er gleich in Sicherheit sein würde – oder doch fast. Wie so viele Straftäter gab er sich der Illusion hin, daß zwischen Spanien und dem Vereinigten Königreich kein Auslieferungsabkommen bestehe. Wie sonst war es zu erklären, daß man immer wieder von Bankräubern, Rauschgifthändlern und Betrügern las, die sich seit Jahren, von der spanischen Polizei völlig unbehelligt, am Strand der Costa del Sol aalten. Die Maschine erbebte unter einer neuen Zufuhr von Energie.

Doch plötzlich ließ das Heulen der Triebwerke nach.

Dann erstarb es ganz.

Die Kabinentür wurde geöffnet, und zwei Flughafenpolizisten betraten die Maschine.

Der Mann am Fenster sah die beiden Männer auf sich zukommen, doch er dachte nicht an Flucht. Wohin hätte er sich auch wenden sollen?

Den Verhafteten zwischen sich, verließen die Beamten sofort wieder die Maschine, so daß die Boeing mit nur fünf Minuten Verspätung in Richtung Spanien abhob. Kurz darauf wurde den Passagieren gestattet, die Gurte zu lösen – man war sicher in der Luft. Sechs Reihen hinter dem nunmehr freien Fensterplatz zündete sich eine Frau eine Zigarette an und nahm einen tiefen Zug. Sie wirkte wie befreit.

Kapitel Dreiundvierzig

MITTWOCH, 8. JANUAR

Keine Maske verbirgt die Lüge besser als die Wahrheit,
Sich genau wie nackt zu verhalten, ist die beste aller
Verkleidungen.
William Congreve

Morse saß im Büro von Superintendent Bell in der St. Aldate's Street und wartete auf die Rückkehr von Lewis, der abgestellt war, die Aussage des Mannes aus Rose Hill zu Protokoll zu nehmen. Da Lewis nicht stenografieren konnte, sondern alles in seiner etwas umständlichen Handschrift zu Papier brachte, konnte das dauern.

«Verdammt clever», wiederholte Bell nun schon zum drittenmal.

Morse nickte nur. Er hatte nichts gegen den Superintendent – es gab Schlimmere, aber er wünschte trotzdem, Lewis möge sich etwas beeilen.

«Wirklich gute Arbeit», begann Bell aufs neue, «der Chief Constable wird sich freuen.»

«Vielleicht bekomme ich dann ja in absehbarer Zeit noch die zwei Tage Urlaub, die mir zustehen», sagte Morse grämlich.

«Wir sind Ihnen *wirklich* sehr dankbar», sagte Bell. «Ich hoffe, Sie wissen das.»

«Doch, ja», sagte Morse; er meinte, was er sagte.

Um Viertel nach eins kam Lewis herein und präsentierte Morse mit strahlendem Lächeln die Aussage. Sie war vier Seiten lang. «Vielleicht entspricht die Ausdrucksweise nicht ganz Ihren Ansprüchen, Sir, aber insgesamt ist alles durchaus verständlich, finde ich.»

Morse nahm die Bogen und überflog die letzte Seite:

nie daran gedacht, so etwas zu machen, aber wir hatten kein Geld
und ich habe im November meine Arbeit verloren und das einzige
was ich hatte war das Spielen im Pub dabei muß ich doch für meine

Frau und die vier Kinder sorgen. Wir haben Sozialunterstützung bekommen aber da waren die Ratenzahlungen und dann kam da diese Gelegenheit. Ich brauchte bloß zu tun was er mir gesagt hat und das war nicht schwer. Ich hatte keine andere Wahl weil ich das Geld brauchte. Aber ich wollte nichts Unrechtes tun. Ich weiß jetzt was passiert ist. Ich habe es in der Oxford Mail gelesen. Aber vorher wußte ich nichts. Ich habe nur getan, was man mir gesagt hat und wußte nicht was es zu bedeuten hatte. Alles was passiert ist tut mir sehr leid. Bitte glauben Sie mir das, ich bin ein Mann mit Familie.

Die Aussage wurde am 8. Januar auf dem Revier St. Aldate's von Mr. Winston Grant, Arbeiter, beschäftigungslos, wohnhaft Rose Hill Gardens 29, Rose Hill, Oxford, diktiert und von Sergeant Lewis vom CID Kidlington zu Protokoll genommen.

«Sollen wir ihn hierbehalten?» fragte Bell.

«Das müssen Sie entscheiden.»

«Und wie lautet die Beschuldigung?»

«*Beihilfe zum Mord*, würde ich sagen», antwortete Morse – «aber ich kenne mich in diesen juristischen Dingen nicht besonders gut aus.»

Wieder zurück in seinem Zimmer im Präsidium, fläzte sich Morse behaglich in seinen Sessel. Der Mann, den man in Gatwick verhaftet hatte, war unterwegs nach Oxford und würde, so hatte man Morse gesagt, im Laufe der nächsten Viertelstunde eintreffen. Diese fünfzehn Minuten würde er genießen, beschloß Morse – so eine Viertelstunde kam bestimmt so schnell nicht wieder.

Lewis wußte inzwischen ebenfalls, was sich am Silvesterabend in Zimmer drei der Dependance abgespielt hatte und daß der Mörder von Tom Bowman weder als Rasta verkleidet noch in einem anderen Kostüm an der Silvesterparty des Hotels teilgenommen hatte – er hatte das Hauptgebäude überhaupt nie betreten. Aber *wie* Morse hinter die Wahrheit gekommen war, war Lewis absolut rätselhaft, und sein Erstaunen glich dem des kleinen Jungen, der er vor fünfzig

Jahren einmal gewesen war und der nicht hatte fassen können, wie der Zauberer es fertigbrachte, immer noch mehr Kaninchen aus dem Zylinder zu holen. Aber im Gegensatz zu damals ließ sich der Zaubertrick heute ja vermutlich erklären. «Wie sind Sie bloß darauf gekommen, Sir?» fragte er bewundernd.

«Der wesentliche Punkt war, wie ich Ihnen schon gestern sagte, daß der Mörder mit allen Mitteln versuchte, uns zu überzeugen, daß die Tat erst relativ spät, nämlich nach Mitternacht, begangen worden sei; aber wie Sie selbst ganz richtig anmerkten, Lewis, schien diese Absicht ganz sinnlos, solange wir annahmen, daß der Mörder noch bis nach Mitternacht im Hotel, das heißt sozusagen am Tatort geblieben war. In diesem Fall wäre es ganz egal gewesen, ob Bowman nun um sieben oder um acht oder erst nach zwölf Uhr umgebracht worden war. Ganz anders verhielte es sich, wenn der Mörder nicht auf der Party war, sondern im Gegenteil für die Zeit von, sagen wir, acht Uhr bis nach Mitternacht, ein Alibi hätte – dann wäre der Versuch, uns glauben zu machen, der Mord sei erst nach 24 Uhr passiert, in der Tat jede Mühe wert.»

«Aber, Sir...»

«Es gab bei diesem Fall, wie ich rückblickend feststellen kann, drei Hinweise, die uns auf die richtige Spur hätten führen können – und zwar schon sehr viel früher. Jeder dieser Hinweise ist für sich genommen ziemlich nichtssagend, aber alle zusammen – nun... Den ersten erhielten wir von Sarah Jonstone – übrigens der einzigen zuverlässigen Zeugin bei diesen Ermittlungen. Sie teilte uns mit, daß ‹Mr. Ballard› an dem fraglichen Abend so gut wie nichts gegessen habe. Der zweite, wiederum von Miss Jonstone, wenn auch nicht von ihr allein, besagte, daß der Mann, der als ‹Mr. Ballard› auftrat, auf allem, was er berührte, braune Flecken hinterließ – und zwar noch spät abends. Der dritte Hinweis schließlich, der simpelste, der so offensichtlich war, daß wir ihn beinahe gar nicht als solchen wahrgenommen hätten, bestand in der Information, daß ‹Mr. Ballard› im Kostümwettbewerb den ersten Preis gewonnen hatte.

Sehen Sie, Lewis, man kann jeden Hinweis auf zweierlei Art betrachten – einfach oder kompliziert. Und wir haben bei unseren Ermittlungen leider unweigerlich immer letzteres getan, sehr zu unserem Schaden.»

«Ich verstehe», sagte Lewis mit schwacher Stimme.

«Nehmen Sie nur diese Geschichte mit dem Menü zum Beispiel», fuhr Morse fort. «Was haben wir uns darüber den Kopf zerbrochen, wie Mrs. Bowman wohl herausgefunden haben könne, was es gab. Ich habe wieder und wieder Max' Bericht gelesen, bis ich den Bowmanschen Mageninhalt schon beinahe auswendig hersagen konnte. Und Sie, Lewis, waren derartig verstrickt in dies vermeintliche Problem, daß Sie, als Ihnen Miss Jonstone heute morgen sagte, am 30. habe eine Frau sich telefonisch erkundigt, was es Silvester zu essen gebe, dachten, Sie hätten Gott weiß was für eine Entdeckung gemacht. Und dabei war das Ganze ein völlig normaler Vorgang. Es ist doch auch schließlich gar nicht so abwegig, daß irgend jemand vorher wissen will, was es zu essen gibt, weil er sichergehen will, nicht zum hundertachtundzwanzigstenmal die ewig gleiche Scheibe Truthahnbrust auf seinem Teller zu finden. Eine andere, wesentlich näherliegende Frage haben wir uns dagegen nicht gestellt: Wieso unser Mann, nachdem er schon die ersten beiden Gänge ausgelassen hatte, nicht irgendwann im Laufe des Abends hungrig wurde. Selbst wenn er zu den Leuten gehörte, die ihr Essen in einer Plastiktüte verschwinden lassen, um es zu Hause mit ihrem Hund zu teilen – meinen Sie nicht, spätetens beim vierten Gang, dem Schweinekotelett, hätte er schwach werden müssen? Warum hat er nicht wenigstens einen Bissen davon genommen? Die Antwort ist lächerlich einfach, Lewis! Rastas dürfen kein Schweinefleisch essen!

Kommen wir nun zu der Sache mit den Flecken. ‹Ballard› hinterließ, wie wir wissen, auf allem, was er anfaßte, braune Spuren – und das selbst noch nach Mitternacht. Die diesbezüglichen Aussagen liegen uns vor: Miss Palmer, Mrs. Smith und Sarah Jonstone, sie alle schimpften mehr oder weniger, daß dieser verdammte Rasta mit seinen braungefärbten Pfoten ihre Kleidung schmutzig gemacht habe. Und wie reagiere ich? Indem ich mir eine Reihe höchst überflüssiger Fragen stelle!» Morse schüttelte reumütig lächelnd den Kopf. «Es hätte nicht viel gefehlt und ich hätte die Flecken analysieren lassen, ob sie auch tatsächlich alle von derselben Substanz verursacht worden sind. Eine ganz wesentliche Unstimmigkeit dieser ganzen Schminkgeschichte hätte ich dagegen beinahe übersehen: daß nämlich jede Schminke nach einer gewissen Zeit trocknet. Unmittelbar nach dem Auftragen färbt sie natürlich immer noch ein bißchen ab, aber später dann nicht mehr. Unser Rasta aber hinterließ noch nach Stunden seine Spuren. Wieso? Die Antwort muß lauten: weil er es so wollte. Ich nehme an, daß er einen Schminkstift in der Tasche gehabt und sich ab und zu heimlich die Hände nachgefärbt hat. Und er hat ja auch mit Bedacht gerade immer dorthin gefaßt, wo er sicher sein konnte, daß die Flecken auffallen würden.

Und jetzt zu Hinweis Nummer drei. Der Mann, der als ‹Ballard› auftrat, hatte, wie wir schnell mitbekamen, beim Kostümwettbewerb den ersten Preis gewonnen, und wir ergingen uns daraufhin in wilden Spekulationen über seinen Charakter: daß er besonders phantasievoll oder detailbesessen oder ehrgeizig gewesen sein müsse, um sich so täuschend echt zu verkleiden. Was für ein horrender Blödsinn! Die Wahrheit ist: Er *wirkte* echt, weil er echt *war*.»

«Mr. Winston Grant», sagte Lewis.

«Richtig, Mr. Winston Grant. Und ausgerechnet gestern abend ist er mir über den Weg gelaufen. Sie sehen, Lewis, unser Leben wird von Zufällen regiert... Denn Grant ist Bauarbeiter und war letzten Sommer dabei, als die *Delegacy* ein neues Dach erhielt. Im November verlor er dann infolge der flauen Auftragslage in der Bauwirtschaft seinen Job, das Geld wurde knapp – und dann bekam er dieses großzügige Angebot... *Wie* großzügig wissen wir nicht, aber großzügig genug, daß er einwilligte, für ein paar Stunden auf einer Silvesterparty im *Hotel Haworth* einen als Kariben verkleideten Europäer zu mimen. Die Einzelheiten der Absprache zwischen Wilkins und Grant werden wir vermutlich nie erfahren, aber...»

In diesem Moment klopfte es. Sergeant Phillips steckte den Kopf durch die Tür und verkündete, daß der Verhaftete eingetroffen und ins Vernehmungszimmer gebracht worden sei.

Morse lächelte.

Und Lewis lächelte ebenfalls.

«Sie wollten eben noch etwas sagen, Sir?»

«Ach nein, eigentlich war ich fertig. Ich dachte nur... Wilkins muß Grant gut präpariert haben. Er kam ja direkt draußen von der Straße und mußte die Hotelhalle in dem Moment betreten, in dem Sarah Jonstone sich auf Grund von Margaret Bowmans Be-

schwerde auf die Damentoilette begeben hatte, um dort das anstoßerregende Grafitto in Augenschein zu nehmen – das natürlich von
niemand anderem als Margaret selbst dorthin gekritzelt worden
war. Ferner muß Wilkins Grant eingeschärft haben, so wenig wie
möglich zu reden und sich immer unmittelbar in Margarets Nähe
aufzuhalten. Sollten die Leute doch ruhig denken, die beiden seien
noch immer wahnsinnig ineinander verliebt. Hauptsache, niemand
kam lange oder dicht genug an Grant heran, um zu entdecken, daß
dieser ein echter Rasta war. Denn der Punkt, warum das Ganze
veranstaltet wurde, war ja, den Anwesenden weiszumachen, Grant
sei als Rasta *verkleidet*. Und um dies jedermann wirklich nachdrücklich deutlich zu machen, sind Margaret und Wilkins auf die Idee
verfallen, daß sich Grant die Hände braun schminken – und zwar
auch die Hand*flächen*, die eigentlich auch bei Farbigen hell sind –
und an dafür besonders geeigneten Stellen ein paar deutliche Abdrücke hinterlassen sollte. Wer würde denn darauf kommen, daß
nur die Hände geschminkt waren, das Braun ansonsten aber echt
war. Nun, wie wir wissen, tat Grant wie ihm geheißen. Und ich
könnte mir gut vorstellen, daß es ihm sogar Spaß gemacht hat, Miss
Palmer und Mrs. Smith mit seinen braungefärbten Händen auf die
hellen Regenmäntel zu patschen...»

«Und Miss Jonstone hat er die weiße Bluse schmutzig gemacht»,
ergänzte Lewis.

«Die cremefarbene Bluse», verbesserte Morse.

Sergeant Phillips' Füße schmerzten noch immer, als er, zum zweitenmal innerhalb vierundzwanzig Stunden, an der Tür des Vernehmungszimmers Posten bezog. Der Raum war unverändert, nur daß
die weiße Plastiktasse voll, der Aschenbecher dagegen noch leer
war. Und auch der Mann, der jetzt mit hängenden Schultern vor
Morse und Lewis saß, hatte schon gestern dort gesessen – es war
Edward Wilkins.

Kapitel Vierundvierzig

MITTWOCH, 8. JANUAR

Felix qui potuit rerum cognoscere causas.
Vergil, *Georgica*

Gegen siebzehn Uhr zog sich James Prior, Sicherheitsbeamter in der *Delegacy*, seine dicke Jacke an und klemmte sich die Fahrradklammern an die Hosen. Doch bevor er endgültig ging, warf er, wie jeden Abend, noch einen Blick in die Runde, um ganz sicherzugehen, daß alles, was abgeschlossen sein sollte, auch tatsächlich abgeschlossen war. Es war schon merkwürdig, dachte er, daß die Polizei ausgerechnet an der einzigen Schublade interessiert gewesen war, die er immer unverriegelt ließ, weil sie nichts enthielt als alte Hausausweise, die, mittels eines Gummibandes zu kleinen Päckchen zusammengefaßt, immer mindestens ein Jahr lang aufgehoben werden mußten. Eine vernünftige Regel übrigens, sinnierte er weiter, manchmal konnten derlei alte Unterlagen durchaus noch nützlich sein. Wie zum Beispiel jetzt: gleich zwei Ausweise hatte die Polizei bei verschiedenen Besuchen mitgenommen; den eines gewissen Winston Grant, eines Farbigen mit Dreadlocks, an den sich Prior noch recht gut erinnern konnte, und den eines Mannes namens Wilkins, der während der Dacharbeiten im Sommer den Kran bedient hatte. Nach dem zweiten Besuch des Chief Inspectors heute morgen hatte Prior sich hinterher das entsprechende Ausweispäckchen aus der Schublade geholt und es selbst noch einmal durchgesehen: wer weiß, vielleicht waren noch mehr Kriminelle zu entdecken. Aber die Männer hatten eigentlich alle ganz ordentlich ausgesehen, wenn auch der äußere Eindruck täuschen konnte. Wer wüßte das besser als Mr. James Prior, ehemaliger Gefängnisbeamter in Wandsworth?

Diesmal gab Wilkins sofort alles zu und war auch bereit, Einzelheiten mitzuteilen – nur über den Tathergang selbst mochte er nicht sprechen, und jede diesbezügliche Frage lehnte er vehement ab. Es schien, daß es ihm unmöglich war, den Akt der Tötung als von ihm begangen zu akzeptieren. Über den Plan an sich sprach er offen und ausführlich; das meiste hatte Morse jedoch schon vermutet. Was

Winston Grant anging, so bat Wilkins, ihn milde zu behandeln – er habe schließlich keine Ahnung gehabt, auf was er sich einließ. Vor allem Lewis mochte das nicht so ganz glauben; er war der Meinung, daß Grant mehr gewußt haben mußte, als er oder Wilkins bereit waren zuzugeben.

Das einzig Neue, was Margaret Bowman betraf, war Wilkins' Mitteilung, daß er sie des öfteren bei einem Oxforder Schönheitssalon abgeholt habe. Lewis stöhnte innerlich, als er erfuhr, daß es genau der Salon war, den er vor ein paar Tagen als ersten angerufen und bei dem man ihm schroff mitgeteilt hatte, daß man über ‹derartig vertrauliche Dinge› keine Auskunft gebe! Über Margarets derzeitigen Aufenthaltsort konnte Wilkins, wenn man seinen Angaben glauben durfte, nichts sagen; es schien ihm auch gleich zu sein, wo sie war. Er wisse, sagte er, daß sie in Alnwick oder Berwick oder Newcastle irgendwelche Verwandten habe, es sei für die Polizei doch sicherlich leicht festzustellen, falls sie sich dorthin gewandt habe. Er trauere ihr übrigens nicht sehr nach – sie habe ihn im Grunde genommen ins Unglück gestürzt, auch wenn er zugeben müsse, daß die letzte, fatale Entscheidung seine Schuld gewesen sei... Aber dieses Kapitel sei nun abgeschlossen, und so merkwürdig es vielleicht klinge – irgendwie sei er auch erleichtert.

Kurz nach halb sieben begleitete Sergeant Phillips den Verhafteten auf das Revier in der St. Aldate's Street, wo er zusammen mit Grant solange bleiben würde, bis die Frage der Untersuchungshaft endgültig geklärt wäre. Soviel stand jedenfalls fest – die nächsten Jahre würde er auf Staatskosten verbringen.

Morse bestand darauf, daß er und Lewis nach den anstrengenden Tagen, die hinter ihnen lagen, einen Anspruch auf frühen Feierabend hätten, und Lewis war das nur recht. Er wollte gerade den Ordner mit der Akte *Bowman / Wilkins* in den Schrank zurückstellen, als ihm ein beschriebenes Blatt Papier entgegenfiel, das zu zeigen Morse offensichtlich nicht für nötig befunden hatte. Die erste Zeile lautete ‹Dies ist ein Liebesbrief...› Stirnrunzelnd las Lewis weiter, bis er zu der Stelle kam, an der die unbekannte Briefschreiberin mitteilte, daß sie gerade eine Biographie über Thomas Hardy lese... Da glitt ein wissendes Lächeln über sein Gesicht.

Sollte er es Morse sagen? Er las den Brief noch einmal, jetzt, da er wußte, wer ihn geschrieben hatte, war er gleich doppelt so interessant.

Sieh mal einer an, wer hätte das gedacht...

Um sieben Uhr tauchte Morse plötzlich wieder auf (Lewis hatte angenommen, er sei schon längst nach Hause gegangen). «Also, Lewis, dieser Wilkins ist der gerissenste Bursche, der mir je untergekommen ist», begann er ohne Einleitung. «Er hat mich hinters Licht geführt, als sei ich ein Anfänger! Ich Trottel habe ihm schlichtweg geglaubt, als er erzählte, daß er an Margaret Bowman kein Interesse mehr habe! Aber die Wahrheit ist: er liebt diese Frau! Er hat in der Vergangenheit alles getan, um sie zu halten – er ist deswegen sogar zum Mörder geworden, und jetzt, Lewis, tut er alles, um sie zu beschützen. Wissen Sie noch, was er uns gestern abend im Verhör gesagt hat? Holen Sie mal die Protokolle – ich meine die Stelle, wo von ihrem ungültigen Paß die Rede ist.»

Lewis hatte das Protokoll schnell gefunden und las den fraglichen Abschnitt laut vor:

> «Ich habe ihr geraten, das Land zu verlassen, per Schiff oder wie auch immer, aber sie sagte, das ginge nicht.»
>
> «Wieso?»
>
> «Ihr Paß ist offenbar abgelaufen, und sie hatte Angst, einen neuen zu beantragen, da sie wußte, daß man versuchte, sie zu finden...»

«Gott, was war ich doch für ein Trottel, Lewis! Ich frage mich nur, was er uns sonst noch für Lügen erzählt hat. Ist sie *wirklich* gestern abend bei ihm aufgekreuzt? Hat sie sich *tatsächlich* mit ihrer Schwester in Newcastle in Verbindung gesetzt? *Hat* sie überhaupt eine Schwester? Ach, es ist zum Verrücktwerden... Sie könne das Land nicht verlassen, weil ihr Paß ungültig sei, erzählt er uns. Und wir glauben ihm! Folgerichtig unterlassen wir die Benachrichtigung der Reedereien...»

«Und der Flughäfen...», fügte Lewis hinzu.

Morse schwieg einen Moment. «Das darf doch nicht wahr sein!» sagte er dann leise.

«Was ist denn, Sir?»

«Schicken Sie sofort ein Telex nach Gatwick. Wir brauchen die Passagierliste von dieser Boeing...»

«Sie glauben doch nicht etwa...?»

«Glauben, glauben, Lewis?!» Morse lachte bitter. «Ich bin mir so gut wie sicher.»

Als Lewis vom Fernschreiber zurückkam, stand Morse schon im Mantel, bereit zu gehen.

«Was ich noch sagen wollte, Sir», begann Lewis verschmitzt lächelnd, «dieser Brief, den Sie da von einer Ihrer Bewunderinnen bekommen haben...»

«Woher kennen Sie den Brief?»

«Er lag in der Akte *Bowman/Wilkins*», sagte Lewis.

«Oh.»

«Haben Sie sich den Poststempel angesehen, Sir?»

«Ja. Der Brief kam aus London. Und?»

«Ja, das stimmt», sagte Lewis bedeutungsvoll, so als habe er eine Überraschung *in petto*, «aber das besagt ja nicht viel, oder? Deswegen muß die Absenderin ja noch lange nicht in London leben. Es könnte doch sein, daß sie zum Beispiel aus Oxford stammt und wegen des Schlußverkaufs jetzt nach London gefahren ist und bei dieser Gelegenheit den Brief in Paddington eingeworfen hat.»

Morse runzelte die Stirn. «Warum erzählen Sie mir das eigentlich alles?»

«Ach, ich habe mich nur gefragt, ob Sie wohl wissen, wer die betreffende Person ist, die Ihnen den Brief geschrieben hat.»

Morses Hand lag schon auf der Klinke. «Sehen Sie, Lewis, das ist der entscheidende Unterschied zwischen Ihnen und mir! Sie benutzen Ihre Augen nicht genug! Wenn Sie das täten, dann wüßten Sie nämlich jetzt, von wem der Brief stammt.»

«Ja?»

«Ja! Und da Sie anscheinend plötzlich großes Interesse an meinem Privatleben entwickeln, will ich Ihnen nicht vorenthalten, daß ich beabsichtige, mit besagter Dame heute abend zum Essen auszugehen – das heißt, natürlich nur, wenn Sie nichts dagegen haben.»

«Und wohin werden Sie gehen?» erkundigte sich Lewis neugierig.

«Wenn Sie es denn unbedingt wissen müssen – ins *Hotel Springs* in der Nähe von Wallingsford.»

«Teurer Laden», sagte Lewis anerkennend.

«Wir bezahlen selbstverständlich jeder für sich – was dachten Sie denn?» Morse zwinkerte Lewis gutgelaunt zu, und dann war er verschwunden.

Der Sergeant griff grinsend nach dem Telefon und rief seine Frau an, um ihr zu sagen, daß sie bald das Essen zubereiten könne – er würde nun auch bald Feierabend machen.

Um zehn vor acht Uhr traf aus Gatwick das Antwort-Telex ein. Der dritte Name auf der Passagierliste der Boeing 737, Abflug 12.05 Uhr, die inzwischen längst in Barcelona gelandet war, lautete auf den Namen Bowman, Mrs. Margaret Bowman aus Chippping Norton, Oxfordshire.

Punkt acht Uhr zog sich Lewis den Mantel über und verließ das Präsidium. Er war sich nicht sicher, wie Morse die Nachricht aufnehmen würde; die Reaktionen des Chefs waren manchmal schwer vorhersehbar. Aber eines stand fest: heute abend würde er ihn damit im *Springs Hotel* nicht mehr behelligen. Er hoffte nur, daß die beiden sich gut verstanden. Was ihn selbst anging – seine Frau würde zu Hause bestimmt schon mit dem Essen auf ihn warten, und er fühlte sich sehr glücklich.

Colin Dexter

«Dexter ist allen anderen Autoren meilenweit voraus.»
The Literary Review

«Seit Sherlock Holmes gibt es in der englischen Kriminalliteratur keine interessantere Figur als Chief Inspector Morse ...»
Süddeutsche Zeitung

Ihr Fall, Inspector Morse
Stories
(43148)

Der letzte Bus nach Woodstock
(22820)

...wurde sie zuletzt gesehen
(22821)

Die schweigende Welt des Nicholas Quinn
(23220)

Eine Messe für all die Toten
(22845)
Ausgezeichnet mit dem Silver Dagger der britischen Crime Writers' Association.

Die Toten von Jericho
(22873)
Ausgezeichnet mit dem Silver Dagger der britischen Crime Writers' Association.

Das Rätsel der dritten Meile
(42806)
«... brillant, komisch, bizarr und glänzend geschrieben.»
Südwestpresse

Hüte dich vor Maskeraden
(23221)
«Ein intelligenter Krimi zum Mit-Denken. So etwas ist selten.»
Frankfurter Rundschau

Mord am Oxford-Kanal
(42960)
Ausgezeichnet mit dem Gold Dagger der britischen Crime Writers' Association.

Finstere Gründe
(43100)
Ausgezeichnet mit dem Gold Dagger der britischen Crime Writers' Association.

Die Leiche am Fluß
(23222)
«... ganz vorzüglich.»
Süddeutsche Zeitung

Der Tod ist mein Nachbar
(23223)
«... ein weiteres listig-verschlungen konstruiertes Kriminalrätsel aus der meisterlichen Hand von Colin Dexter.»
The New York Times Book Review

Und kurz ist unser Leben
(22819)

Weitere Informationen in der **Rowohlt Revue**, kostenlos im Buchhandel, und im **Internet:**
www.rororo.de

rororo

3005/11

Virginia Doyle ist das Pseudonym einer mehrfach ausgezeichneten Krimiautorin. Im Rowohlt Taschenbuch Verlag sind folgende Titel lieferbar:

Die schwarze Nonne
(43321)
Wir schreiben das Jahr 1876: Jacques Pistoux, französischer Meisterkoch und Amateurdetektiv, löst seinen ersten Fall auf dem Gut des Lords von Kent, bei dem er eine Stelle als Leibkoch angenommen hat.

Kreuzfahrt ohne Wiederkehr
(43352)
Nach seinem Abenteuer bei dem Lord von Kent beschließt Jacques Pistoux, dem britischen Inselleben den Rücken zu kehren und mit einer amerikanischen Reisegesellschaft eine Kreuzfahrt auf dem Mittelmeer zu wagen. Doch auch hier zieht der Meisterkoch das Verbrechen an wie der Honig die Fliegen.

Das Blut des Sizilianers
(43356)
Nach seinem Kreuzfahrtabenteuer hat es Jacques Pistoux nach Sizilien verschlagen, wo er ganz unfreiwillig zum ersten Undercover-Agenten der italienischen Justiz wird, die ihn als Küchenjungen auf dem Landsitz eines Mafia-Paten einsetzt ...

Tod im Einspänner
(43368)
Im Jahr 1879 verlassen der junge Meisterkoch und seine adelige Geliebte Charlotte Sophie Sizilien und erreichen nach einer abenteuerlichen Odyssee Wien.

Die Burg der Geier *Ein historischer Kriminalroman*
(22809)
Jacques Pistoux befindet sich auf dem Weg nach Frankreich. In Heidelberg engagiert ihn ein adeliger Landsmann ...
Und wieder begibt sich der junge Meisterkoch in ein schmackhaftes Abenteuer.
«Ein wahrhaft appetitliches Lesevergnügen.» *Norbert Klugmann*

Das Totenschiff von Altona
(23153)
Der neue Fall von Jacques Pistoux: Viel Spannung und historisches Hamburg-Flair!

Weitere Informationen in der **Rowohlt Revue**, kostenlos im Buchhandel, und im **Internet:** www.rororo.de

Wolf Haas

Wolf Haas wurde 1960 in Maria Alm am Steinernen Meer geboren. Nach Abschluß seines Linguistik-Studiums arbeitete er zwei Jahre als Uni-Lektor in Swansea (Südwales). Seit 1990 lebt er in Wien.
«Haas ist schlicht die Krimi-Entdeckung der letzten Jahre.» *Die Woche*

Auferstehung der Toten
(rororo 22831)
«Ein erstaunliches Debüt. Vielleicht der beste deutschsprachige Kriminalroman des Jahres.» *Frankfurter Rundschau*

Komm, süßer Tod
(rororo 22814)
Auf den Straßen von Wien bekämpfen sich die Rettungsdienste bis aufs Spenderblut. Nach dem Doppelmord an einem schmusenden Liebespaar tritt Ex-Polizist und Ex-Schnüffler Brenner auf den Plan: Hört die Konkurrenz den Funkverkehr der Kreuzretter ab? Das Buch zur Verfilmung des Erfolgskrimis.
Ausgezeichnet mit dem Deutschen Krimi-Preis 1999.
«Soviel Spaß, Weisheit und Spannung um einen wohlfeilen Preis, das gibt's normal gar nicht.» *Der Standard*

Der Knochenmann
(rororo 22832)
«... ein Muß für alle, die da süchtig sind nach vielversprechenden Talenten.» *Die Welt*

Silentium!
(rororo 22830)
Der Salzburger Klerus beauftragt Privatdetektiv Brenner mit der Aufklärung eines Mordes in einem katholischen Jungeninternat.
«Komischer war der Krimi nie, intelligenter nur selten. Weshalb auch Thomas Bernhard sicher von irgendwoher zuschaut und sich totlacht.»
Die Woche

Ausgebremst
Der Krimi zur Formel 1
(rororo 22868)

«Im Grunde genommen liest sich zurzeit nichts so vergnüglich wie ein neuer Wolf Haas, außer natürlich ein alter Wolf Haas.» *Der Falter*

Wie die Tiere
224 Seiten. Gebunden
Der neue Roman um Killerhunde und Kampfmütter.

rororo

Weitere Informationen in der **Rowohlt Revue**, kostenlos in Ihrer Buchhandlung, und im Internet: **www.rororo.de**

Martha Grimes

Die Amerikanerin **Martha Grimes** gilt zu Recht als die legitime Thronerbin Agatha Christies. Mit ihrem Superintendent Jury von Scotland Yard belebte sie eine fast ausgestorbene Gattung neu: die typisch britische «Mystery Novel», das brillante Rätselspiel um die Frage «Wer war's?».
Martha Grimes lebt, wenn sie nicht gerade in England unterwegs ist, in Maryland/USA.

Inspektor Jury küßt die Muse
Roman
(rororo 12176 und in der Reihe Großdruck 33129)

Inspektor Jury schläft außer Haus *Roman*
(rororo 15947 und in der Reihe Großdruck 33146)

Inspektor Jury spielt Domino
Roman
(rororo 15948)

Inspektor Jury sucht den Kennington-Smaragd *Roman*
(rororo 12161)

Was am See geschah *Roman*
(rororo 13735)

Inspektor Jury bricht das Eis
Roman
(rororo 12257 und in der Reihe Großdruck 33152)

Inspektor Jury spielt Katz und Maus *Roman*
(rororo 13650 und in der Reihe Großdruck 33135)

Inspektor Jury geht übers Moor *Roman*
(rororo 13478)

Inspektor Jury lichtet den Nebel
Roman
(rororo 13580)

Inspektor Jury steht im Regen
Roman
(rororo 22160)

Inspektor Jury gerät unter Verdacht *Roman*
(rororo 13900)

Mit Schirm und blinkender Pistole *Roman*
(rororo 13206)

«Es ist das reinste Vergnügen, diese Kriminalgeschichten vom klassischen Anfang bis zu ihrem ebenso klassischen Ende zu lesen.».
The New Yorker

Weitere Informationen in der **Rowohlt Revue**, kostenlos in Ihrer Buchhandlung oder im **Internet: www.rororo.de**

rororo Unterhaltung

3233/10

Rita Mae Brown

«**Rita Mae Brown** trifft überzeugend und witzig den Ton ihrer Protagonistinnen und schreibt klug ein Stück Frauengeschichte über Frauen, die ihr Leben selbst bestimmt haben.» *Die Zeit*

Böse Zungen *Roman*
512 Seiten. Gebunden
Die lang erwartete Fortsetzung des Bestseller **Jacke wie Hose** und **Bingo**

Venusneid *Roman*
(rororo 13645)

Jacke wie Hose *Roman*
(rororo 12195)

Die Tennisspielerin *Roman*
(rororo 12394)

Rubinroter Dschungel *Roman*
(rororo 12158)

Wie du mir, so ich dir *Roman*
(rororo 12862)

Bingo *Roman*
(rororo 22801)

Galopp ins Glück *Roman*
(rororo 22496 und als gebundene Ausgabe)

Rubinrote Rita *Eine Autobiographie*
Deutsch von Margarete Längsfeld. Illustrationen von Wendy Wray.
288 Seiten. Gebunden und als rororo 22691

Rita Mae Brown /
Sneaky Pie Brown
Tödliches Beileid *Ein Fall für Mrs Murphy. Roman*
Deutsch von Margarete Längsfeld. Gebunden und als rororo 22770

rororo Unterhaltung

Herz Dame sticht *Ein Fall für Mrs. Murphy. Roman*
Deutsch von Margarete Längsfeld. Mit Illustrationen von Wendy Wray.
320 Seiten. Gebunden und als rororo 22596

Ruhe in Fetzen
Ein Fall für Mrs. Murphy. Roman
(rororo 13746)

Schade, daß du nicht tot bist
Ein Fall für Mrs. Murphy. Roman
(rororo 13403)

Mord in Monticello *Ein Fall für Mrs. Murphy. Roman*
(rororo 22167)

Virus im Netz *Ein Fall für Mrs. Murphy. Roman*
(rororo 22360 und als gebundene Ausgabe)

Die Katze riecht Lunte *Ein Fall für Mrs. Murphy. Roman*
(rororo 23028 und als gebundene Ausgabe)

3211/9

Philip Kerr

Philip Kerr wurde 1956 in Edinburgh geboren und lebt heute in London. Er hat den Ruf, einer der ideenreichsten und intelligentesten Thrillerautoren der Gegenwart zu sein. Für seinen Roman «Das Wittgensteinprogramm» erhielt er den Deutschen Krimi-Preis 1995, für seinen High-Tech Thriller «Game over» den Deutschen Krimi-Preis 1997.
«Philip Kerr schreibt die intelligentesten Thriller seit Jahren.» *Kirkus Review*

Das Wittgensteinprogramm
Ein Thriller
Deutsch von
Peter Weber-Schäfer
416 Seiten. Gebunden
Wunderlich Verlag
und als rororo 22812

Feuer in Berlin
(22827)

Alte Freunde - neue Feinde
*Ein Fall für
Bernhard Gunther*
(22829)

Im Sog der dunklen Mächte
*Ein Fall für
Bernhard Gunther*
(22828)

Der Plan *Thriller*
Deutsch von Cornelia
Holfelder- von der Tann
(22833)

Gruschko *Gesetze der Gier*
Roman (26133)

Der zweite Engel
Deutsch von Cornelia
Holfelder-von der Tann
448 Seiten. Gebunden.
Wunderlich und als
rororo 23000

Game over *Thriller*
Deutsch von
Peter Weber-Schäfer
(22400)
Ein High-Tech-Hochhaus in Los Angeles wird zur tödlichen Falle, als der Zentralcomputer plötzlich verrückt spielt. Mit dem ersten Toten beginnt für die Yu Corporation ein Alptraum.
«Brillant und sargschwarz.» *Wiener*

Der Tag X *Roman*
512 Seiten. Gebunden
Wunderlich Verlag
Deutsch von Cornelia
Holfelder-von der Tann
Amerika 1960: Der Profikiller Tom Jefferson wird von der Mafia auf Fidel Castro angesetzt. Doch dann läuft die Sache völlig aus dem Ruder...

Esau *Thriller*
Deutsch von
Peter Weber-Schäfer
(22480)

Weitere Informationen in der **Rowohlt Revue**, kostenlos im Buchhandel, oder im **Internet:** www.rororo.de

rororo Unterhaltung